KB129858

어느 날,   죽음이   만나자고 했다

어느 날, 죽음이

만나자고
했
다.

죽기로 결심한 의사가
간절히 살리고 싶었던 순간들

정상훈
지음

웅진 지식하우스

아픔이 손잡는 세계

오준호

(『세월호를 기록하다』, 『기본소득이 세상을 바꾼다』 저자)

어느 날, 텔레비전을 보다가 눈을 크게 떴다. 아는 사람이 화면에 나와서다. 손석희 앵커가 진행하는 'JTBC 뉴스룸'에 그가 있었다. 손 앵커는 그를 '국경없는의사회' 소속으로 서아프리카 에볼라 위기 현장에 구호 활동을 다녀온 최초의 한국인 의사라고 소개했다. 또 놀랐다. 한참 소식을 못 들은 사이, 그는 그의 길을 묵묵히 걸어가고 있었다.

의사 정상훈. 내가 그를 처음 만난 건 십수 년 전 한 사회운동 단체에서였다. 장애인과 빈곤층 등 취약 계층의 목소리를 조직하는 그 단체에서 그는 대표였고, 나는 실무자였다. 당시 그는 '행동하는의사회'라는 진보적 의사 단체 대표도 겸임하고 있었고 매일 서너 개의 약속으로 일정이 빽빽했다. 물론 그 일들은 의사로서 돈을 버는 일과는 상관없었다.

우리는 젊었고 우리 눈에 보이는 세상은 부정의했다. 부정의한 사회를 바꾸겠다고 모인 우리들은 정신없이 바빴지만, 일은 여기저기 삐걱거렸고 우리 뜻대로 굴러가지 않았다. 대표인 그와 실무자들 사이에 의견 충돌도 종종 있었고, 나 또한 그에게 서운함이 적지 않았다. 그는 결국 대표를 그만뒀는데, 그제야 나는 그가 정신적으로 아프다는 것을 알게 되었다. 그렇게 헤어진 지 십여 년 만에 텔레비전에서 그를 보았다. 나는 그가 아픔을 잘 떨쳤을까 궁금했다.

그 후 그를 다시 만나 오래 대화를 나누고 나서, 나는 그에게 해외 구호 활동 경험을 책으로 쓰라고 권했다. 그로부터도 한참이 지나서야 그는 본격적으로 글을 쓰기 시작했다. 이제 막 성인이 된 아들에게 왜 아빠가 어린 그를 두고 지구 반대편 생소한 나라로 떠났는지 밝히고 싶은 마음이 글을 쓰게 한 원동력이었다. 시간이 지나면 묻히고 잊혀버리고 마는 것들이 많지만, 그는 끝끝내 이해를 구하고 싶었던 모양이다. 원고를 읽으며 그가 우울증으로 내 짐작보다 훨씬 길고 어두운 아픔의 터널을 지났음을 알았다. 그가 해외 구호 활동을 선택한 것은 단순한 연민의 발로가 아니라, 자석이 서로 끌리듯 아픔을 품은 사람이 다른 아파하는 사람에게 다가간 것이라 느꼈다.

그러고 보면 정상훈은 참 특별한 의사다. 의사에게서 흔히 보는 엘리트 집단의 일원이라는 자의식이 없다. 젊은 시절 그는 의료인이면서 세상을 바꾸는 활동가를 꿈꿨는데, 그 과정에서 좌절도 하고 우울증에 걸려 분노를 자기에게 쏟기도 했다. 그는 자신의 아픔을 치유하는 과정에서 세상에서 가장 아픈 사람들, 곧 빈곤과 내전과 치명적인 전염병으로 고통받는 사람들을 도우며 인간에 대한 믿음과 희망을 붙잡았다. 그의 글에는 가난하고 불안한 삶 속에도 사람들이 지켜내는 의연함, 긴급하고 긴장된 구호 활동 가운데 빛나는 동료애가 보석처럼 박혀 있다.

그날 내가 본 텔레비전 화면 속에서 손석희 앵커가 "대개 의사가 되면 개업을 해서 돈을 많이 벌 거라고 생각들 합니다. 왜 그렇게 안 하십니까?"라고 묻자, 정상훈은 이렇게 답했다. "뭔가 멋진 답변을 하고 싶지만 제가 드리는 말씀은, 저는 이렇게 살 수밖에 없는 것 같아요. 이런 활동을 하면서 사람으로서 마땅히 해야 할 일을 하고 있다는 안도감이 저를 만족하게 하고 행복하게 하는 것 같습니다."

우리는 결국 개인의 것이든 사회의 것이든 세상의 아픔을 완전히 해결하지는 못할 것이다. 하지만 정상훈이 보여준 것처럼, 아픔과 아픔이 만나면 두 배의 아픔이 아니라 거기서 희망이 시작된다. 어쩌면 아픔 없는 세계보다 아픔이 서로 손잡는 세계가 더 나은 것일지도 모른다. 자신이 보고 겪은 아픔을 글이라는 그릇에 차분히 담아낸 그에게 조용한 박수를 보내고 싶다.

세상을 일찍 알게 된 아이에게

아들아, 나의 큰아들아. 어린 시절 별명으로 부르는 것이 어색해진 무렵부터 너와 난 대화가 부쩍 줄었지. 엄마와 달리 난 늘 닫혀 있는 네 방문을 두드릴 생각을 하지 못했어. 생일을 축하하는 짤막한 글들을 빼면, 너에게 편지란 것을 쓰기는 처음이구나.

2015년 내가 시에라리온에서 돌아왔을 때 넌 열두 살이었어. 아직도 그 장면이 눈에 선하다. 다섯 살이던 네 동생은 어느새 널찍해진 네 등 뒤에 숨었어. 난 시에라리온에서 아이가 죽는 모습을 많이 보았단다. 그래서였을까? 둘째를 와락 안아주고 싶었다. 하지만 그러지 못했어. 둘째는 네 등 뒤에서 나오려고 하지 않았으니까. 그에게 아빠는 낯선 '아저씨'였을 테지. 나는 속상했어.

동생 앞에 의젓하게 지키고 선 너는 나에게 어색하게 웃어 보였어. 내가 해외 구호 활동을 하는 동안, 어린 동생을 아빠처럼 돌봐준 네가 참 고마웠다.

얼마 전 성인이 된 네가 불쑥 한 말 기억나니?

"어릴 때 아빠가 없어서 많이 불안했어."

그날 식탁에서 어떤 대화를 나눴는지 기억이 잘 나지 않는다. 아니, 네 말을 듣자마자 내 기억은 기록하기를 멈춰버렸다. 그러고는 옛 기억을 재생하기 시작했지. 인간의 기억은 많은 것을 숨겨두고 있더구나. 시에라리온에서 돌아온 몇 년 전 그날, 내 기억과는 완전히 다른 너를 보았어. 너는 혼자 세상을 바라보고 있었다. 내가 먼저 안아주어야 했던 아이는 바로 너였지. 큰아들아, 미안하다.

2011년 내가 아르메니아로 처음 구호 활동을 떠났을 때 넌 겨우 여덟 살이었어. 아장아장 걷는 둘째랑 잘 놀아주는 네가 아빠는 참 기특했단다. 그때 나는 몰랐다. 네가 외롭고 불안했다는 사실을. 그런 너를 두고 나는 레바논으로, 시에라리온으로 떠났다. 나는 왜 그런 선택을 했을까? 어리광을 빼앗긴 아이, 세상을 일찍 알아야만 했던 시에라리온 소년 이야기를 먼저 들려주고 싶어.

◆◆◆

아이는 우주인처럼 보호복을 입은 현지인 동료의 손을 겨우 붙들고 있었어. 그래도 일곱 살 시에라리온 소년은 분명히 걸어서 에볼라 관리 센터에 입원했다. 나는 아이의 이름을 기억하지 못한다. 우리의 인연이 너무나 짧았거든. 동그랗고 유난히 하얀 눈 흰자위에는 실핏줄이 튀어나왔고, 끈적한 땀이 맺힌 피부는 붉은빛이 돌아 열기가 눈에 보일 정도였지. 아이의 체온은 39도가 넘었어. 고통과 두려움으로 굳어버린 얼굴은 어린아이의 것이라고는 믿기지 않았지. 매달려 있는 동료의 손이 아니면 아이는 곧 쓰러질 것 같았어. 나는 PCR(중합 효소 연쇄반응) 확진 검사를 위해 아이의 피를 뽑았어. 그리고 항생제와 말라리아약, 해열제를 주었다. 약을 겨우 삼킨 아이는 마치 노인처럼 야전침대에 체념하듯 힘겹게 몸을 누였단다. 아이는 엄마를 찾지도, 아프다고 칭얼거리지도 않았다.

병동 사무실로 돌아온 나에게 의료 팀장 이브가 말해주었어.

"방금 입원한 그 아이 아빠도 에볼라에 걸려서 죽었대요. 그런데 아빠가 자는 아이 얼굴에 구토했다지 뭡니까. 그걸 뒤집어썼으니…."

아프리카 출신 간호사 이브는 세계 곳곳을 돌며 산전수전 다 겪은 남자였어. 그런 그도 아이에게 닥친 가혹한 운명에 차마 말을 잇지 못하더구나. 뭔가 아는 듯한 아이의 표정, 아이가 애처롭게 붙들고 있는 세상이 문득 나에게 참으로 낯설었다.

몇 시간 후 이브가 나를 다급하게 불렀어. 우리는 서둘러 보호복으로 갈아입고 병동으로 뛰어 들어갔지. 검사 결과를 기다리는 환자들이 입원하는 넓은 천막에, 아이는 홀로 누워 있었다. 이미 의식이 없었어. 심박 수와 호흡수도 너무 빨랐고. 염증 반응이 일으킨 쇼크였단다. 도대체 언제부터 쇼크에 빠졌을까? 거긴 급하게 세운 천막 병동일 뿐이었어. 우리나라 중환자실에서 볼 수 있는 전자장치들, 심박 수나 호흡수, 혈압을 자동으로 재서 알려주는 기계장치가 전혀 없었지. 심지어 수동 혈압계나 청진기조차 사용할 수 없었다. 한 환자에게 사용한 기기를 다른 환자에게 쓸 수는 없었으니까. '죽음의 병' 에볼라 현장에는 의료진이 항상 모자랐단다. 3교대를 채우기 어려워 2교대 근무를 했지. 근무조가 한번 병동에 들어가서 환자 모두를 살필 수도 없었다. 안타까움에 빠져 있던 나를 이브가 소리쳐 깨웠어.

"루크, 서둘러야 해요!"

아이에게는 수액이 필요했다. 그때 우리가 아이에게 줄 수 있는 것도 수액밖에 없었지. 이브와 나는 아이의 팔 한쪽씩 붙들고 핏줄을 찾았다. 하지만 아이의 핏줄은 주삿바늘을 피하거나 터져 버렸어. 안타까운 시간이 흘렀지. 천막 안이 어둡게 느껴졌다. 이브와 나는 아이를 침대째 들어서 천막 밖으로 옮겼다. 그리고 아이의 팔오금에서 손목, 손등으로 옮겨 가며 바늘을 찔렀어. 통증을 느끼지 못하는 아이는 강렬한 태양 아래 축 처져 있었단다.

"도저히 혈관이 안 잡혀요, 이브."

"루크, 포기하지 말아요. 수액을 못 맞으면 아이는 죽어요."

드디어 주삿바늘에 피가 맺혔어. 수액을 연결하자 투명한 생리식염수가 아이의 몸으로 쏟아져 들어갔다. 나는 압박감에서 겨우 풀려났다. 우리가 할 수 있는 일은 거기까지였어. 우리는 아이를 다시 천막 안으로 옮겼다. 이제 일곱 살 소년 혼자 운명에 맞서야 했지.

다음 날 출근했을 때 그 소년은 이미 병동에 없었다. 아버지의 토사물을 뒤집어쓴 아이는 입원한 지 스물네 시간도 안 되어 죽었어. 그 아이에게 정 붙일 틈도, 이름을 기억할 겨를도 없었다. 운명은 아이에게 확진 검사 결과를 전해 받을 기회조차 허락하지 않더구나.

시에라리온에 다녀온 이후 나는 질문을 많이 받았다. '해외 구호 활동가가 된 계기가 무엇인가?' 그런데 아들아, 그 답이 마땅치 않더구나. 사람들이 기대하는 멋지거나 감동적인 계기가 나에겐 없었기 때문이야. 거짓말도 자꾸 하다 보면 는다. 나는 질문을 받을 때마다 '어렸을 때부터 슈바이처처럼 살고 싶었다'라거나, '이렇게 살 수밖에 없다'라고 둘러댔어. 정작 답을 들어야 할 사람은 따로 있었지. 바로 너. 하지만 너에겐 거짓말을 할 수 없었어. 삶에는 때가 되지 않으면 알 수도, 알려줄 수도 없는 일들이 있더구나. '나는 왜 어린 널 두고 멀리 떠났을까?'

나는 우울증을 앓았다. 사람들에게 우울증에 대해서, 더구나 의사가 우울증을 앓았다는 사실을 설명하기란 쉽지가 않다. 흔히 슬프거나 충격적인 일을 당하면 우울증에 걸린다고 믿기 때문이야. 단순히 '우울한 기분'과 '우울증'을 혼동하기도 하지. 내가 우울증에 걸려 잠적했을 때, 한 친구가 연락을 해왔다. 예전에 교회에 다닐 때 만난 친구인데, 내가 아프다는 소문을 들은 모양이야. 몇 년 만에 먼저 연락한 친구에게 만나지 못하겠다는 핑계를 차마 댈 수가 없었어. 나를 본 친구는 깜짝 놀랐지. 난 체중이 10킬로그램 이상 빠진 상태였거든. 친구가 의아한 표정으로 묻더구나.

"서울대 나온 의사가 우울할 일이 뭐가 있니?"

하루하루 힘겹게 살아가는 친구에게 내 우울증은 이해하기 힘들었을 테지. 어쩌면 나를 위로하려고 한 말일지도 모른다. 난 살이 빠진 얼굴에 주름을 잡으며 억지로 웃어 보였어. '우울증은 신경전달물질이 부족해서 생기는 뇌의 병이며, 우울한 느낌과는 다르다. 정신의학과 의사들은 우울증을 뇌의 감기라고 부른다. 그래서 특별한 계기가 없어도 생길 수 있다.' 하지만 그때는 친구에게 이렇게 설명해줄 기운이 없더구나.

내 우울증은 언제 시작됐을까? 이상하게 들리겠지만, 나도 잘 모르겠다. 우울증에 걸리면 기억력이 떨어지거든. 요즘도 친구들이 내가 아팠을 때 이야기를 들려주면 깜짝깜짝 놀란다. 내가 한 말과 행동이라고 믿을 수 없을 만큼 과격하고 폭력적이었거든.

'내 몸이 말을 듣지 않는다.'

섬뜩한 이 사실을 깨달았던 순간은 분명히 기억난다. 나는 사무실에서 계획표를 고치고 있었어. 그러다 당황했지. 그 계획표를 전날에도, 그 전날에도 내가 이미 고쳤더구나. 나는 꽤 오랫동안 사람 만나기를 피하고 있었던 게지. 일이 될 리가 없었다. 내가 할 수 있는 유일한 일은 계획을 다시 세우는 일이었어. 네가 태어나고 몇 년 후 일이었다.

서른 중반의 나는 '일중독', '불도저'로 불렸다. 무소처럼 묵묵히 일하는 사람, 그것이 아빠의 자긍심이었어. 그런데 일은커녕 무엇에도 집중할 수가 없었다. 주위 사람들과 자주 싸웠고, 참다 못한 동료들은 날 떠났어. 사람 만나기는 피했지만, 술자리는 점점 잦아졌지. 거의 매일 밤늦게 집에 들어오느라 한창 개구쟁이 짓을 하던 너의 잠든 모습만 보았다.

그러던 어느 날이었어. 길을 걷다가 따뜻하고 축축한 것이 얼굴에 흐르는 것이 느껴졌지. 눈물이었다. 눈물을 느끼고서야 나는 알았어. '내가 슬프구나.' 왜 슬픈지는 알 수 없었지만, 엉엉 울고 나면 속이 시원할 것 같았다. 하지만 그럴 힘조차 없었다. 나는 거리의 인파 속에서 그렇게 눈물을 흘리며 걸었어. 내 안에서 무엇인가 크게 잘못된 것이 분명했다. 나는 맡고 있던 모든 자리에서 물러났다. 몇 달쯤 집에만 틀어박혔지.

머릿속에 몰아치던 폭풍도 시간이 지나자 잠잠해졌다. 새벽까지 게임을 하다 대낮에 일어나는 생활도 지겨워졌지. 시간이 남아돌았지만, 너와 놀아주지도 못했다. 변화가 필요했어. 하지만 내가 환자이며 치료가 필요하다는 생각은 받아들일 수 없었단다. 나는 의사이면서도 정신 질환을 수치스럽게 여겼어. 대신 아침 일찍 일어나기로 했다. 할 일이라고는 없는 사람이 어떡하면 일찍 일어날 수 있을까? 아침 6시 영어 학원을 선택했다. 너도 알다시피, 아빠는 정말 열심히 학원에 다녔어. 일주일에 5일씩 1년 동안 거의 빠짐없이 출석했어. 규칙적으로 생활하고 학원 친구도 사귀자, 상태가 좋아지는 것 같았다.

하루는 찬물을 마셨는데 이가 시렸다. 웬일인가 하고 턱을 앙다물어 보았더니 어금니가 시큰하고 잇몸이 뻐근했다. 나는 그때 소음, 정확하게 말하면 사람들의 말소리에 시달리고 있었어. 학원으로 오가는 지하철 안에서 나는 힘들었다. 집을 나서면 강박적으로 이어폰을 끼었지. 하지만 사람들의 말소리는 음악을 비집고 들어왔다. 옆 사람과 웃으며 떠들고 휴대전화에 대고 소리쳤어. 다시 굴러떨어지도록 운명 지어진 돌처럼, 내 머릿속에는 글귀 하나가 털어도 털어도 다시 솟아났다.

"참으로 진지한 철학적 문제는 오직 하나뿐이다. 그것은 바로 자살이다. 인생이 살 만한 가치가 있느냐 없느냐를 판단하는 것이야말로 철학의 근본 문제에 답하는 것이다." (알베르 카뮈, 『시지프 신화』)

난 여전히 이가 닳을 정도로 앙다물고 참기만 했어. 하지만 마음의 병은 나를 쉽게 놓아주지 않았지. 시간은 오고야 만다. 언젠가 나는 길을 걷고 있었다. 이어폰에서 모차르트의 피아노협주곡 23번 2악장이 흘러나왔다. 누군가는 이 곡이 따뜻한 물이 담긴 욕조에 편안하게 누워 있는 느낌이라고 하더구나. 그러나 나에게는 너무, 그러니까 지나치게 아름다웠어. 그 음악에 비하면 눈앞에 보이는 모든 것, 그 안을 걷고 있는 나 자신은 견디기 힘들 만큼 추했다. 아들아, 고백하마. 그때 나는 생각했다. '어떻게 하면 죽을 수 있을까?' 나는 자살하는 구체적인 방법들을 떠올렸어. 그리고 번뜩 정신이 들었다. 이제는 인정하지 않을 수 없었다. 나는 아픈 사람이며 치료가 필요했다. 곧바로 병원을 찾아가 우울증 진단을 받고 약을 먹기 시작했어. 내가 모든 일을 그만둔 지 어느덧 2년이 훌쩍 지났을 때였다.

다시 2년 뒤, 나는 웃음을 되찾았고 약도 끊었다. 기억하니? 아직 둘째가 태어나기 전이었던 그 몇 해 동안, 우린 여느 아빠와 아들 부럽지 않게 행복한 시간을 보냈지. 우린 여행도 가고 수영도 즐겼다. 웃을 때면 만화 주인공처럼 초승달 모양이 되던 네 눈

꼬리는 지금도 잊히지 않는구나. 그런데 말이다. 우울증은 내 머리에 쉬이 지워지지 않을 흔적을 남긴 모양이었다. 그것은 질문이었다. 웃음이 멈추면 하나의 질문이 집요하게 파고들었지. '인생은 살 만한 가치가 있는가?' 아들아, 나는 너에게 고백해야만 한다. 빛나도록 행복했던 그 시절, 아빠만 바라보던 널 눈에 넣어두고도, 나는 살아야만 하는 이유를 찾을 수 없었다. 이유도 모른 채 산다면 우리는 사는 것일까?

벼랑 끝에 몰린 사람은 무모한 용기를 내기도 한다. 마흔 살이 되던 해 어느 날 문득, 나는 국경없는의사회에 지원했다. 학원에 열심히 다닌 덕에 영어로 말할 수 있었다. 기억을 더듬어보니, 난 고등학생 때 해외 구호 활동가를 꿈꾸기도 했다. 나는 의사였고 아픈 사람을 도울 수 있었다. 그렇게 너와 마냥 행복했던 시절을 끝내기로 했다. 둘째를 임신한 엄마와 여덟 살이었던 너를 남겨두고 나는 아르메니아로 떠났다.

그곳에서 나는 무엇을 보기를 원했던 것일까? 아빠의 토사물을 뒤집어써 에볼라에 걸린 아이. 그 조숙한 눈동자로 아이가 본 것, 그것은 죽음이었겠지. 나를 위험한 구호 현장으로 잡아끈 것도 바로 죽음이었다.

'나는 왜 죽음에 끌리는가?'

난 죽음을 만나 나를 부른 이유를 물어야 했어. 내 이야기를 이해할 수 있겠니? 쉽지 않다는 것을 잘 알아. 나조차도 이해할

수 없었으니까. 하지만 내 선택을 더 쉽게 설명해줄 방법을 모르

겠구나. 아빠를 위해 부디 이 책을 끝까지 읽어봐 주겠니?

목차

Chapter 1

어느 날 갑자기, 죽음이 만나고 싶어졌다

Chapter 2

갈라진 세계, 침묵의 벽 앞에서

Chapter 3

그래도 당신이 살아야 하는 이유

일러두기

• 책에 나오는 환자의 이름은 모두 가명으로 하였습니다.

• 구호 현장의 지역 정세 및 사회 상황에 대한 파악은 국경없는의사회가 공식적으로 표명하는 자료 또는 의견과 차이가 있을 수 있습니다.

Chapter 1

어느 날 갑자기,
죽음이 만나고 싶어졌다

Russia

Georgia

Azerbaijan

Armenia

Turkey

Iran

오직 시간만이 알려주는 것

아르메니아. 첫 근무지로 선택하기 전까지, 아르메니아라는 나라 이름은 들어본 적도 없었다. 국경없는의사회에서 '아르메니아 다제 내성 결핵 사업'을 제안했을 때, 난 그 낯섦에 끌려 덥석 받아들였다. 지도를 찾아보니 그곳은 중동과 러시아 사이 캅카스산맥에 자리 잡고 있었다. 그제야 '캅카스 3국'(아르메니아, 아제르바이잔, 조지아)이라는 용어를 들어본 기억이 났다. 국토 면적은 우리나라의 3분의 1에도 못 미치고, 인구는 300만 명인 작은 나라다.

파리에서 아르메니아 수도 예레반으로 날아가는 비행기 안. 난 긴장하고 있었다. 낯선 나라에서 첫 번째 해외 구호 활동이었다. 어떤 사람들을 만나게 될까? 그런데 통로 건너편 승객이 갑자기 나를 툭 치면서 물었다. "중국인이오?" 그의 짧은 영어가 무례하게 느껴질

법도 했지만, 아르메니아인 남성은 의외로 인상이 푸근했다. 난 한국인이라고 답했다. 그가 술 한 잔을 권했다. 라벨에 산이 그려진 술병을 보이더니, 아르메니아에서 유명한 코냑이란다. 술의 이름은 '아라라트'였다. 잠시 망설이다가 종이컵에 술을 받았다. 나는 술을 잘 모른다. 그래도 향이 무척 좋았다. 술기운이 돌아 알딸딸해지자, 아르메니아가 조금은 가깝게 느껴졌다.

국경없는의사회는 아르메니아에서 다제내성 결핵 환자들을 돕고 있었다. 다제내성 결핵은 중요한 항생제에 내성이 생긴 결핵균 때문에 생긴다. 당연히 일반 결핵보다 치료하기가 훨씬 어렵다. 환자들은 한 움큼이나 되는 약을 하루에 두 번씩 2년 동안 먹어야 한다. 치료에도 돈이 많이 드는데, 가난한 나라 아르메니아는 결핵 치료를 지원할 돈이 부족하다. 국경없는의사회의 도움이 필요했다.

예레반에서 며칠 머무는 동안 구호 사업 소개와 교육을 받았다. 그런 뒤 앞으로 9개월 동안 머물게 될 북부 도시 바나조르로 떠났다. 튼튼한 사륜구동차는 황량한 고원지대에 난 포장, 비포장도로를 번갈아 달렸다. 아르메니아는 겨울이 길고 눈도 많이 내린다. 그날도 눈이 내렸다. 난 내 눈을 의심했다. 차창 밖 시야가 온통 하얬기 때문이다. 시적 과장이 아니라, 말 그대로 흰색뿐이었다. 아르메니아에는 나무가 귀하다. 현지인 말로는 이웃 나라 아제르바이잔과 나고르노카라바흐 분쟁(아제르바이잔과 아르메니아가 1988년부터 1994년까지 벌인 영토 분쟁. 2020년 또다시 두 나라 사이에 전쟁이 벌어짐) 때 땔감으로 쓰느라 전부 베어버렸기 때문이라고 한다. 그래서 산에는 나무 대신 돌과 풀뿐이다. 게다가 300만 명의 인구 가운데 100만 명 이상이 예레반에 모여 살아서, 수도를 벗어나면 인구밀도는 낮다. 북부로 가는 길에 인가나 마을은 드문드문 보일 뿐이었다. 그래서 세상은 눈의 흰빛이었다.

아르메니아인 동료들이 바나조르 사무실에서 나를 맞았다. 내 이름 '정, 상, 훈'을 또박또박 발음해주었을 때, 그들은 호기심 가득한 눈을 동그랗게 떴다. 내가 아르메니아의 감사 인사 'շնորհակալություն [shnorhakalut'yun]'을 처음 들었을 때와 비슷한 기분이었을까. 나는 편하게 영어 별명인 '루크'로 불러달라고 했다. 그런데 한 동료가 내 한국 이름이 마치 노래처럼 아름답게 들린단다. 나는 그의 이름을 한글로 써주었다. 그러다 뜬금없이 한글을 자랑하고 싶어졌다. "한글은 창제자를 알 수 있는 유일한 언어예요." 아르메니아인 동료들이 이번엔 눈을 네모나게 떴다. "아르메니아 문자도 그런걸요. 한글보다 1,000년은 먼저 만들어졌고요." 아르메니아 문자는 404~406년경에 성 메스로프 마슈토츠가 창제했다.

아르메니아는 1991년 소비에트연방, 그러니까 소련이 붕괴하자 독립했다. 사실 아르메니아는 긴 역사를 자랑하는 고대 강국이었다. 지금은 터키 영토에 속해 있는 아라라트산은 원래 아르메니아의 영광을 상징하는 산이다. 구약성서 창세기에서 노아의 방주가 표류하다가 도착한 곳이 이 산이기도 하다. 아르메니아는 301년에 로마제국보다 먼저 기독교를 국교로 선포했다. 그만큼 민족의 종교, 문화,

언어에 대한 자긍심이 대단하다. 하지만 로마제국, 페르시아제국, 오스만튀르크제국 등 강대국 등쌀에, 아르메니아인들은 고난의 삶을 살았다. 아라라트산을 포함한 넓은 영토를 모두 빼앗기고 캅카스산맥으로 쫓겨 갔다. 그들은 성서의 대홍수 이후 아라라트산에서 인류 문명이 퍼져나갔다고 믿는다. 그래서일까? 수많은 아르메니아인은 고향 땅에서 살지 못하고 세계 곳곳으로 흩어졌다.

✦✦✦

전임자인 알렉산드라와 인사를 나누었다. 독일 출신 의사인 그녀는 큰 키에 말수가 적었다. 나는 알렉산드라에 이어 북부 지역의 의사 관리자(Doctor Manager)를 맡게 될 터였다. 말 그대로 여러 명의 아르메니아인 결핵 의사를 관리하는 것이 내 임무였다. 해외 구호 사업은 대개 나와 같은 소수의 해외 자원 활동가와 훨씬 더 많은 현지 인력으로 이루어진다. 국경없는의사회가 고용한 아르메니아인 결핵 의사들은, 북부 지역 여기저기 흩어져 있는 결핵 진료소를 돌며 관리한다. 나는 알렉산드라와 함께 세 곳의 국경없는의사회 사무실과 여러 결핵 진료소를 방문했다. 알렉산드라는 그곳에서 그녀가 주재하는 마지막 사례 회의를 했다. 의사, 간호사, 약사, 사회복지사, 심리치료사 등 다양한 활동가들이 문제가 생긴 환자에 대해 토론했다. 사실 난 회의 내용을 거의 알아들을 수 없었다. 다제내성 결핵 관련 영어 표현들이 귀에 설었다. 환자 100명의 정보가 머리에서 뒤죽박죽이 되었다. 난 얼어붙어서 알렉산드라의 입만 바라보았다. 그녀는 종종 안쓰러운 건지, 미안한 건지 알 수 없는 복잡한 표정으로 나에게 이렇게 말했다.

"이 환자는 당신의 두통거리가 될 거예요."

알렉산드라는 비포장도로를 달리는 사륜구동차 안에서도 내 걱정을 이었다.

"북부에서 당신 업무의 반은 차를 타고 다니는 거예요."

나는 무엇보다 덜컹거리는 자동차에 익숙해져야 했다. 근무 초기 처음 몇 번은 멀미가 심하게 나서 차를 세우기도 했다. 인수인계 마지막 날, 바나조르 사무실로 돌아가는 차 안이었다. 앞으로 맡아야 할 환자 걱정과 영어 울렁증에 멀미까지, 난 거의 정신이 나가 있었다. 그래서 하늘에서 눈이 다시 쏟아지는지도 몰랐다. 그러다 맞은편에 앉은 알렉산드라에게 시선이 닿았다. 그녀의 표정은 흐트러짐 없이 그대로였지만, 눈물이 굵은 줄기를 이루어 얼굴에 흐르고 있었다. 그것을 운다고 표현해야 할까? 난 말을 건네야 할지 모른 척해야 할지 몰라 멍청하게 알렉산드라를 바라보았다. 그녀는 훌쩍이지도 울먹이지도 않은 채 가는 길 내내 눈물을 흘렸다. 알렉산드라는 무엇이 그토록 슬픈 것일까? 그녀가 왜 눈물을 흘렸는지 이해하는 데 아홉 달이 걸렸다. 아니, 그만큼 긴 시간을 흘려보내지 않고서는 결코 이해할 수 없었을 것이다. 깨달음은 사실을 아는 것과는 다르다. 몸이 언제든 재현할 수 있어야 한다. 몸은 시간을 통해서만 배운다.

✦✦

　그날 저녁에 알렉산드라와 북부 사업 책임자 피비의 송별회가 열렸다. 아르메니아인들은 무색무취의 보드카를 즐겼다. 술이 독한 탓인지 공기는 금방 달큼해졌다. 그러자 너 나 할 것 없이 식탁에서 벗어나 춤을 추었다. 서로 어깨동무하고 박자에 맞추어 다리를 힘차게 들어 올렸다. 강강술래와 비슷해서 나도 쉽게 배울 수 있었다. 술자리는 어디나 비슷한 모양이다. 흥과 취기가 한풀 꺾이자 이제 한마디씩 할 차례였다. 알렉산드라와 피비는 소감을 말하고는, 아르메니아 동료들과 포옹하며 정말로 엉엉 울었다. 울음의 의미를 알 길이 없었던 나는 멀뚱거리며 서 있는 수밖에 없었다. 알렉산드라가 나에게 다가왔을 때, 내 입에서 불쑥 이런 말이 튀어나왔다.

　"나 혼자 감당할 자신이 없어요."

　내가 뱉은 말에 나도 놀랐다. 언제 마지막으로 그런 말을 했었는지 어렴풋했다. 나는 내성적이고 수줍은 사람이었다. 자신 없는 마음을 겉으로 꺼내지 못했다. 그저 묵묵하게 정해진 일을 할 뿐이었다. 우울증에 걸렸을 때 한 선배가 놀람 반 미안함 반으로 말했다.

　"내가 너를 로봇처럼 여겼구나."

　하지만 감정을 드러내지 않으며 로봇처럼 일하는 것을 미덕으로 삼은 것은 정작 나였다. 주위 사람들도 나처럼 일하리라 기대했다. 결국은 그렇지 못한 나 자신과 사람들에게 실망하고 또 책망했다.

아르메니아를 떠나는 알렉산드라 앞에서 내 두려움이 불쑥 삐져 나오고 말았다. 그녀를 둘러싸고 있는 아르메니아인 동료들이 눈에 들어왔다. 그들은 알렉산드라를 바라보고 있었다. 아르메니아인인 그들이 더 낯설게 느껴졌다. 그때 나는 혼자였다.

아르메니아에서 다제내성 결핵 완치율은 50% 정도였다. 앞으로 내가 책임져야 할 환자들은 그만큼 죽음에 가까이 있었다. 나는 그들의 죽음을 목격하게 될 것이다. 세 명의 아르메니아인 의사, 더 많은 결핵 진료소 의사들이 내 결정을 기다릴 것이다. 나는 죽음이 두려워졌다. 그전까지 나는 죽음을 홀로 마주한 적이 없었다. 의사 생활을 하면서 앓다가 죽는 환자들을 많이 보았다. 하지만 병원에서 수련을 받을 때는 시키는 대로 하면 되었다. 보건소나 동네 의원에서 진료할 때는 상태가 좋지 않은 환자를 상급 병원으로 보낼 수 있었다. 내 뒤에는 언제나 촘촘하게 짜인 최첨단 의료 체계와 뛰어난 의사들이 있었다. 황량한 아르메니아 북부는 상황이 달랐다. 나는 직감했다. 이곳에서 죽음이 장식을 벗고 민얼굴을 드러내리라. 그것이 나는 두려웠다.

평소의 침착한 모습으로 돌아온 알렉산드라가 허리를 구부정하게 숙여 나에게 속삭였다.

"8개월 전에는 나도 그랬어요. 그래도 이 사업에는 좋은 점이 하나 있어요. 결핵은 응급 질환이 아니라는 거예요. 당신에게는 충분한 시간이 있어요."

지금부터 부지런히 배우고 익혀야 했다. 오직 시간을 통해서만 죽음을 이해하고 두려움을 극복할 수 있으리라.

무엇이 존엄을 지키는 길인가

100명. 북부 지역 다제내성 결핵 프로그램에서 치료받고 있는 환자 수였다. 그중 처음 만난 환자에게 내가 할 일은 결핵 프로그램에서 내보내는 것이었다.

귬리는 아르메니아 서북부의 도시다. 바나조르와 함께 아르메니아 제2의 도시를 다툰다지만, 인구는 10만 명이 조금 넘었다. 그래도 바나조르에서 귬리로 가는 길은 상대적으로 평탄해서 멀미가 덜했다. 국경없는의사회 귬리 사무실은 시내에 있어서, 가는 길에 소비에트 시대의 건물과 동상을 둘러볼 수 있었다. 선과 색이 적어 간결하지만, 솟아오르는 느낌이 강조되어 위압감을 주었다. 널찍하게 잘 정리된 거리를 걷는 시민들은 주로 털 장식이 달린 검은색 가죽 외투를 입고 있었다. 화려하지는 않지만 자신만만해 보이는 그들은 건물이나 거리가 주는 느낌과 잘 어울렸다.

큠리 사무실에는 결핵 의사 루시네를 비롯해 간호사, 심리치료사, 사무실 관리자, 운전기사 등이 일하고 있었다. 루시네는 의과대학을 졸업한 지 몇 년 되지 않은 젊은 의사였다. 내가 큠리에서 주재하는 첫 사례 회의가 열렸다. 사실 나에게는 시간이 더 필요했다. 지난 주말에 환자들의 진료 기록을 열심히 살폈지만, 머리는 여전히 뒤죽박죽이었다. 내가 적응하기 전까지 적어도 얼마 동안이라도 큠리 환자들에게 특별한 문제가 없기를, 루시네가 모두 해결할 수 있기를 바랐다. 하지만 그녀는 마치 심술이라도 부리듯 나에게 할 일을 던져주었다.

"루크, 알베르트에게 치료 실패를 전해줘야 해요."

알베르트. 알렉산드라가 "당신의 두통거리"라고 알려준 환자 중 한 명이었다.

많은 다제내성 결핵 환자들이 치료를 끝마치지 못했다. 결핵에 대한 편견이나 약 부작용, 생계 문제 때문에 포기하는 환자들이 많았다. 이렇게 환자가 치료를 포기하는 것을 '치료 중단(Default)'이라고 부른다. 그런데 아무리 치료를 해도 상태가 나아지지 않거나 오히려 더 나빠지는 환자들도 있다. 후천면역결핍증후군(HIV/AIDS)이나 암, 간질환, 당뇨병 등이 있으면 '치료 실패(Failure)' 가능성이 커진다. 치료를 중단하거나 실패하는 환자가 전체의 절반 가까이 됐다. 이곳 결핵 의사들은 치료 중단, 치료 실패와 싸우는 중이었다.

결핵 환자의 가래에서 결핵균이 나오는가, 즉 '객담 양성' 여부도 무척 중요한 문제였다. 객담 양성이면 그 환자에게 전염성이 있음을 뜻한다. 안타깝게도 알베르트의 가래에서는 끈질기게 결핵균이 검출되었다. 문제는 그뿐만이 아니었다. 알베르트는 심부전과 간경변증까지 앓고 있었다. 내가 인수인계를 받을 때, 그의 심장은 피를 짜내는 능력이 정상의 30%에도 미치지 못했다. 알베르트의 몸은 결핵 치료를 더는 견딜 수 없었다. 나는 루시네, 간호 관리자(Nurse Manager) 페이지와 함께 알베르트의 집에 가기로 했다. 나보다 일주일 먼저 바나조르에서 근무를 시작한 페이지는 미국 출신 간호사였다.

◆◆◆

알베르트가 사는 곳은 집이 아니라 헛간에 더 가까웠다. 좁고 어두운 데다가 바닥이 차가워서, 한국인인 나에게는 더 서늘하게 느껴졌다. 알베르트는 폐에 물이 차서 숨을 헐떡이고 있었다. 배에는 복수가 차고, 두 다리는 부종으로 퉁퉁 부어 있었다. 그는 거의 움직이지도 못했다. 겨우 50대 중반의 나이인 알베르트에게 '치료 실패' 통보가 찾아왔다. 이는 국경없는의사회가 더는 도울 수 없다는 선고였다. 그런데 정작 고통을 견디는 알베르트의 표정에는 모든 것을 내려놓은 듯 느긋함이 보였다.

나는 이해할 수 없었다. 어떻게 이런 상태의 환자가 집에 혼자 있을까? 그에게 남은 삶은 길지 않았다. 그래도 심부전과 간경변증을 적극적으로 치료하면 지금보다 평화롭게 여생을 보낼 수도 있다. 아르메니아에서 객담 양성 환자가 입원할 수 있는 병원은 국립결핵병원뿐이었으니, 하루빨리 그곳에 가서 치료를 받으면 될 일이었다. 앞서 루시네와 알렉산드라가 국립결핵병원에 입원하자고 설득했지만, 알베르트는 거부했다. 나는 이미 그 이유를 들어서 알고 있었지만 다시 한번 묻고 싶었다.

"왜 국립결핵병원에 입원하지 않나요?"

헐떡이던 그가 애써 기운을 차리며 답했다. 통역사가 안쓰럽다는 표정으로 그의 말을 전해주었다.

"난 큼리를 떠날 수 없어요. 아들이 이 집으로 올 겁니다."

루시네가 나에게 영어로 귀띔해주었다.

"아들이 돈 벌러 러시아에 갔는데 연락이 안 된대요."

그가 죽고 나면 아들이 돌아온들 무슨 소용이란 말인가? 먼저 국립결핵병원에 입원한 다음 아들에게 그리로 오라고 하면 되지 않나? 나는 알베르트가 "이 집"이라고 애틋하게 부른 장소를 성의 없이 한번 둘러보았다. 그는 자신이 죽음의 문턱에 있다는 사실을 모르는 것일까? 그럴 리는 없었다. 환자를 설득할 때 의사들이 가장 흔히 쓰는 방법이 바로 '죽을 수 있다'는 경고다. 그런 경고라면 그는 이미 숱하게 들었을 것이다. 인간은 이기적인 존재라 고통을 피하고 쾌락을 추구한다고 한다. 하지만 알베르트의 행동은 그런 이론으로는 전혀 설명할 수 없었다. 그에게 죽음의 공포는 통하지 않았다. 집과 국립결핵병원과 아들은 그에게 죽음을 뛰어넘는 어떤 의미를 지닌 것이 분명했다.

알베르트는 내가 아르메니아에서 처음 만난 환자였다. 여기서 포기할 수는 없었다. 난 루시네에게 다른 방법이 있지 않겠냐고 따져 물었다. 그녀는 귬리시립병원 감염 병동에 입원시키는 방법을 생각해냈다. 그 병원이라면 귬리에 있으니 알베르트도 토를 달지 않겠지. 이미 퇴근 시간이 다 되었다. 나는 일정을 바꿔 귬리에서 하룻밤 묵고, 다음 날 시립병원장을 찾아가기로 했다. 페이지와 통역사는 바나조르로 돌아갔다.

날이 밝자 루시네와 함께 귬리시립병원으로 향했다. 원칙대로라면 안 되는 일이었다. 하지만 알베르트에게는 시간이 없었다. 나는 병원장과 처음 인사하는 자리에서 무리한 부탁을 했다. 뜻밖에도 병원장은 알베르트의 입원을 허락했다.

그날 바나조르로 돌아오니, 북부 사업 책임자 피비가 나를 불렀다. 전날 갑자기 일정을 변경해서 귬리에 묵었고, 나를 데려오기 위해 바나조르에서 차가 한 번 더 움직였다는 점, 그리고 객담 양성 환자는 국립결핵병원에만 입원할 수 있다는 원칙을 어겼다고 지적했다. 눈물이 핑 돌았다. 나는 알베르트가 집에서 혼자 죽도록 내버려둘 수 없었다고 울먹였다. 나를 따라 금세 눈이 충혈된 피비는 더 따지지 않았다. 그녀는 며칠 후 아르메니아를 떠날 예정이었다. 피비는 당부하듯 한마디를 남겼다.

"루크, 현장에서 규칙은 꼭 지켜야 합니다. 많은 동료가 위험해질 수도 있어요. 그러자면 무엇을 포기해야 하는지도 배워야 합니다."

◆◆◆

다음 주에 루시네는 알베르트의 소식을 전했다. 입원하고 며칠 만에 상태가 급격히 나빠지면서 그의 의식도 흐려졌다. 시립병원에서는 그를 바로 국립결핵병원으로 보냈다. 알베르트는 이미 저항할 힘도, 고집부릴 의지도 없었다. 다시 며칠 후 국립결핵병원에 방문했을 때 나는 알베르트가 보고 싶었다. 치료 실패를 선언했으니 더는 내 환자가 아니었지만, 나는 군이 알베르트를 찾아갔다. 그런데 뜻밖에도 그는 정신병동에 갇혀 있었다. 간경변증의 합병증으로 생긴 간성혼수 때문에 그는 제정신이 아니었다. 나는 말할 것도 없고 루시네조차 알아보지 못했다. 춥다고 이불을 뒤집어쓴 채 횡설수설하면서 덜덜 떨었다. 물론 열은 없었다. 나는 기가 찼다. 그에게는 정신병동이 아니라 심부전과 간경변증 치료가 필요했다. 알베르트는 그곳에 방치된 것이나 다름없었다.

갑자기 뒤통수가 뭔가에 얻어맞은 듯 뻐근해졌다. 나는 무슨 짓을 한 것일까? 알베르트는 국립결핵병원이 어떤 곳인지 나보다 더 잘 알고 있었을지도 모른다. 알렉산드라와 루시네가 더욱 적극적으로 알베르트를 국립결핵병원에 입원시키려고 노력하지 않은 이유도 알 것 같았다. 안타깝게도 아르메니아 국립결핵병원은 내가 기대한 그런 곳이 아니었다. 나는 미처 알지 못했다. 집에 있었다면 알베르트는 더 평화롭게 존엄을 지키며 조용히 죽음을 맞이했을지도 모른다. 그는 국립결핵병원에 갇힌 환자가 아니라 아들을 기다리는 아버지로 기억되길 원했던 것은 아닐까?

며칠 후 알베르트가 죽었다는 소식이 들려왔다. 그가 더 오래 고통받지 않아 나는 마음을 놓았다. 다행히 그의 아들이 귀국해서 아버지의 장례를 치렀다.

아픔과 함께할 준비

춥고 건조한 북부의 날씨 탓에 피부가 트면서 아팠다. 한국에서 가져온 짐을 풀어보니 보디로션은 없었다. 겸사겸사 아르메니아에서 처음으로 장을 보기로 했다. 바나조르 시내는 흡사 우리나라 옛 읍내 같은 분위기였다. 고기나 채소, 치즈를 파는 가게는 많지만 공산품을 파는 가게는 쉽사리 눈에 띄지 않았다. 사람들은 낯선 외양의 아시아 남성을 신기한 듯 힐끗 쳐다보았다. 수도 예레반에는 외국인이 꽤 많지만, 바나조르에는 그렇지 않기 때문이었다. 길을 걷다 반짝이는 머릿결을 강조하는 사진이 유리창에 잔뜩 붙은 생활용품점을 발견했다. 나는 그곳에 들어갔다.

그런데 문제가 생겼다. 가게나 이곳 상품 어디에도 영어는 적혀 있지 않았고, 오로지 아르메니아와 러시아 글자뿐이었다. 내가 집어든 이것이 보디워시인지 보디로션인지 알 길이 없었다. 아르메니아는 과거 소련의 자치공화국이었고 지금도 러시아에 경제를 의지하는 나라다. 바나조르 시민들은 영어를 쓸 일이 전혀 없지만 러시아어는 대부분 할 줄 알았다. 아르메니아어나 러시아어를 전혀 모르는 나는 무작정 점원에게 말을 걸기로 했다. 내가 영어로 인사하자 점원은 얼굴이 빨개지면서 무척 당황해했다. 진열대에서 가져온 상품 몇 개를 그녀 앞에 올려놓곤 "보디로션?"이라고 물었다. 점원은 영문을 모르겠다는 표정이었다. 그래도 보디랭귀지는 통하지 않을까. 나는 점원에게 무엇인가를 손에 짠 다음 몸과 얼굴에 바르는 시늉을 해 보였다. 점원은 웃음을 참으며 진지하게 생각하더니 상품 하나를 가리켰다.

숙소로 돌아와서 가게에서 산 물건을 양 뺨에 발랐다. 허옇게 일어나는 것이 좀 수상했지만, 끈질기게 문지르니 제법 괜찮아졌다. 그런데 30분쯤 지나자 얼굴이 벌겋게 달아오르며 쓰렸다. 내가 산 물건은 도대체 무엇일까? 다음 날 출근해서 통역사에게 물건을 보여주었다. 그것은 보디워시였다. 통역사는 깔깔대며 웃고는 다음 날 보디로션 하나를 사다 주었다.

❖

아직 적응할 시간이 필요했건만, 귬리 사무실에서는 새로운 문제가 자꾸만 솟아났다. 루시네가 불쑥 전화를 걸어 넋 나간 목소리로 말했다.

"루크, 아나를 어쩌면 좋아요?"

나는 아나의 얼굴을 본 적도 없지만, 그 주에 치료를 마치는 환자라는 사실은 알았다. 아나는 내성 결핵 중에 '단독 내성 결핵' 환자로, '이소니아지드'라는 항생제 한 가지에만 내성이 생긴 상태였다. 단독 내성 결핵은 다제내성 결핵보다는 치료가 쉽다. 더 적은 약을 써서 9개월 정도만 치료하면 된다. 그런데 이제 와서 그녀에게 무슨 문제가 생긴 걸까? 루시네는 아나의 치료 종료를 준비하면서 진료 기록을 다시 훑어보았다. 그러다 '약제 감수성 검사' 결과가 빠진 것을 발견했다. '감수성이 있다'는 말은, 그 항생제가 결핵균을 죽이거나 억제할 수 있다는 뜻이다. 즉, 감수성이 있어야 항생제가 효과가 있다. 그런데 결과를 확인하려고 검사실에 전화를 건 루시네는 기절 초풍하고 말았다. 복용하고 있는 결핵약 셋 중 두 가지에 아나가 감수성이 없었다! 결핵균은 쉽게 내성을 얻는다. 절대 한 가지 항생제로 치료하면 안 되는 이유다. 그런데 지난 9개월 동안 한 가지 항생제로 아나를 치료하고 있었던 셈이다. 우리나라에서는 주치의가 전자 차트를 통해 언제든지 검사 결과를 확인할 수 있다. 아르메니아에서는 그렇지 않았다. 차트는 전부 종이였다. 결핵약 감수성 검사만 해도 보통 두 달이 걸린다. 심지어 검사실에서 결과가 나와도 결핵 진료소에 따로 통보해주지 않기 때문에, 결핵 의사는 때가 되면 잊지 말고 검사 결과를 직접 확인해야 한다. 루시네는 검사 의뢰 후 두 달이 지나 검사실에 전화를 걸어 결과를 물었지만, 아직이라는 답을 들었다. 아르메니아에서 검사 결과가 늦게 나오는 것은 흔한 일이었다. 그사이 아나는 건강해졌고 가래에서 결핵균도 나오지 않았다. 그렇게 루시네는 감수성 검사 확인을 잊어버리고 말았다.

"루크, 우리 어떡하면 좋아요?"

그녀는 울음을 터뜨릴 것만 같았다. 나는 억울했다. 이 일은 루시네와 알렉산드라의 잘못이었다. 하지만 내 책임이 전혀 없다고 할 수도 없었다. 나 역시 아나의 진료 기록을 검토하면서 약제 감수성 검사 결과가 빠진 것을 눈치채지 못했다. 알렉산드라가 아나를 두고 "No problem"이라고 유쾌하게 소개했을 때 마음을 놓아버렸다. 이제는 내가 의사 관리자이니 어떻게든 문제를 해결해야 했다.

결핵 진료소에서 아나와 그녀의 가족을 만나기로 했다. 아나는 얼마나 충격을 받을까? 내 말을 듣고 어떻게 반응할까? 나는 간호 관리자 페이지에게 함께 가자고 부탁했다. 정신의학과 전문 간호사인 페이지가 도움을 줄 수 있으리라 기대했다. 뜻밖에도 그녀는 자신의 문제가 아니라며 거절했다. 야속했지만 어쩔 수 없었다. 나는 뻣뻣하게 굳은 루시네를 따라 결핵 진료소에 들어섰다. 아나와 그녀의 엄마는 가만히 앉아서 나를 바라보았다. 아나의 엄마는 눈빛으로 말하고 있었다. '당신들이 내 딸에게 무슨 짓을 저질렀단 말인가?' 루시네가 내 왼쪽에 앉았고, 새로 부임한 북부 책임자 아딧이 내 오른쪽 뒤에 떨어져 앉았다. 상황은 온전히 나를 가리키고 있었다.

나는 먼저 국경없는의사회와 나의 실수를 인정했다. 감수성이 있는 약을 한 가지만 사용한 탓에, 아나의 몸에는 다제내성 결핵균이 자라는 상태일 수 있다. 정말 그렇다면 그녀는 앞으로 2년 동안 치료를 받아야 한다. 아나의 엄마는 따져 물었다.

"그렇게 중요한 검사 결과를 왜 확인하지 않았죠?"

그때 내가 영어로 말하고 있다는 사실이 새삼 고마웠다. 모국어가 아닌 영어는 내 감정을 잘 드러내지 못했기 때문이다. 다행히 아나는 담담했다. 나는 설명을 이어갔다. 아나는 지금 건강하고 폐 엑스레이와 가래도 깨끗하다. 한 가지 항생제로 치료에 성공했을 가능성도 있다. 그리고 약제 감수성 검사는 오류가 잦다. 이러한 상황을 종합해서 결핵 치료는 일단 종료하기로 결정했다. 당분간 한 달에 한 번 엑스레이와 가래 검사를 받아야 한다.

뜻밖에도 아나의 얼굴이 아이처럼 밝아졌다. 그녀는 약을 더 먹으라고 할까 봐 걱정하고 있었단다. 아나의 말에 우리 모두의 입에서 피식하고 웃음이 새어 나왔다. 그녀의 엄마도 더는 따지지 않겠다는 듯 자리를 털고 일어났다. 아이처럼 좋아하기로는 루시네도 마찬가지였다. 긴장이 풀린 그녀는 선머슴처럼 씩 웃으며 나에게 고맙다고 인사했다. 전임자 알렉산드라를 바라보던 그 표정이었다. 다행히 내가 아르메니아에서 근무하는 동안, 아나의 검사 결과는 모두 정상이었다.

매주 금요일마다 예레반에 있는 국립결핵병원에서는 '내성 결핵 위원회'가 열렸다. 아르메니아 결핵 의사들과 국경없는의사회 의사들이 모여 환자의 치료를 시작하거나 치료 중단을 선언하는 등 중요한 의사 결정을 했다. 지난주 알베르트의 치료 실패도 위원회에서 결정했다. 북부 사업 의사 관리자인 나는 위원회에 매주 참석해야 했기 때문에 금요일은 무척 바빴다. 아침 9시 전에 예레반에 도착하기 위해 바나조르에서 7시에 출발했다. 그날은 늦잠을 자는 바람에 아침도 먹지 못했다.

아르메니아와 국경없는의사회 의사들 사이에는 묘한 긴장이 흘렀다. 자긍심 강한 아르메니아 의사들은 외국 의사들이 이래라저래라 간섭한다고 느끼는 것 같았다. 처방이나 검사에 조금이라도 문제가 있으면 날카로운 비판이 쏟아졌다. 땀을 뻘뻘 흘리는 통역사가 안쓰러워 보였다. 흥분한 아르메니아 의사들이 대화 중간에 끼어들거나, 통역할 시간도 주지 않고 연달아 발언할 때가 많았기 때문이었다.

긴장은 아르메니아인과 외국인 사이에만 있는 것은 아니었다. 약품 공급에 문제가 생기면서 결핵약이 모자랐다. 결핵을 진단받고도 치료를 시작하지 못하는 환자들이 생겨났다. 내성 결핵 위원회는 어쩔 수 없이 대기 목록에서 시급하게 치료가 필요한 환자를 골라야 했다. 이것은 국적을 떠나 의사들 모두에게 참으로 고통스러운 선택이었다. 의사들도 인간이었다. 그들은 각자 자기 지역 환자, 만나서 직접 얼굴을 보고 안타까운 사연을 들은 환자가 먼저 치료받게 하려고 목소리를 높였다. 처음 몇 주 동안 나는 멍하니 앉아만 있었다. 내가 영어로 말할 수 있다는 사실을 잊은 것만 같았다.

그날따라 위원회는 2시가 넘어서 끝났다. 환자도 두통거리도 많았다. 잠시 쉬는 시간이 있었을 뿐 점심 먹을 짬도 없었다. 회의가 끝나는 대로 모두 아르메니아 각지로 돌아가야 하기 때문이었다. 나는 파김치가 되어 차에 올라탔다. 종일 나를 기다렸을 운전기사 티그란은 능숙한 솜씨로 사륜구동차를 몰았다. 난 속이 비어서인지 그날따라 멀미가 심했다. 아르메니아의 고속도로는 우리나라 국도와 비슷한데, 군데군데 팬 곳이 많아 심하게 덜컹거렸다.

한 시간쯤 달려서 휴게소에 도착했다. 그때 믿을 수 없을 만큼 고소한 빵 냄새가 풍겼다. 멀미가 가라앉자 허기가 몰려왔다. 티그란은 이곳이 근방에서 꽤 유명한 빵집이라고 소개해주었다. 제법 넓은 빵집에는 장작불 위에 올라탄 여러 대의 가마가 열기를 뿜고 있었다. 제빵사들은 호떡처럼 생긴 반죽을 꾹꾹 눌러서 종이처럼 얇게 폈다. 그다음 긴 막대기로 둥글넓적한 반죽을 뜨거운 항아리 안에 척 붙였다. 그렇게 다른 고명이나 소 없이 구워낸 빵이 '라바쉬'였다. 인도 음식인 '난'과 비슷하다. 아르메니아인들은 라바쉬로 치즈와 채소를 싸서 먹었다. 그것이 아르메니아의 주식이었다. 나는 갓 구워 노릇노

룻하고 따뜻한 라바쉬 두 장을 샀다. 우리 돈으로 1,000원이 안 되었다. 티그란에게 하나 권했지만, 그는 이미 점심을 먹었다며 사양했다. 그러고는 마음이 급했는지 바로 시동을 걸었다. 날은 추웠고 언제 다시 눈이 쏟아질지 몰랐다. 나는 라바쉬를 조금 찢어서 입에 넣었다. 따뜻하고 향긋한 빵 조각은 입안에서 사르르 녹아 사라졌다. 치즈도 채소도 없었지만, 나는 태어나서 가장 맛있는 빵을 맛보았다. 위원회에서 쪼그라들었던 나는 기운을 차릴 수 있었다. 차 안은 따뜻했고 멀미는 사라졌으며 배는 불렀다. 북부로 돌아가 어떤 환자든 만날 자신이 생겼다. 나는 곧 조수석에서 곯아떨어졌다.

살고 싶다는 욕망은 어디까지 허락되는가

에드가의 집에는 이미 사람이 많았다. 어둡고 서늘하고 건조한 아르메니아인의 방에는 난로가 내뿜던 메케한 연기가 죽은 자의 체온처럼 아직 남아 있었다. 나를 안내하는 아르메니아인 간호사를 따라 안방으로 들어섰다. 이 세상 모든 종류의 사람들과 닮은 얼굴을 가진 검은 옷의 아르메니아인들이 벽을 따라 둘러서 있었다. 방 한가운데에 놓인 관에는 에드가가 상체만 내놓은 채 누워 있었다.

아르메니아인 간호사 아르미네가 에드가의 죽음을 알렸을 때, 난 뜬금없이 장례식에 참석해도 되냐고 물었다. 어디에서나 의사와 환자가 개인적인 관계를 맺는 것은 적절하지 않다. 하지만 에드가는 이미 죽었고, 몇 주 전 치료 실패를 선언했으니 더는 내 환자도 아니었다. 그렇게 나는 에드가의 장례식에 참석했다.

두 사람이 아르메니아 전통악기를 연주하기 시작했다. 피리처럼 생긴 두둑과 우리나라 해금을 닮은 카만차가 끊어질 듯 가냘프게 이어지면서 높은음으로 흐느꼈다. 충분히 슬퍼하고 서로 위로하기 위해 사람들은 모였다. 나도 억지로 눈물을 참지 않았다. 얼마 후 아르메니아 사도 교회 신부가 예식을 이었다. 사람들은 젊은 나이에 세상을 떠난 에드가를 위해 기도하고 꽃을 바쳤다. 나는 그가 모든 의지에서 풀려나 편히 안식하기를 바랐다. 어쩌다 나는 존재조차 모르고 살았을 아르메니아와 인연을 맺었다. 내가 아르메니아에서 근무한 9개월 내내 인연이 닿았던 환자가 바로 에드가였다.

◆◆◆

에드가는 내가 근무 초기에 만난 환자 중 하나였다. 전임자인 알렉산드라가 인수인계를 할 때 에드가는 이미 수 주째 결핵약을 거부하고 있었다. 환자가 두 달 동안 약을 먹지 않으면 치료 중단을 선언하게 된다. 나는 마지막으로 설득해보기 위해 그의 집을 방문했다. 침대에 누운 에드가는 고개를 들어 나를 바라보았다. 볼은 움푹 팼고 열에 들뜬 이마에는 땀이 찼다. 나와 마흔 살 동갑이었지만, 병에 시달린 탓에 그는 훨씬 늙어 보였다. 에드가는 다제내성 결핵과 악성 중피종을 함께 앓고 있었다. 악성 중피종은 흉부 외벽에 붙어 있는 흉막이나 복부를 둘러싼 복막, 심장을 싸고 있는 심막 표면을 덮는 중피에 발생하는 암이다. 일단 발병하면 1~2년 안에 사망할 만큼 치명적이다. 에드가의 한쪽 폐에는 악성 중피종이, 다른 쪽에는 결핵이 자리 잡았다. 또 그는 몇 개월째 정체불명의 고열에 시달리고 있었다. 다제내성 결핵은 잘 낫고 있었으니 악성 중피종 때문일 가능성이 컸다. 항암 치료를 받았지만 열은 좀처럼 떨어지지 않았다. 나는 그에게 왜 결핵약을 먹지 않는지 물었다.

"암이 좋아지지 않는다면 결핵 치료가 무슨 소용입니까?"

결핵 치료는 에드가만을 위한 것은 아니었다. 그는 부모와 함께 살고 있었다. 나는 그의 따지는 듯 찡그린 얼굴을 바라보았다. 그는 삶에 대한 애착과 고통이 주는 환멸 사이에서 방황하는 것 같았다. 암과 결핵이 그의 몸을 갉아 먹고 있었지만, 짙은 눈썹은 여전히 고집스럽게 솟아 있었다. 내가 흉부 CT 검사를 받을 수 있도록 노력해보겠다고 말하자 그가 내 손을 꽉 잡았다. 어찌나 세게 잡는지, 지금껏 그 힘을 어디다 숨겨두었는지 의아할 지경이었다. 축축한 그의 손에서 열기가 전해졌다. 그는 살아 있었고 또 맹렬히 살기를 원했다. 그는 죽을 생각으로 결핵 치료를 거부하는 것이 아니었다. 목숨을 걸고 '시위'를 하고 있었다.

에드가의 부모는 고맙다며 나에게 머리 숙여 인사를 했다. 그들은 키가 크고 건장한 노인들이었다. 비록 누워 있었지만, 에드가 역시 한눈에 보아도 훤칠했다. 자신들의 몸을 이어받은 아들이 뼈만 남긴 채 말라가는 모습을 지켜보아야 했다. 그들의 선명한 이목구비는 슬픔과 고마움을 복잡하지만 분명하게 드러내고 있었다. 나는 에드가에게 기꺼이 '조종'당하기로 마음먹었다. 그가 내민 손을, 나는 잡았다.

　항암 치료가 잘되고 있는지 확인하기 위해서 CT 검사는 꼭 필요하다. 에드가가 항암 치료를 받는 예레반의 병원에서도 CT 검사를 받을 수 있다. 문제는 암 환자가 받을 수 있는 CT 검사 횟수가 제한된 데다가, 오래 기다려야 한다는 것이었다. 순서를 기다리지 않고 검사를 받으려면 환자가 비용을 모두 부담해야 했다. 검사 비용은 우리 돈으로 수십만 원이었는데, 아르메니아에서는 직장인 한 달 치 월급에 달할 만큼 비쌌다. 연금으로 생활하는 에드가의 가족은 그럴 형편이 못 되었다. 아르메니아 병원은 대부분 나라에서 운영했다. 그래서 '기본 목록'에 올라 있는 약이나 수술은 무료이거나 아주 쌌다. 하지만 만들어진 지 10년도 넘은 기본 목록은 엄청나게 발전한 의료 기술이나 의약품을 반영하지 못했다. 우리나라에서는 흔히 쓰는 약이나 검사, 수술을 받기 위해서 아르메니아 환자들은 큰돈을 내야 했다.

　암 치료는 국경없는의사회의 지원 대상이 아니었다. 그래서 알렉산드라는 CT 검사 없이는 결핵 치료도 받지 않겠다는 에드가의 고집을 꺾지 못했고 그의 결핵 치료를 포기하고 말았다. 에드가는 누워서 무작정 기다리는 사람이 아니었다. 그는 마침내 나로부터 CT 검사 약속을 받아냈다. 나는 사무실에 돌아와 예레반 본부에 긴 이메일을 보냈다. CT 검사로 암 치료 경과를 확인하는 것은 다제내성 결핵 치료를 위해서도 꼭 필요하다. 에드가는 지금까지 결핵 치료를 잘 견뎌왔고 경과도 좋다. 이제 와서 치료를 중단한다면 국경없는의사회에 더 큰 손실이다. 또 함께 사는 부모에게 결핵이 전염될 위험도 고려해야 한다는 내용이었다. 다행히 본부는 허락해주었다. 에드가는 예레반에서 CT 검사를 받을 수 있었다. 그리고 약속대로 결핵약을 다시 먹으며 몸을 태우는 열과 싸움을 이어갔다.

검사를 하고 나서 몇 주 뒤, 에드가는 CT 검사 결과를 무척 알고 싶어 했다. 그러나 일 처리가 너무 늦는 예레반 병원에서는 그때까지 아무런 소식이 없었다. 에드가는 이번에도 가만있지 않았다. 그는 결과를 알기 전까지 약을 다시 끊겠다고 엄포를 놓았다. 나는 그런 에드가가 전혀 밉지 않았다. 주저 없이 그의 의지에 따르기로 했다.

나는 예레반으로 가서 암 전문의를 직접 만나볼 작정이었다. 예레반에서 움직이려면 본부의 차가 필요했다. 예레반에서는 당황하는 눈치였다. 북부 의사 관리자가 예레반의 병원을 방문하는 것 자체가 처음 있는 일이라고 했다. 내 고집에 본부는 하는 수 없이 차를 내주었다. 결과를 확인했더니, 에드가의 악성 중피종은 3개월 전과 비슷한 크기였다. 걱정과 달리 더 나빠지지는 않았다. 하지만 암 전문의는 항암 치료의 효과에 고개를 갸우뚱했다. 에드가를 괴롭히는 열도 기다리는 수밖에 없다고 했다.

다시 3개월이 지났다. 에드가의 상태는 점점 나빠지고 있었다.

한동안 내렸던 열도 다시 올랐다. 그가 나를 만나길 원한다고 했다. 나는 그의 집을 두 번째로 방문했다. 더 빠질 살이 있었나 싶을 정도로 그는 말라버렸다. 눈 주위가 움푹 들어가서 고집스럽게 짙은 눈썹만 더 도드라져 보였다. 그는 숨이 차고 기운이 없어 앉지도 못했다. 에드가는 나에게 요구했다. 다시 CT 검사를 받게 해달라고. 그는 삶에 대한 애착을 겨우 붙들고 있었다. 아니, 그만 놓고 싶어 하는 것 같기도 했다. 결핵 치료를 더 받아야 하는 이유를 그는 알아야만 했다. 나는 비슷한 내용으로 다시 본부에 이메일을 보냈고 CT 검사를 받아도 좋다는 허락을 받았다.

검사 결과를 확인하기 위해 나는 또다시 예레반으로 향했다. 악성 중피종은 더 커져 한쪽 폐를 거의 다 채우고 있었다. 약을 불규칙적으로 먹은 탓인지 결핵도 크게 나아지지 않았다. 암 전문의와 나는 더는 할 말이 없었다. 나는 바로 예레반을 떠나 북부로 향했다. 왠지 모르게 마음이 급했다. 에드가에게 빨리 결과를 알려주고 싶었다.

그의 집을 세 번째로 방문한 날, 육신이 타버리고 남은 재만 내려앉은 것처럼 에드가는 무게가 느껴지지 않았다. 나는 CT 검사 결과를 설명했다. 그리고 다음 주 내성 결핵 위원회에서 치료 실패를 제안할 예정이라고 말했다. 그의 몸은 더는 결핵약을 견딜 수 없었다. 그는 내가 어떤 소식을 가져왔는지 이미 짐작하고 있었다. 이제 그의 눈썹에서조차 어떤 의지도 느낄 수 없었다. 그가 누운 채로 힘겹게 손을 내밀었다. 나는 그의 손을 잡았다. 그에게 더는 숨겨놓은 힘이 없었다. 마흔 살의 두 남자는 서로 바라보았다. 그가 말했다.

"고마웠어요. 루크."

에드가의 부모가 조용히 눈물을 흘리고 있었다. 나는 울음이 터질 것 같아서 한국식으로 고개를 숙여 작별 인사했다. 그들은 전처럼 나에게 고맙다고 아르메니아 말로 인사했다. 그때쯤 나는 간단한 아르메니아 인사말은 알아들을 수 있었고, 통역사도 굳이 옮기지 않았다.

◆◆◆

그로부터 몇 주가 지나, 에드가는 세상을 떠났다. 나는 장례식에 참석하기 위해 그의 집에 네 번째로 방문했다. 그는 참 알 수 없는 사람이었다. 일찌감치 본부의 의료 코디네이터는 나에게 경고했었다. 에드가가 나를 조종해서 CT 검사를 받으려고 한다는 것이었다. 결핵 치료를 협상의 수단으로 쓰도록 두어서도 안 된다고 했다. 더구나 우리가 쓸 수 있는 돈은 언제나 부족했다. 얼마 살지 못할 사람에게 결핵과 직접 상관없는 검사로 계속 돈을 쓸 수는 없었다. 코디네이터의 말은 옳았다.

하지만 난 에드가를 뿌리칠 수 없었다. 그가 CT 검사를 두 번 받을 자격도 없다고는 도저히 말할 수 없었다. 에드가는 내가 자신의 말을 거부하지 못하리라 확신하고 있었다. 물론 그 사실을 나도 알

앞다. 하지만 나는 그에게 순순히 자리를 내주었다. 나는 그가 더 살기를 원했고, 기꺼이 에드가가 되어 9개월 동안 그의 의지대로 살았다. 나는 에드가를 연기하는 배우가 된 것 같았다. 아르메니아가 허락하는 만큼 우리는 삶에 집착했고 살기 위해 발버둥 쳤다. 그와 나는 주어진 운명을 그대로 받아들이는 사람이 아니었다. 하지만 그의 생은 거기까지였다. 우리는 악수를 하고 조용히 운명을 받아들였다.

혼자 남겨지다

북부 사업 책임자 피비가 임기를 마치고 인도 출신 활동가 아딧이 그 뒤를 이었다. 이로써 몇 주 사이에 북부 사업팀 해외 활동가는 완전히 교체되었다. 스무 명이 넘는 아르메니아인 동료들과 일을 하려면 한 숙소에서 지내는 세 사람, 의사 관리자인 나와 간호 관리자 페이지, 사업 책임자 아딧의 팀워크가 중요했다. 그런데 숙소 분위기는 냉랭했다. 일이 끝나면 세 사람은 각자 저녁 식사를 해결하고 자기 방으로 들어갔다. 페이지와 아딧은 주말이면 각각 하이킹을 나갔지만, 나는 숙소에 머물렀다. 세 사람 사이에 오가는 대화는 이메일이 전부였다. 나는 간호 관리자인 페이지와는 사륜구동차 안에서나 환자를 만나면서 이런저런 대화를 나누었다. 하지만 사무실에서만 일하는 아딧과는 개인적으로 대화할 기회가 아예 없었다.

그렇게 두 달쯤 지난 어느 월요일 아침, 페이지의 이메일이 도착했다. 수신은 아딧, 참조는 나였다. 집안 사정으로 급히 미국으로 돌아가야 한다는 것이다. "이 이메일이 사직서가 되기를 희망합니다." 지극히 사무적인 투로 그녀는 글을 마쳤다. 본부에서는 서둘러 미국행 항공권을 끊어주었고, 그녀는 며칠 후 예레반으로 떠났다. 근무를 시작한 지 두 달 만에 아르메니아를 떠나는 그녀에게 환송회는 없었다.

사실 페이지가 갑자기 떠났다는 사실이 그다지 놀랍지 않았다. 언제든 벌어질 일이었다. 하루는 퇴근하고 숙소로 돌아왔더니 페이지가 1층 식당에 서 있었다. 혼자 조용히 저녁을 먹으려던 나는 순간 움찔했다. 그녀의 표정에는 불만이 가득했다. 내가 무슨 일이냐고 묻자, 페이지가 냉장고를 열어 보이며 말했다.

"아딧이 남은 음식을 들고 자기 방으로 가버렸어요."

그는 먼저 숙소에 도착해 2층 자기 방에 들어가 있는 모양이었다. 페이지가 말을 이었다.

"이런 행동은 좋지 않아요. 우리는 하나의 팀인데…"

나는 부끄러워졌다. 나 역시 그래왔고 또 그럴 참이기 때문이었다.

우리 세 사람은 함께 식사한 적이 없었다. 예레반에서 손님이 왔을 때만 몇 번 한자리에 앉았다. 해외 구호 활동은 외로운 일이다. 가족과 고향을 떠나 낯선 곳에서 위험에 맞서야 한다. 그래서 활동가들은 식사와 파티를 즐긴다. 활동가들은 서로 동료이자 친구요 가족이었다. 하지만 그때는 그 사실을 충분히 알지 못했다. 아니, 분명 알고 있었지만 모른 척하고 싶었는지도 모른다. 이런 분위기라면 세 사람의 관계가 오래갈 수 없다는 사실은 분명했다. 그렇지만 나는 아무것도 하지 않았다. 페이지와 아딧 사이에 감도는 불편한 감정을 피하고 싶었기 때문이다. 나는 감정을 다루는 데 서툰 사람이었다. 더구나 사업 책임자는 내가 아니라 아딧이었다. 그렇게 나는 페이지가 내민 손을 잡지 않았다.

페이지가 떠난 이유는 나중에야 알게 되었다. 그녀는 다제내성 결핵에 걸릴지 몰라 두려워하고 있었다. 아딧은 예레반 본부에서 일하는 동료를 통해서 페이지의 사연을 전해 들었다. 아딧의 목소리는 차가웠다.

"현지인 동료들이 쑥덕거리더군요. 결핵 진료소에서 루크가 환자와 만날 때, 페이지는 늘 문밖에 서 있었다면서요? 간호 관리자가 그래서야 어떻게 일을 하겠어요?"

페이지를 향한 차가운 비난이 섬찟했다. 페이지가 결핵을 두려워했다는 사실은 놀라웠다. 꿈에도 예상하지 못했기 때문이었다. 그러고 보니 몇몇 장면이 뒤늦게 마음에 걸렸다. 페이지가 환자와 대화하거나 진찰하는 모습이 기억나지 않았다. 약제 감수성 결과를 놓쳤던 아나를 함께 만나자고 부탁했을 때 그녀가 거절했던 것도 떠올랐다. 나는 그게 공사 구분이 분명한 미국인다운 태도라고만 생각했다. 언젠가는 숙소에서 페이지가 상담을 요청한 적이 있었다. 가슴이 답

답하고 숨 쉬기가 힘들다고 했다. 특별한 병이 없는 30대 여성에게 무슨 일일까? 나는 역류성 식도염을 의심하고 비상약을 골라주었다.

아르메니아 임무를 받아들였을 때 그녀는 당연히 다제내성 결핵이 어떤 병인지 잘 알고 있었다. 이곳에 온 것은 분명히 그녀의 선택이었다. 하지만 전염에 대한 공포는 불안을 싹틔우고 말았다. 환자를 만날 때마다 두려움은 커졌을 것이다. 불안을 다스리려고 애썼겠지만, 한번 싹튼 불안은 억누를수록 더 자라나게 마련이다. 두려움이 자신을 집어삼켰다는 사실을 깨달았을 때 그녀는 절망했으리라. 이건 현지인 동료들과 상의하기에는 부담스러운 주제였다. 그녀는 아르메니아인 간호사, 약사, 심리치료사, 사회사업가 등 여러 인력을 관리하는 사람이었으니까. 나나 아딧에게 얼마나 털어놓고 싶었을까? 그런데 두 해외 활동가는 틈을 내주지 않았다. 혼자 남겨진 그녀는 떠나는 수밖에 없었다.

다시 한 달 뒤, 이번에는 아딧이 돌연 아르메니아를 떠나겠다고 밝혔다. 나는 정말 놀랐다. 나는 그가 감정이 없는 기계 같은 사람이라고 여겼다. 바나조르를 떠나는 페이지에게 이유도 묻지 못했는데 또다시 같은 실수를 반복하고 싶지는 않았다. 내가 왜 떠나냐고 물었더니, 아딧은 본부의 지원이 너무 부족하다고만 답했다. 쉽게 납득할 수 없었다. 그의 임기는 1년이었다. 10년이 다 되어가는 사업에서 1년 만에 큰 변화를 만들기란 쉽지 않았다. 하지만 더는 캐묻지 않았다. 그와 나는 서로 대화가 익숙하지 않았다. 그와 본부 사이에 갈등이 있었다는 사실을 한참 후에야 알게 되었다.

그렇게 아르메니아에서 근무를 시작한 지 세 달 만에 나는 바나조르에 혼자 남겨졌다. 팀은 깨졌다. 남은 음식으로 혼자 저녁을 때우는 날이 많아졌다. 왠지 낯설지 않은 상황이었다. 나는 감정을 피해서 도망치기 일쑤였다. 결말이 뻔히 보이는데도 그랬다.

◆

한때 끔찍하게 듣기 싫었던 소리가 있었다. 술에 잔뜩 취한 채 밤 늦게 집으로 돌아와, 한낮이 되어서야 일어나던 때였다. 집에는 나와 엄마뿐이었다. 아버지와 고등학생 동생은 아침 일찍 직장과 학교로 떠났다. 나 역시 아버지와 동생의 얼굴을 못 본 지 오래였다. 내가 일어나서 씻기 시작하면, 어느새 엄마가 부엌에서 달그락거리는 소리를 냈다. 그날도 어김없이 엄마는 내 밥을 준비하고 있었다. 전날에도 엄마가 차려놓은 밥상을 거들떠보지도 않고 나갔었다. 이제 대학생이 된 아들을 엄마가 놓아주기를 나는 바랐다. 하지만 엄마는 절대 포기하지 않았다. 내 밥상을 차리고 또 차렸다. 머리를 말리고 옷을 입으면서도 곤두선 내 신경은 부엌으로 가 있었다. 그리고 불가능한 일을 바랐다. 엄마가 나에게 그 말을 하지 않기를. 어쩌면 나는 엄마에게 화낼 준비를 하고 있었는지도 모른다. 엄마가 말했다.

"밥 먹고 가라."

"아니, 도대체 왜 그러는 거야? 밥 먹기 싫다고 했잖아!"

엄마가 밥을 먹으라고 하면 나는 짜증을 냈다. 화는 내가 알아챌 겨를도 없이 순식간에 튀어나왔다. 말을 이미 뱉은 다음에야 마음 한쪽에서 반 박자 늦게 후회가 밀려왔다. 엄마는 통사정했다.

"이렇게 차려놨잖아? 그러지 말고 한 숟가락이라도 떠라."

'아, 밥 한 숟가락을 도대체 왜 먹어야 한다는 말인가?' 후회는 쑥 밀려나가고 이제 내가 화의 주인이 되어 소리쳤다. 화는 순식간에 엄마에게 번졌다. 엄마는 미간에 주름을 잡으며 맞섰다.

"니는 엄마한테 왜 그렇게 신경질을 내노?"

난 문을 쾅 닫고 집을 나갔다. 그것이 일상인 시절이었다.

그런데 그날은 달랐다. 내가 엄마에게 소리를 지르자, 멍하니 나를 바라보던 엄마는 그대로 풀썩 주저앉았다. 그리고 방바닥에 무너지듯 쓰러져 아이처럼 울기 시작했다. 아버지와 싸우다가 엄마가 악에 받쳐 우는 모습은 자주 보았다. 하지만 그날 엄마는 달랐다. 엄마는 서럽게 흐느꼈다. 소리를 지르지도 않았다. 엄마에게 분명히 무슨 일이 생겼다.

문 앞에 멈춰 선 나는 울고 있는 엄마의 얼굴을 바라보았다. 그 시각 우리 집과 엄마가 낯설게 느껴졌다. 그리고 서늘하게 깨달았다. 나는 참으로 오랜만에 엄마의 얼굴을 자세히 살피고 있었다. 엄마는 영원히 변하지 않을 존재라고 여겼다. 그녀는 언제나 내 눈치를 살피고 내 위장을 염려하리라. 불행한 결혼 생활의 도피처를 아들에게

서 찾고 또 찾으리라. 그런 사람을 어떻게 참을 수 있단 말인가. 하지만 엄마는 매일 다른 얼굴을 하고 있었다. 내가 몰랐을 뿐이었다. 다른 표정으로 다른 말을 건네고 있었다. 그때 엄마에게 말을 건넸다면 그것이 무엇이었는지 알 수 있었을지도 모른다.

나는 한동안 우두커니 서 있었다. 무엇을 어떻게 해야 할지 몰랐다. 아니, 어렴풋이 짐작은 하고 있었다. 어찌 모를 수 있겠는가? 나는 엄마에게 손을 내밀었어야 했다. 하지만 엄마를 흐느껴 울게 만드는 감정이 나는 두려웠다. 나도 모르게 튀어나오는 것은 화뿐만이 아니었다. 두려움. 내 몸은 이미 집 밖으로 도망쳤고 변명이 역시 반박자 늦게 따라왔다. '엄마는 지금껏 내 마음을 알아차리고 어루만져준 적이 없지 않았나? 엄마가 자식을 돌보아야지!' 조용히 문을 닫고 집을 나왔다. 엄마는 집 안에, 나는 계단에 각각 남았다. 엄마와 나 모두 혼자가 되었다. 어쩌다 이렇게 되었을까. 처음부터 이랬던 것은 분명 아니다.

어린 시절 기억이 났다. 잠결에 안방에서 엄마가 전화하는 소리가 들렸다. 이모 중 한 분이랑 통화하는 것이 분명했다. 엄마는 아버지 흉을 한참 봤다. 거칠었던 엄마의 목소리가 낮아졌고 뭐라고 하는지 잘 들리지 않았다. 그다음 엄마의 말은 또렷이 들을 수 있었다.

"상훈이는 다른 정씨 집안 남자들이랑 달라. 마음이 따뜻해."

때로는 목숨이 가난보다 가볍다

뜻밖의 휴가였다. 기독교의 나라 아르메니아에서는 성탄절부터 새해까지 긴 연휴였다. 현지인 동료들은 들떠서 미리 새해 인사를 나누고 헤어졌다. 근무를 시작한 지 두 달도 채 안 된 나는 시간을 어떻게 보내야 할지 몰랐다. 때마침 이웃 나라 조지아 결핵 사업에서 일하는 일본인 활동가가 아르메니아에 와 있었다. 나는 그를 따라 조지아에 가기로 했다.

바나조르시 경계에 다다랐을 때였다. 수직·수평으로 기하학적 무늬를 그리고 있는 거대한 원통형 파이프들이 보였다. 하늘로 치솟은 굴뚝과 집채보다 큰 저장 탱크들은 그곳이 화학 공장이었음을 말해주었다. 공장에는 내린 눈이 그대로 켜켜이 쌓여 있었다. 공장의 강철 피부는 녹이 슬다 못해 강렬한 붉은빛이 돌았다. 오래전에 가동을 멈춘 것이 분명했다.

현지인 운전기사에게 공장에 관해 물었다. 내 짐작대로 그 공장은 소비에트연방 시절에 지어졌다. 수천 명의 노동자가 공장에서 일하던 그때 바나조르 경제는 활기를 띠었다. 1991년 소련이 붕괴한 뒤에 아르메니아는 독립했다. 문제는 그때부터였다. 소련은 연방 내 한 지역에서 완성품이 생산되는 것을 원하지 않아, 연방 곳곳에 세운 공장들이 공정을 나누어 맡도록 했다. 그런데 소련 해체 이후 이런 연결망이 깨졌다. 아르메니아는 자체 생산에 필요한 원료를 사들일 돈이 없었다. 결국 바나조르에서만 수천 명의 노동자와 가족이 생계 수단을 잃고 말았다. 바나조르뿐만 아니라 아르메니아 곳곳에는 멈춰 선 공장들이 많았다. 2007년 아르메니아의 실업률은 이미 9.8%에 달했다. 1년 뒤인 2008년에 닥쳐온 금융 위기는 이 가난한 나라를 뒤흔들었다. 내가 근무한 2011년에는 실업률이 무려 18.4%까지 치솟았다.

기독교를 믿는 아르메니아의 서쪽, 남쪽, 동쪽 국경은 공교롭게도 이슬람 국가인 터키, 이란, 아제르바이잔과 맞닿아 있다. 터키와는 원수지간이라 국교조차 수립하지 않았다. 제1차 세계대전 중 오스만제국 영토에서 많은 아르메니아인이 죽었기 때문이다. 아르메니아는 오스만제국이 아르메니아인 150만 명을 집단 학살했다고 주장하지만, 오스만제국의 후계 국가인 터키는 이를 부정하고 있다. 아제르바이잔과는 1994년 전쟁 이후 크고 작은 충돌이 계속되고 있다.

일자리가 필요한 아르메니아인들은 북쪽의 조지아를 지나 러시아로 가는 수밖에 없었다.

북쪽 국경으로 가는 길은 가파른 산허리를 깎아 만든 도로를 따라 위태롭게 나 있었다. 인가는 거의 보이지 않았다. 고개를 오르던 차가 국경 검문소 앞에서 멈추자 우리는 차에서 내렸다. 자그마한 사무실 앞에 사람들이 줄을 서 있었다. 국경에 방어벽이나 차단기 같은 것은 보이지 않았다. 권태로운 표정으로 내 여권을 살피던 공무원은 반대편을 향해 고개를 까딱 움직였다. 나는 몇 걸음을 옮겼다. 그러자 먼저 건너가 있던 일본인 활동가가 말했다.

"여기서부터는 조지아예요."

나는 분단된 반도의 남쪽에서 태어난 한국인이다. 다른 나라에 가려면 언제나 비행기를 타야만 했다. 그런데 아르메니아에서는 몇 걸음만으로 국경을 넘다니, 놀랍고 신선했다.

조지아의 수도 트빌리시는 작고 아름다운 도시였다. 언덕에 선 동방정교회 성당이 도심을 가로지르는 쿠라강을 내려다보고 있었다. 아르메니아의 수도 예레반이 수직의 현대적 권위를 강조한다면, 트빌리시의 건축은 유럽풍의 고전미를 갖추었다. 역시 1991년 소련에서 독립한 '그루지야'는 아르메니아와 달리 친(親)서방 정책을 펼쳤고, 명칭도 영어식인 '조지아'로 바꾸었다. 강을 따라 도시를 걷다가 익숙한 광경에 발걸음을 멈추었다. 시간이 멈춘 듯 녹슬어 있는 거대한 공장이었다. 높은 공장 벽에는 마르크스, 레닌, 스탈린의 초

상화가 그려져 있었다. 이곳에서 분주하게 움직였을 조지아 노동자들도 일자리를 잃었다.

세계은행에 따르면 2011년 아르메니아의 1인당 GDP는 3,525달러, 조지아는 4,022달러였다. 1년 소득이 평균 400만 원쯤이라는 뜻이다. 또 2011년 조지아의 실업률은 무려 19.6%로 아르메니아보다 높았다. 독립 이후 서로 다른 세계와 가까워지기를 바랐지만, 두 나라는 비슷한 점이 많다. 독실한 기독교도의 나라이며, 소련 해체 이후 높은 실업률과 빈곤을 물려받았다. 그리고 두 나라 모두 다제내성 결핵 환자가 많다. 조지아인들 역시 일자리를 찾아 러시아로 넘어가고 있었다.

◆◆◆

가릭은 러시아에서 이주 노동자로 일하다가 다제내성 결핵에 걸렸다. 가래에서 피가 나오고 살이 쭉쭉 빠졌다. 하지만 비싼 치료비를 낼 돈이 없었다. 광활한 러시아를 건너고 조지아를 가로질러 아르메니아로 돌아왔다. 다행히 국경없는의사회에서 무료로 치료받을 수 있었다. 빵과 치즈, 기름, 비누 같은 약간의 음식과 생활용품도 지원받았다. 우리가 그에게 바라는 것은 2년 동안 하루에 두 번 결핵 진료소에 와서 약을 먹는 것뿐이었다. 그는 모범적인 환자였다. 가래는 곧 음성으로 바뀌었고 3개월쯤 지나자 체중도 회복했다.

긴 연휴가 끝나고 나는 바나조르에서 일을 다시 시작했다. 그러던 어느 날이었다. 결핵 진료소에서 연락이 왔다. 가릭이 '조만간' 치료를 그만두겠다고 했단다. 이상한 일이었다. 내가 근무하는 동안 여러 환자가 결핵 치료를 중단하거나 포기했다. 그들은 대개 어느 날 갑자기 결핵 진료소에 나타나지 않았다. 그런데 가릭은 예고를 한 것이다. 나는 가릭에게 연락해 "내일 결핵 진료소에서 만나자"라고 말했다.

그는 조용하고 수줍은 30대 남성이었다. 가릭에게는 부모님과 아내, 아이 둘이 있었다. 나는 치료를 중단하는 이유를 물었다.

"러시아로 돌아가서 돈을 벌어야 하니까요."

그는 무뚝뚝하게 답했다. 가릭의 아내는 아이들을 돌보았고, 부모는 몸이 불편해서 일할 수 없었다. 그 집안에서 가릭이 유일하게 돈을 벌 수 있는 사람이었다. 국경없는의사회가 주는 음식과 생활용품, 아르메니아 정부가 주는 쥐꼬리만 한 '결핵 연금'은 가릭의 대식구가 먹고살기에 턱없이 부족했다. 나는 그 사실을 이미 잘 알고 있었다. 그건 내가 도울 수 없는 문제였다. 내가 할 수 있는 것은 의학적 경고뿐이었다. 그가 치료를 중단하고 러시아로 가버리면 어떤 일이 벌어질지 설명했다. 그러다 항결핵제 대부분에 내성을 가진 슈퍼 결핵이 되면 치료는 더 힘들어지고, 급기야 생명을 잃을 수도 있다. 그렇게 된다면 당신에게 의지하고 있는 가족은 어떻게 한단 말인가?

얌전히 듣던 가릭이 고개를 들고 말했다. 선해 보였던 그의 입꼬리에 차가운 미소가 돌았다. 그의 눈은 통역사를 향했지만, 목소리는 나에게 와서 꽂혔다. 통역사가 내 눈치를 보며 가릭의 말을 전했다.

"그럼 당신이 우리 가족 책임질 테요?"

말문이 꽉 막혔다. 나는 진실로 '그래요!'라고 답하고 싶었다. 그를 돕고 싶었다. 나는 가난한 환자를 도우러 비행기로 열두 시간을 날아 한국에서 아르메니아까지 왔다. 국경없는의사회가 주는 결핵약은 무료였다. 결핵 진료소까지 안전하게 다니라고 택시비도 주었다. 하지만 러시아로 떠나지 말라고 가릭을 붙잡을 수는 없었다. 내가 그의 가족을 책임질 수는 없었다. 가릭은 밑이 빠져버린 독처럼 내 앞에 버티고 서 있었다. 나는 무력했고 더 할 말을 찾지 못했다.

만남은 아무런 소득 없이 끝났다. 그런데 가릭은 다음 날도 그다음 날도 결핵 진료소에 나타났다. 그가 혹시 마음을 바꾼 것은 아닐까? 우리는 마음 한구석에 희망을 품었다. 그렇다고 대책 없이 기다리고 있을 수만은 없었다. 우리는 회의를 열었다. 가릭을 아르메니아에 붙잡아둘 방법이 없다면, 러시아에서라도 계속 결핵약을 먹게 할 수는 없을까? 당시 러시아에는 국경없는의사회 결핵 사업이 없었다. 누군가 아이디어를 냈다. 수개월분의 약을 소포로 보내주면 어떨까? 그것은 다제내성 결핵 치료의 핵심인 '직접 복약 확인' 전략을 포기하는 것이었다. 내성 결핵은 기본적으로 결핵 환자가 약을 제대로 먹지 않아 생긴다. 다제내성 결핵 환자들은 하루에 두 번 결핵 진료소에 와서 의료진이 보는 앞에서 약을 삼켜야 한다. 내성이 더 생기는 것을 막기 위해서다. 그런데 가릭에 한해서 직접 복약 확인 전략을 포기한다면, 그는 러시아에서 계속 결핵약을 먹을 수 있었다.

나는 의욕이 솟아오르는 것을 느꼈다. 아르메니아에는 수많은 가릭이 있었다. 그들은 가난했고 돈이 필요했다. 실업률이 높은 탓에 많은 아르메니아인이 러시아에 가서 일했다. 그런데 러시아는 다제내성 결핵 환자가 많은 나라다. 아르메니아인들은 그곳에서 나쁜 노동 환경과 숙소를 받아들여야 했다. 그러다 다제내성 결핵에 걸려서 일할 수 없게 되면 아르메니아로 돌아온다. 가난한 그들의 고국은 결핵 치료를 받는 동안 먹고살 수 있도록 보장해주지 못한다. 환자들은 치료를 중단하고 다시 러시아로 돌아간다. 이주 노동과 다제내성 결핵, 이것은 악순환의 고리였다. 그 고리를 따라 도는 아르메니아인 중 한 사람이 가릭이었다.

바나조르 팀은 우편으로 약을 보내주는 '원거리 치료'를 시도하기로 했다. 나는 예레반 본부에 연락해서 가릭에게 원거리 치료를 허용해달라고 요청했다. 가릭이 슈퍼 결핵에 걸려 돌아온다면 아르메니아는 훨씬 더 큰 희생을 치러야 한다. 원거리 치료를 모든 환자에게 적용할 수는 없지만, 다행히 가릭은 성실하고 믿을 만한 사람이었다. 일주일에 한 번씩 전화 통화로 약을 잘 먹었는지 확인하면 어떻겠냐고 제안했다.

예레반 본부는 이 문제가 심각하다는 사실을 잘 알고 있었다. 그래서 이례적으로 원거리 치료를 허용했다. 나는 흥분했다. 아르메니아에서 가난이 사라지지 않는 한 악순환의 고리를 끊어버릴 수는 없었다. 그래도 무엇인가 조금은 바꿀 수 있었다. 가릭에게 러시아로 약을 보내주겠다고 제안했고 그는 생각해보겠다고 답했다.

며칠 후 러시아로 떠난다는 말을 남기고 가릭은 사라졌다. 우리는 그에게 연락할 방법이 없었다. 그는 왜 치료를 포기했을까?

그도 나처럼 국경선을 걸어서 통과했으리라. 그렇게 생과 사를 가르는 무거운 경계를, 그는 걸어서 사뿐하게 넘었다.

기젤라 이야기

새로 오게 될 간호 관리자 소식에 바나조르 팀원들이 모여들었다. 독일에서 정년퇴직하고 이번이 첫 번째 해외 구호 활동인 60대 간호사라고 했다. 팀원들 눈에 실망의 빛이 스쳤다. 다혈질인 물류 책임자 나렉이 참지 못하고 불평했다.

"이곳 북부는 종일 차를 타고 돌아다녀야 하는 곳이잖아요. 그런데 그렇게 나이 많은 사람을 보내다니. 힘들다고 중간에 또 돌아가 버리기라도 하면…."

드디어 예레반에서 차가 오는 날이다. 다들 무관심한 척했지만, 힐끔힐끔 창문 너머를 쳐다보았다. 하얀 눈 천지에 새까만 흙을 뿌리며 사륜구동차가 도착했다. 금발 여성이 씩씩하게 차에서 뛰어내렸다. 그녀는 나이보다 젊어 보였다. 북부 사무실을 대표해서 내가 그녀를 맞았다. 그녀가 초록색 눈을 반짝이며 인사를 건넸다.

"안녕하세요? 기젤라예요. 나, 루크 밥 먹이려고 왔어요."

우리는 처음 만나는 사이였다. 기젤라가 쓴 "I will feed you"라는 표현은, 그래서 과하게 느껴졌다. 기젤라는 예레반 본부에서 나에 관해 분명히 전해 들었을 것이다. 그들이 나를 어떻게 소개했을지 궁금해졌다. 북부에서 유일한 해외 활동가인 나는 좌충우돌하고 있었다. 에드가의 CT 검사 결과를 확인하기 위해 예레반 병원으로 직접 가겠다고 한 것도 그때였다. 가릭의 원거리 치료를 요청한 것도 그즈음이었다.

◆◆◆

기젤라는 나에게 했듯이 바나조르 동료들 모두와 환하게 웃으며 인사했다. 그리고 그들과 순식간에 친해졌다. 그녀는 여성이 다수인 사무실 직원들과 어느새 이야기꽃을 피우고 있었다. 주로 경비나 운전을 맡는 무뚝뚝한 남성 직원들과는 함께 담배를 피웠다. 기젤라의 목소리는 유쾌했지만, 수다스럽진 않았다. 그녀의 영어는 어휘가 다양하지 않았고 좀 어눌했다. 하지만 그것은 그녀의 장점이 되었다. 영어를 잘하지 못하는 직원들도 통역 없이 그녀와 대화할 수 있었기 때문이다. 단 하루 만에 새로운 간호 관리자에 대한 경계심은 사라졌다. 어안이 벙벙했다. 난 기젤라보다 4개월이나 먼저 바나조르에

도착했다. 그런데 그녀는 벌써 아르메니아의 일부가 되어 있었다.

그렇게 한 주가 지나고 토요일이 되었다. 여느 주말처럼 난 방에 틀어박혀 있었다. 맛있는 음식 냄새가 주방이 있는 아래층에서 솔솔 올라왔다. "I will feed you." 기젤라의 말이 떠올랐다. 하지만 지금껏 남은 음식으로 주말 끼니를 처리해왔던 나는 굳이 아는 체하지 않았다. 그때 기젤라가 노크를 하더니 저녁 식사를 함께하자는 게 아닌가. 아직 오후 4시였고 내 저녁 시간은 두 시간이나 더 남았다. 차마 거절할 수는 없었다. 샐러드와 빵, 오븐 닭구이가 차려져 있었다. 기젤라가 와인을 권하자 난 잠시 망설였다. 술을 마시면 저녁 시간에 영어나 프랑스어 공부를 하기 어렵기 때문이었다. 난 와인을 받았다.

다음 주 토요일 오후에도 아래층에서 달그락거리는 소리가 났다. 이번에는 모른 척할 수 없었다. 기젤라가 주방에서 음악을 틀어놓고 와인 잔을 손에 들고 있었다. 백인 특유의 붉은빛이 도는 그녀의 얼굴이 더 발그레했다. 노래를 흥얼거리는 그녀는 기분이 좋아 보였다. 난 요리를 돕겠다고 말했다. 대한민국의 흔한 40대 남성이었던 내가 할 줄 아는 요리라고는 라면과 달걀부침뿐이었다. 나는 기젤라에게 양파, 당근, 마늘 같은 채소를 다듬고 썰고 다지는 법을 배웠다. 와인 덕분이었을까? 도마질이 꽤 즐거웠다.

오븐에서 음식이 익는 동안 우리는 정원에 놓인 식탁 의자에 앉았다. 3월이었지만, 북부는 여전히 질퍽거리는 눈 천지였다. 그래도 오후의 볕은 한가로이 즐길 만큼 따뜻했다. 기젤라가 담배를 피웠다.

난 흡연자가 아니었지만 한 개비 얻어서 피웠다. 니코틴이 피를 타고 돌아 몽롱해졌다.

"나는 심장병이 있어서 스텐트 시술도 받았어요. 그런데도 담배를 못 끊겠네요."

기젤라가 허탈하게 웃으며 말했다. 그리고 자신의 이야기를 꺼냈다. 기젤라는 20대에 서독 공산당원이었다. 그때는 1960년대, 독일은 서독과 동독으로, 세계는 미국과 소련의 냉전으로 갈라져 있었다. 1969년 소련이 체코 프라하를 침공하자 그녀는 바로 공산당에서 탈당했다. 1973년 칠레에서 아옌데 대통령이 쿠데타에 맞서 총을 들고 싸우다가 스스로 목숨을 끊었을 때, 기젤라는 독일 칠레 대사관 앞에서 벌어진 시위에 참여하기도 했다. 이후에는 정신의학과 병동 간호사로 평범하게 살아왔다. 안타깝게도 그녀의 결혼 생활은 불행했다. 기젤라는 말을 아꼈지만, 그녀의 남편은 가족에 대한 책임을 지지 않았다고 했다. 기젤라가 간호사 생활을 하며 두 아들을 키웠다. 남편과는 오래전에 별거했다. 어느덧 자식들은 성인이 되었고 자신은 정년퇴직했다. 그녀는 이제 스스로 행복해지고 싶었다. 그래서 선택한 것이 해외 구호 활동이었다.

◆◆◆

요리가 다 되었다. 우리는 손수 만든 음식을 어둑어둑해질 때까지 천천히 즐겼다. 그렇게 느긋한 식사는 아르메니아에 도착하고 처음이었다. 아니, 곰곰이 따져보니 태어나서 처음이었던 것 같았다. 나는 니코틴과 알코올 그리고 대화에 취했다. 온몸의 근육이 스르르 풀렸다. 나 역시 기젤라처럼 아르메니아가 첫 해외 구호 활동이었다. 그렇지만 내가 느끼는 두려움과 긴장을 누구와도 나누지 않았다. 이곳 생활 초기에는 적응하느라 바빴고 이제는 일에 푹 빠져 있었다. 나는 무언가에 몰입하면 주위 사람들, 심지어 나 자신도 잊어버리는 성격이었다. 그런데 그날 저녁은 달랐다. 간만에 무엇에도 사로잡히지 않는 저녁이었다. 그 이유가 궁금해졌다. 기젤라는 무슨 마법을 부린 것일까? 공교롭게도 그녀는 우리 엄마와 나이가 같았다. 아들만 둘인 것도 같았다. 그녀가 엄마 같아서였을까?

그럴 리 없었다. 나는 엄마에게 화를 느꼈기 때문이다. 그녀와 평화롭게 대화하는 것은 불가능한 일처럼 느껴졌다. 우울증을 앓고 나서야 내가 화에 사로잡혀 있다는 사실을 깨달았다. 아니, 정확하게 말하면 느낄 수 있는 감정이 분노와 슬픔뿐이었다. 나는 화나 분노에 관한 책을 여러 권 읽었다. 어떤 책에서는 화를 느낄 때마다 그 정도를 1점에서 10점 사이 점수로 매겨보라고 권했다. 내 점수는 대부분 9점이나 10점이었다. 우울증약 덕분에 괜찮아지기는 했다. 그러나 걷잡을 수 없는 화에 사로잡히는 때가 있었다. 엄마를 만나는 때였다.

기젤라의 식탁에서 난 평화를 느꼈다. 그녀에게 우리 엄마 이야기를 해주었다. 기젤라처럼, 엄마의 결혼 생활도 불행했다고. 내 어린 시절 기억은 부모님의 부부 싸움뿐이었다. 싸움을 거는 사람, 먼저 소리를 지르는 사람은 엄마였다. 안방에서 큰 소리가 나면 난 이불을 뒤집어쓰고 상상했다. '판사님이 부모 중 누구와 살 거냐고 물으면 뭐라고 대답할까?' 길게 고민할 필요가 없었다. 나는 아버지를 선택할 것이다. 엄마와 살다가는 그 화에 내가 타버릴지도 몰랐다. 사춘기 무렵 부모님의 싸움은 더 격렬해졌다. 집에 들어가고 싶지 않았지만, 달리 갈 곳이 없었다. 나중에 안 일이지만, 엄마는 젊어서부터 우울증을 앓고 있었다. 하지만 어린 나에게 엄마는 그저 우리 집의 평화를 깨는 사람이었다. 불같은 감정에 사로잡힌 엄마가 무서웠다. 부모님은 결국 내가 아르메니아에 오기 몇 년 전 이혼했다.

엄마는 '협의이혼의사확인신청서'를 우편으로 받았다. 부모님이 별거한 지 3년쯤 지난 어느 날이었다. 아버지의 도장이 보란 듯 찍혀 있었지만, 엄마는 현실을 믿을 수 없었다. 엄마는 나에게 아버지를 말려달라며 울고불고하며 매달렸다. 내가 엄마와 그렇게 마주 앉은 것, 엄마를 이해해보려고 노력한 것은 서른 중반이 된 그때가 처음이었다. 도망치고 싶었지만 그럴 수가 없었다. 엄마에게는 나뿐이었다. 하지만 난 부모님의 이혼을 이미 받아들였다. 내가 할 수 있는 일은 아버지로부터 위자료를 더 받아내는 것뿐이었다. 이혼 후 엄마는 나와 함께 살았다. 그것은 실수였다. 엄마와 나는 서로에게 상처 주기 전문가였기 때문이다. 어떤 말, 눈빛, 표정이 제일 아픈지 너무 잘 알고 있었다. 엄마는 원망하고 나는 피했다. 몇 개월 만에 엄마는 우리 집에서 나갔다.

"엄마 혼자 남겨두고 해외로 나가다니. 너 혼자 잘난 줄 아는구나!"

아르메니아로 떠나는 나에게 엄마는 그렇게 쏘아붙였다. 그것도 벌써 네 달 전 일이었다.

◆◆◆

그날 밤 엄마에게 전화를 걸었다. 한국은 거의 한밤중이었다.

"누구요?"

자다 깬 엄마가 잔뜩 경계하는 목소리로 물었다. 내 이름을 듣고서야 엄마는 아들 목소리를 알아들었다. 막상 용기를 내어 전화는 걸었지만, 할 말이 없었다. 난 인터넷 전화 잔액이 줄어드는 것을 멍하니 보고 있었다. 엄마의 불안한 목소리가 조심스럽게 넘어왔다.

"니 거기서 힘들어서 엄마한테 화내나? 목소리가 별로 안 좋네."

난 알아챌 수 있었다. 엄마는 먼 곳에 있는 아들을 걱정하고 있었다. 하지만 '너 아르메니아에서 무척 힘드니?'라고 마음 그대로 묻지는 못했다. 엄마에게 큰아들은 힘들 때 화내는 사람이었다. 벌거벗은 내가 보였다. '엄마, 내가 걱정되는구나? 나는 잘 지내.' 나 역시 입밖으로 꺼내어 엄마의 마음을 받아주지 못했다. 대신 화를 내냐는 엄마의 말에 정말 화가 나기 시작했다. 그날만은 엄마에게 소리치고 싶지 않았다. 마음과 다르게 살고 몸을 어쩌지 못하는 가련한 두 사람은 차라리 침묵이 편했다. 그렇게 통화는 짧게 끝났다.

차별은 인간을 병들게 한다

　매주 열리는 사례 회의에서 바나조르 팀은 환자의 문제를 해결하기 위해 머리를 맞댔다. 이 회의에 이름을 한 번도 올리지 않고 평화롭게 치료를 마치는 환자가 훨씬 더 많았다. 그런 환자들은 치료 종료 축하 파티 때에나 얼굴을 볼 수 있었다. 파티에는 한참 치료를 받는 환자들도 초대받았다. 기운 내라는 뜻이었다. 우리는 '졸업생' 주위에 둘러서서 작은 케이크에 양초를 꽂고 손뼉을 쳐주었다. 조그만 기념품도 주었다. 비록 마스크를 썼지만, 환자의 눈매만으로도 무사히 치료를 끝낸 홀가분함을 느낄 수 있었다.

　하지만 일주일이 멀다 하고 사례 회의에 올라오는 환자들도 있었다. 마리암도 그런 환자 중 하나였다. 결핵 진료소에서 그녀를 몇 번 만났는데, 아직 앳돼 보이는 20대 초반 여성이었다. 다른 저개발국 사람들처럼 아르메니아인도 결혼을 일찍 했다. 그녀는 늘 한 살배기 아기를 안고 있었다. 마리암의 문제는 다제내성 결핵에 걸린 그녀가 처음부터 치료를 거부한다는 점이었다. 사실 다제내성 결핵 치료를 거부하는 환자는 꽤 여러 명이었다. 국립결핵병원에 입원하기 싫다거나 허브 같은 민간요법으로 치료하겠다고 거부하는 사례도 있었다. 그런데 마리암을 만난 루시네는 이유를 통 모르겠다며 고개를 흔들었다. 이제는 내가 그녀를 만나볼 차례였다.

루시네와 다른 비장의 무기가 나에게 있을 리 없었다. 다제내성 결핵이 치명적인 병이라는 사실을 알고 있는지, 자신이 사랑하는 가족과 영원히 이별하는 상황을 상상해보았는지 물었다. 러시아로 떠나버린 가릭에게 던진 질문과 똑같았다. 이런 질문을 통해 마리암이 죽음의 공포를 느끼길 바랐다. 하지만 그녀는 여전히 아무 말이 없었다. 나는 그녀의 품에 안겨 있는 아기를 보았다.

"혹시 아기 때문에 그러시나요?"

그 순간 그녀의 얼굴 근육이 굳는 것을 보았다. 나는 임산부나 수유 중인 여성 환자가 흔히 갖는 두려움을 떠올렸다. 그래서 장황할 정도로 친절하게 설명했다. 결핵 치료제가 모유를 통해 아기에게 건너가긴 하지만 해롭지는 않다, 오히려 아기를 위해서라도 엄마가 꼭 치료를 받아야 한다고. 마리암의 표정은 침묵으로 되돌아갔다.

우리 팀은 마음이 급해졌다. 마리암도 문제지만 아기가 걱정이었다. 엄마의 치료가 늦어질수록 아기도 다제내성 결핵에 걸릴 가능성이 커졌다. 한 팀원이 아이디어를 냈다. 아기의 엑스레이 검사를 제안해보자. 아기가 건강하다면 우리에겐 아직 마리암을 설득할 시간이 있다. 만에 하나 아기에게 이상이 있다면 그녀도 치료받기를 거부하지 못할 것이다. 예상대로 마리암은 아기의 엑스레이 검사에 동의했다. 약속한 날 우리는 흥분해서 모녀가 나타나기를 기다렸다. 그러나 그들은 끝내 결핵 진료소에 오지 않았다.

나와 팀원들은 다시 둘러앉았다. 마리암은 왜 치료를 거부하는 것일까? 엄마가 어떻게 아기의 엑스레이 검사까지 마다할 수 있는가? 그녀가 아기를 걱정하는 게 맞는가? 나는 도무지 이해할 수 없었다. 제발 치료를 거부하는 이유만이라도 알고 싶었다. 하지만 마리암이 무표정으로 나에게 맞서는 한 나는 더 할 수 있는 것이 없었다. 다행히 북부에는 기젤라가 있었다.

"루크는 남성이고 의사일 뿐만 아니라 낯선 곳에서 온 아시아인이잖아요. 마리암이 루크에게는 속마음을 털어놓기 어려울 수도 있어요."

기젤라는 마리암 마음속에 들어갔다 온 것처럼 말했다. 나는 한 대 얻어맞은 것처럼 멍했다. 마리암은 안전하지 않다고 느끼고 있었다. 그녀의 비밀은 죽음의 공포보다 더 큰 것임이 틀림없었다. 그녀에게 필요한 것은 죽을 수 있다는 경고가 아니라 안전하리라는 약속인지도 몰랐다.

기젤라는 심리치료사와 함께 마리암을 만났다. 나는 그들이 어떤 대화를 나누었는지 알 수 없었다. 마리암은 남편, 시부모와 함께 살았다. 시아버지와 남편 모두 직장이 있어서 그녀의 가족이 돈 문제로 시달리지는 않았다. 마리암은 기젤라에게도 쉽사리 비밀을 말하지 못했다. 그녀는 자신의 이야기가 밖으로 새어나가는 것을 극도로 경계하고 있었다. 아기의 엑스레이 검사를 피한 것도 그 때문이었다.

기젤라는 서두르지 않았다. 이유를 캐내겠다는 목적을 포기한 것처럼 보였다. 마리암 역시 기젤라의 목적을 모르지 않을 것이다. 그녀는 여전히 치료를 거부했지만, 기젤라를 계속 만나고 있었다. 나에게는 그러는 두 여성이 모두 신기했다. 그렇게 두 사람이 몇 번 더 만난 후에야 마리암이 치료를 거부하는 이유가 밝혀졌다.

"내가 몹쓸 병에 걸렸다는 것을 알게 되면 시부모님이 날 쫓아낼 거예요."

그 말을 듣고도 나는 선뜻 이해할 수 없었다. 치료받지 않으면 자신은 물론이고 아기와 가족 모두를 위험에 빠뜨릴 수 있지 않은가? 내가 어정쩡한 표정을 짓자 기젤라가 덧붙였다.

"시부모가 쫓아낸다면 마리암은 아기와 헤어지겠죠? 그녀는 아기와의 이별이 두려운 거예요."

언제 닥칠지 모르는 죽음보다, 지금 당장 눈앞의 아기와 떨어질지도 모른다는 사실이 마리암으로서는 더 견딜 수 없었다. 나는 죽음보다 강한 공포를 목격했다. 아르메니아 가정에서 며느리는 아직도 남의 집안사람, 몹쓸 전염병에 걸리면 쫓아낼 수 있는 존재였다. 아르메니아인들의 선명한 이목구비는 서양인처럼 보였다. 하지만 검은 머리와 검은 눈동자, 아담한 체구는 동양인에 더 가까웠다. 아르메니아에는 동서양의 문화가 공존했다. 마리암의 시부모는 정말 그런 사람들일까? 그것은 알 수 없는 일이다. 하지만 이곳에 뿌리 깊은 여성 차별이 없다면 마리암의 공포는 존재할 수 없었다. 어떤 팀원은 시부모를 만나서 설득하자는 의견을 냈다. 그러나 당사자의 동의 없이는 불가능한 일이었다.

물론 나는 여성이 건강과 의료에서 차별받고 있다는 사실을 잘 알고 있었다. 특히 가난한 나라의 여성들은 이중의 불평등을 겪는다. 아프리카와 동남아시아의 병인 에이즈를 예로 들면(사하라 남쪽 아프리카 국가들에서는 에이즈가 사망 원인 1위일 정도로 심각하지만, 치료제가 모자라는 실정), 이 지역 국가들에서 여성의 에이즈 유병률은 60%로 40%인 남성보다 훨씬 높다. 다시 말해 그곳 여성들은 HIV 바이러스 감염 위험에 더 자주 노출되지만, 치료에서는 밀려나고 있다.

전 세계 많은 여성이 여성이라는 이유로 죽는다. 2017년에서 약 30만 명의 여성이 임신과 출산 과정에서 죽었다. 물론 그들 대부분은 가난한 나라 사람이었다. 또한 전 세계 여성 세 명 중 한 명은 신체적 혹은 성적 폭력을 경험했다. 2017년 한 해에만 8만 7,000명의 여성이 살해당했는데, 절반 이상은 파트너나 가족이 가해자였다.

나는 이러한 진실이 너무나 차갑고 무거워서 알아채지 못하고 지나칠 수는 없다고 생각해왔다. 하지만 내 앞에서 침묵하는 여성 마리암이 그 희생자일 수 있다고는 상상조차 못 했다. 만약 기젤라가 없었으면 어떻게 되었을까? 나는 마리암을 이해하는 데 끝끝내 실패했을지 모른다. 진실은 너무 가까워서 보이지 않고, 너무 익숙해서 지나치기도 한다. 엄마는 자주 비꼬곤 했다.

"너는 조선 천지에서 제일의 헛똑똑이다."

엄마는 나를 제일 잘 아는 사람이었다.

이유는 밝혀졌고 이제는 문제를 해결할 때였다. 우리 팀은 이런 저런 아이디어를 냈다. 마리암이 아니라 아기가 결핵에 걸렸다고 가족에게 거짓말을 해보자. 시부모가 손주는 어쩌지 못할 것이다. 이 방법에는 윤리적인 문제가 있었다. 시부모 귀에 들어갈까 봐 무섭다면 새벽에 몰래 약을 건네주면 어떨까? 한 팀원이 새벽마다 마리암에게 약을 주겠다고 자원했다. 하지만 2년 동안 가능할까? 매일 진료소에 오는 것이 부담스럽다면 한 달 치 약을 주자. 이는 직접 복약 확인 원칙을 위반하는 것이었다. 마리암은 아직 치료를 시작하지도 않았으니, 성실하게 약을 먹으리라는 보장도 없었다. 아이디어마다 모두 문제가 있었다. 물론 겁에 질린 마리암을 그대로 두는 것은 더 큰 문제였다.

안타깝게도 마리암은 이 모든 제안을 거절했고, 더는 우리를 만나려고 하지 않았다. 그녀는 시부모가 눈치챌 수도 있다는 두려움을 어쩌지 못했다. 기젤라도 더는 도울 수 없었다. 바나조르 팀은 오랫동안 마리암에게 매달렸지만 포기할 수밖에 없었다. 우리가 생각했던 것보다 세상은 단단했고 개인은 자유롭지 못했다. 문제는 튀어나온 못 머리를 내리치듯 간단히 해결할 수 없었다. '남을 도우라'라는 말은 '두려움을 떨쳐버려라'라는 말만큼 공허했다. '나는 과연 돕고 있는가?' 새로운 질문이 떠올라 뇌리에서 떠나지 않았다. 인간 내면, 마음이 심오한 탐구의 대상이듯, 돕는 행위에도 성찰과 반성, 훈련과 협력이 필요했다.

　내가 아르메니아를 떠날 때까지 마리암이 치료를 시작했다는 소식은 듣지 못했다.

성당 가는 길

어느 일요일, 기젤라와 나는 근처 성당에 가기로 했다. 지도를 보니 걸어서 한 시간쯤 걸리는 곳이었다. 기젤라가 제안했을 때 난 주저하지 않았다. 오히려 기다리고 있었던 것 같다. 아르메니아에 와서 처음 가보는 소풍이었다. 여기서 일한 지 어느덧 6개월이 다 되었지만, 난 아르메니아를 둘러보는 데 인색했다.

기젤라는 씩씩하고 빠르게 걸었다. 나 역시 걷는 것을 좋아했다. 아직 눈이 곳곳에 쌓여 있었지만, 한참 걸으니 슬슬 땀이 났다. 기젤라가 말했다.

"에드가가 죽었다는 소식 들었어요."

나는 그냥 고개를 끄덕였다.

"루크는 에드가를 위해 애를 많이 썼잖아요. 괜찮아요?"

나는 역시 끄덕이기만 했다.

"처음 예레반에 도착해서 인수인계를 받을 때, 루크에 관해 들었어요. 당신을 조심하라고 하던걸요?"

기젤라는 웃음을 띠며 말을 이었다.

"본부에서는 꽤 곤란해하고 있었어요. 전임자들이 하지 않던 일을 벌이고 의사 결정 체계도 종종 무시한다고요. 의사 관리자는 현지인 의사를 관리하는 자리지, 환자를 직접 만날 필요는 없지 않냐고 묻더군요. 하지만 나는 루크의 방식이 더 마음에 들었어요. 환자를 보지 않고 어떻게 그들에 관해 결정을 내릴 수 있겠어요."

기젤라는 잠시 말을 쉬었다.

"나는 루크가 열정이 넘치는 사람이라고 생각했어요. 루크에게서 옛날 내 모습을 보는 것 같았죠. 내가 예전에 공산당원이었다고 말했죠? 그때는 정말 펄펄 날아다녔는데."

"저도 한때 사회주의자였어요."

그녀는 놀라는 눈빛으로 나를 바라보았다. 그리고 우리는 대단한 비밀을 나눈 것처럼 어설프게 웃었다. 기젤라는 내가 끼어들어서 못다 한 말을 했다.

"단지, 루크가 동료들과 상의해서 일을 처리한다면 본부 사람들도 더 행복할 거예요."

정오가 가까워지고 있었고 4월의 햇볕은 제법 뜨거웠다. 기젤라의 얼굴은 열기로 붉었고 숨소리는 거칠어졌다. 그녀가 심장병을 앓고 있다는 사실이 떠올랐다. 우리는 길가 돌덩어리에 앉아 잠시 쉬었다. 기젤라와 나는 담배를 한 대씩 물었다. 그녀는 텀블러에 담아 온 커피를 나에게도 나눠 주었다. 아르메니아 커피에 딸려 오는 초콜릿이 먹고 싶었다. 아르메니아 커피는 물이 끓기 직전에 주전자에 원두 가루를 넣어서 만든다. 그래서 잔 바닥에 가루가 남는다. 나는 아르메니아에서 처음 마신 커피가 떠올랐다.

"예레반 공항에 도착하니 새벽이었어요. 점심때 깨어났더니 숙소에는 요리사 아주머니 외에는 아무도 없더군요. 그녀는 내게 커피를 내주었죠. 에스프레소와 비슷해 보였어요. 어찌나 쓰던지. 초콜릿과 함께 마시는 이유를 알겠더군요. 그런데 잔 바닥에 가루가 남았어요. 커피 가루가 덜 녹았나 보다 했죠. 아르메니아인 동료가 처음 타준 커피를 남길 수는 없잖아요? 그래서 물을 부어 마저 마시려고 하자 아주머니가 노, 노! 하고 말리더라고요."

우리는 웃었다. 일 이외의 주제로 내가 그렇게 수다를 떨기는 참 오랜만이었다. 기젤라가 물었다.

"어제 혹시 안 시끄러웠어요? 내가 두 아들이랑 채팅을 너무 큰 목소리로 했죠?"

전날 오전 화상 채팅하는 소리가 벽을 넘어오긴 했다. 두세 시간 동안 그녀는 깔깔대며 두 아들과 유쾌하게 대화했다.

"아니요. 전혀요. 오히려 기젤라가 좀 부러웠어요."

"왜요?"

"저는 엄마랑 별로 할 이야기가 없거든요."

엄마 이야기가 나오자 나는 더 털어놓고 싶어졌다. 니코틴 때문에 약간 몽롱했다.

"엄마는 우울증을 앓았어요. 평생 집에서만 살았죠. 엄마와 같은 나이인 기젤라가 정년퇴직하고 해외 구호 활동을 하다니 믿기지 않아요. 우리 엄마라면 상상도 못 할 일이거든요. 그래서 당신이 부러워요."

"나도 젊어서 남편과 엄청나게 싸웠어요. 그 사람은 생활력이 없었거든요. 그런데도 고집이 세고 가부장적이어서 나에게 이래라저래라 했죠. 그 사람과 별거한 지 벌써 20년도 넘었네요. 왜 진작 이혼을 안 했는지는 나도 모르겠어요. 화가 난 채로 결정하고 싶지는 않았나 봐요. 아이들과 충분히 상의해서 정하고 싶기도 했죠. 나, 이번 근무 끝나고 독일로 돌아가면 남편과 이혼할 계획이에요. 두 아들도 적극 찬성이라네요. 어제 그 이야기 했어요."

고원의 바람이 금방 땀을 날려주었다. 우리는 다시 걷기 시작했다. 저 멀리 깎아지른 듯 가파른 절벽 위에 성당이 보였다. 절벽에는 풀 한 포기 없어서 금방 잘라놓은 것처럼 속살이 붉었다. 꼭대기까지 굽이굽이 이어지는 좁은 길을 우리는 천천히 걸어 올라갔다. 한참 지난 것 같아 둘러보니 여전히 중턱이었다. 나는 기젤라에게 괜찮냐고 물었고 그녀는 "오케이!"를 연발했다.

세상은 가까이 다가가야 보이는 것을 숨겨놓았다. 절벽 위는 눈이 시릴 정도로 새파란 풀밭이었다. 누군가 눈이 쌓이지 않도록 열심히 치운 것이 분명했다. 절벽을 딛고 풀밭을 안은 채 아르메니아 성당은 서 있었다. 성당의 겉모습은 아르메니아인과 닮았다. 작고 단순하고 소박했다. 지붕에 달린 십자가를 제외하면 특별한 장식이 없었다. 검붉은 빛을 띠는 벽돌 벽에 난 창문 몇 개는 좁고 나지막했다. 안을 내보이고 싶지 않아서일까. 그런데 성당 안은 밖에서 보는 것과 완전히 딴판이었다. 화려한 아치 모양 기둥이 아틀라스처럼 천장을 받치고 있었고, 내부의 어두움은 벽면을 따라 놓인 성화에 겸손하게 무릎 꿇었다. 제단 뒤 십자가 문양의 금박 장식은 성화 주위에서 후광처럼 빛났다. 낡은 의자들이 없었다면 현실의 공간이 아니라고 착각할 지경이었다. 일요일 낮이었지만 성당에는 신자들이 많았다. 그들은 아기 예수와 마리아를 담은 성화에 양초를 바치고 두 손을 모았다.

인구 300만 명에 자원도 없는 작은 나라 아르메니아는 왜 소련에서 독립하려고 했을까? 나는 궁금해한 적이 있었다. 돈 벌러 러시아에 간 가릭을 보면서 그런 의구심은 깊어졌다. 소련 체제 아래 있었다면 아르메니아의 경제는 지금보다 나았을지 모른다. 종교 때문일까? 아르메니아 사도 교회는 독자적인 하나의 기독교 교단이다. 신자 수는 세계적으로 900만 명 정도인데, 아르메니아 국민의 95%는 사도 교회 신자다. 아르메니아인들은 이슬람인 오스만튀르크의 지배와 사회주의 소련 체제에서도 믿음을 지켰다. 그래도 궁금증이

속 시원히 풀리지는 않았다.

　한때 나도 교회에 다녔다. 고등학교 때 '절친'이 거의 협박해서 끌고 갔다. 교회의 경건함과 평화는 순식간에 나를 사로잡았다. 우리 집에는 고함과 비난, 감정의 폭풍과 침묵이 폭발 역치에 늘 다다라 있었다. 교회는 내 삶의 탈출구였다. 하지만 그것이 전부는 아니었다. 나는 열두 사도의 이미지에 빠져들었다. 그들은 예수를 묵묵히 따랐고 기꺼이 고난을 겪었다. 순교라는 목표가 내 삶에 처음 흔적을 남겼다. 그때 나는 아프리카에서 환자를 돌보며 선교하는 의사가 되기로 마음먹었다. '루크'(Luke, 성경의 누가)가 내 영어 이름이 된 것도 그 때문이었다. 루크는 사도이자 의사였다. 이런 생각에 잠긴 나를 누군가 살짝 쳤다. 한 아르메니아인이 불경스럽다는 표정으로 내 손을 가리켰다. 난 뒷짐 지고 있던 팔을 황급히 풀었다. 그리고 더 묻지 않기로 했다. 지금은 예의를 지키며 응시할 때였다.

◆◆◆

　기젤라와 나는 각자 그렇게 둘러보다가 약속이나 한 듯 성당 정문에서 만났다. 우리는 성당 주위를 잠시 둘러보고는 다시 굽잇길을 내려갔다. 어느새 절벽을 내려와 계곡을 따라 난 길 앞에 섰다. 우리는 그늘에 앉아 준비해 온 샌드위치를 먹었다. 기젤라가 미처 묻지 못해 미안하다는 듯 말을 이었다.

"엄마랑은 자주 연락해요?"

"아니요. 한 달에 한 번쯤. 할 말이 없으니까 자주 안 하게 돼요. 사실 엄마랑 관계가 별로 좋지 않아요. 제가 자꾸 엄마에게 화를 내거든요."

"엄마가 혼자 산다고 했죠? 엄마가 참 외롭겠네요."

외로운 엄마. 하지만 엄마는 나에게 외롭다고 말한 적이 없었다. 나 역시 외롭냐고 물은 적이 없었다. 나는 비밀을 털어놓기로 했다. 자신을 변호하고 싶어서였는지도 모른다.

"사실 저도 우울증을 앓았어요. 엄마처럼 말이죠. 이유는 알 수 없지만, 엄마를 보면 화가 나요. 화를 내고 나면 내 마음이 너무 힘들어요."

기젤라는 담배 연기를 길게 내뿜었다.

"나도 남편이랑 참 많이 싸웠어요. 도저히 이해할 수가 없더라고요. 자기 자식의 생계조차 책임지려고 하지 않다니. 오랫동안 만나지도 않았죠. 그런데 정작 이혼 결심을 하니까 마음이 홀가분해지더군요. 이혼 문제로 남편과 대화를 나누면서 옛이야기도 조금씩 했어요. 오해도 조금은 풀고요. 요즘은 남편이랑 친구처럼 지내요. 가끔 온 가족이 만나서 식사도 같이하고요. 이혼하고도 그렇게 지낼 수 있을 것 같아요."

"아, 기젤라가 참 부러워요."

"난 루크가 부러워요. 아직 젊고 열정이 넘치잖아요. 루크는 무서운 것이 없는 사람 같아요. 엄마에게도 그렇게 해봐요. 그냥 엄마가 원하는 것을 해줘요. 당신은 할 수 있어요."

우리는 다시 걸었다. 계곡 큰 굽이를 돌자 관목과 풀 사이로 냇물이 흐르고 있었다. 성당 가는 길에는 보지 못한 초록빛이었다. 나지막한 고원의 언덕들은 여전히 눈으로 덮였지만, 볕이 잘 드는 곳에는 나무들이 작은 숲을 이루고 있었다. 집은 보이지 않았고 길에는 사람이 없었다. 성당에서 만난 사람들은 어디에서 나타난 것일까.

기젤라는 사진을 찍고 싶다며 멈췄다. 그녀가 없었다면 나는 절대 쉬지 않았을 것이다. 나에게는 언제나 목적지에 도착하는 것이 중요했다. 나도 조금 피로를 느껴 돌무더기 위에 앉았다. 멍하니 있는데 어디선가 찰칵 소리가 났다. 기젤라의 카메라가 나를 향하고 있었다. 표정으로는 감정을 짐작하기 어려운 사람, 젊어서 충실한 사도이고자 했던 한 중년이 사진 속에 앉아 있었다. 숙소에 도착한 나는 엄마에게 전화를 걸었다.

협력이 공포를 이긴다

알라베르디는 바나조르에서도 차로 한 시간 걸리는 곳이었다. 때는 5월이었고, 땅 위에 끈질기게 얼어붙어 있던 눈도 완전히 녹았다. 한 달 전 군데군데 모습을 조금씩 드러냈을 때, 북부의 땅은 너무나 황량했다. 나무도 풀도 없는 민둥민둥한 산과 언덕에는 돌뿐이었다. 이제는 풀이 자라나 고원의 하늘 아래를 뒤덮었다. 어디선가 양 떼도 나타났다. 그동안 무엇을 먹고 지냈을까? 나는 6개월 내내 입었던 겨울 재킷을 마침내 벗었다. 차는 구불구불한 시골길을 덜컹거리며 지났다. 아라랏을 만나러 가는 길이었다. 50대 남성인 그는 다제내성 결핵으로 진단받았지만, 치료를 거부하고 있었다.

얼굴에 깊게 팬 주름과 흰머리 때문에 그는 노인처럼 보였다. 내가 다제내성 결핵에 관해 설명할 차례였다. 이럴 때면 의사라는 직업이 싫었다. 나는 환자에게 죽음의 확률을 들이밀어야 한다. 그러고 나면 환자들은 나에게 속마음을 털어놓지 않았다. 무슨 선고가 곧 떨어지기라도 할 것처럼, 아라랏은 다소곳하게 앉아 있었다. 내 설명을 듣고 그는 무척 놀란 듯했다. 다제내성 결핵이 그렇게 무서운 병인지 몰랐다고 했다. 살고 싶고 치료받고 싶다고 눈물을 글썽였다. 나야말로 예상하지 못했던 반응에 놀랐다. 결핵 치료를 거부하는 환자들은 살고 싶다고 차마 말하지 못했다. 마치 죽음을 초월한 것처럼 보이기도 했다. 아라랏은 달랐다.

그런데 살고 싶다던 그가 국립결핵병원에는 절대 갈 수 없다고 했다. 가래에서 결핵균이 안 나올 때까지는 국립결핵병원에 입원해야 한다. 내가 이유를 묻자 그가 되물었다.

"거기엔 뭘 타고 가죠?"

"구급차를 타고 갑니다. 차가 이 마을로 올 겁니다."

"아, 그럼 마을 사람들이 볼 수 있잖아요. 저는 구급차를 탈 수 없어요."

그는 작은 마을에 살았다. 그곳에서 태어나 평생을 살았고, 마을이라는 육체의 한 조각이었으며, 그곳에서 눈감길 원했다. 몹쓸 전염병에 걸렸다는 사실을 차마 이웃에게 알릴 수 없었다. 이웃이 자신에게 손가락질하거나 차갑게 등을 돌릴지 모른다. 마을에서 살 수 없다는 것, 이제 와서 다른 곳으로 뿌리를 옮겨 산다는 것은 상상하기 힘들었다. 나는 시부모가 쫓아낼까 봐 두려워했던 마리암을 떠올렸다. 마을 사람들은 정말 그렇게 매정한 사람들일까? 진실이 어떻든 공포는 실재하고 있었다.

국립결핵병원을 두려워하는 환자는 한둘이 아니었다. 내 첫 환자였던 알베르트도 생의 마지막을 그곳에서 보내길 원하지 않았다. 아르메니아 근무 초기 코타이크 지방의 외딴 마을에서도 남편을 지옥으로 떠나보내는 듯한 아내를 목격했다. 풍경과 어울리지 않는 하얀 구급차는 시동을 켠 채였다. 얼굴이 주름으로 덮인 할머니는 구급차에 탄 할아버지의 손을 놓으려고 하지 않았다. 작별을 재촉하려는지 엔진이 높고 시끄러운 소리를 냈다. 순간 할머니는 고통인지 슬픔인지 알 수 없는 무엇인가를 울컥 올렸다. 그녀는 얼굴을 찡그리며 참았던 울음을 터뜨렸다. 인내심이 다한 구급차가 국립결핵병원을 향해 고갯길을 내려갔다. 그 노부부도 국립결핵병원 입원을 여러 차례 강하게 거부했었다.

"병원에 입원하지 않으면 죽습니다."

나는 아라랏에게 '죽습니다'를 최대한 힘주어 말하는 수밖에 없었다.

일주일 후 기젤라와 함께 그를 다시 만났다. 우리는 새로운 제안을 했다. 구급차는 바나조르의 버스 터미널에서 기다릴 것이다. 그는 택시를 타고 바나조르까지 오기만 하면 된다. 객담 양성인 환자는 대중교통을 이용하지 못하게 해야 한다는 원칙을 우리는 깰 작정이었다. 아라랏은 살고 싶다고 눈물을 흘렸다. 우린 무슨 짓을 해서라도 그를 돕고 싶었다. 그는 다행히 우리 제안을 받아들였다.

하지만 아라랏에게 새로운 공포가 생겨났다. 국립결핵병원에서 퇴원하면, 그는 하루에 두 번 알라베르디 결핵 진료소에 다녀야 했다. 그는 '그런 곳'에 드나드는 것을 마을 사람들에게 보이고 싶지 않았다. 우리는 결핵 진료소 직원들과 머리를 쥐어짰다. 아라랏이 사는 마을에서 떨어진 외딴곳에 보건 진료소가 있었다. 간호사 한 명이 간단하게 처치를 하거나 약을 나눠주던 곳인데, 오래전에 문을 닫았다. 그곳이라면 마을 사람들 눈에 띌 위험이 없었다. 우리는 그 보건 진료소에서 일했던 간호사를 만나기로 했다.

은퇴한 간호사는 넉넉한 중년 여성이었다. 그녀가 품에서 열쇠를 꺼내 끼우자, 철문은 날카로운 소음을 내면서 열렸다. 보건 진료소는 철판을 이어 붙여 만든 간이 건물이었다. 작은 테이블과 의자, 난로, 상자 몇 개가 전부였다. 모두 오랫동안 사람 손이 닿지 않은 티가 났다. 하지만 우리는 그것으로 충분했다. 기젤라는 간호사에게 결핵 환자, 그것도 다제내성 결핵 환자를 만나는 것이 괜찮은지 물었다.

"저는 소비에트연방 시절부터 30년 가까이 이곳에서 다양한 환자를 돌봤어요. 다제내성 결핵 환자도 문제없어요."

국경없는의사회는 그녀에게 아주 약간의 보수만 줄 수 있었다. 그렇지만 그녀는 들떠 있었다. 희미해지던 자긍심이 되살아나는 듯했다. 기젤라는 만족스럽다는 듯 내게 한쪽 눈을 찡긋해 보였다. 앞으로 2년간 간호사와 간이 건물은 아라랏만을 위해 일할 것이다.

며칠 후 약속한 오전 11시가 되었다. 구급차는 주차된 버스들 뒤에 숨겨놓았다. 나와 현지인 간호사는 멀찍이 서서 버스 터미널을 지켜보고 있었다. 접선을 앞둔 첩보원이 된 기분이었다. 버스와 택시가 줄줄이 도착했고 승객들이 부지런히 내렸다. 그런데 아라랏이 보이지 않았다. 30분이 지나자 뭔가 잘못되었음을 깨달았다. 그에게는 휴대전화가 없었다. 그냥 기다리는 수밖에 없었다. 우리는 한 시간을 더 기다렸지만, 그는 나타나지 않았다. 작전은 실패였다. 무엇이 미덥지 못했던 것일까? '국립결핵병원'이라는 낙인과 삶의 갈망 사이에서 방황하다가 주저앉아 버렸나. 아라랏에게는 사회적 죽음이 육신의 죽음보다 더 두려웠다. 약은 있는데 치료할 수가 없었다. 나는 똑똑히 보았다. 낙인은 병을 숨기게 만들고 사람도 죽인다. 죽는 것은 아라랏뿐만이 아니었다. 그가 병을 숨긴다면 공동체에도 '몹쓸병'은 퍼질 것이다. 낙인의 결과는 공동체의 죽음이었다.

◆◆◆

기대만큼 실망도 컸다. 우리는 잠시 아라랏을 잊기로 했다. 어차피 그가 결핵 진료소에 제 발로 다시 오기를 기다리는 수밖에 없었다. 그런데 엉뚱한 곳으로 불똥이 튀었다. 애초에 아라랏은 결핵 진료소에서 일반 결핵 치료를 받고 있었다. 그러다 뒤늦게 다제내성 결핵임이 밝혀졌다. 아르메니아에서 검사 결과는 종종 늦게 나왔고 이는 단순한 착오였다. 그런데 아라랏은 바나조르에서 구급차를 타기로 약속했던 그날, 알라베르디 결핵 진료소에 가서 따졌다. 자신에게 왜 엉뚱한 약을 주어서 병을 키웠냐고 말이다. 결핵 진료소 의사가 국경없는의사회에 무척 화가 나 있으며 법적 대응도 불사하겠다는 소문이 들렸다. 등골이 오싹해진 나는 사륜구동차에 다시 올라탔다.

아르메니아에서 결핵 의사는 좀 독특한 직업이었다. 그들은 의과대학을 졸업한 뒤 특별 과정 1년만 마치고 결핵 의사가 되었다. 그들의 보수는 무척 적었다. 소비에트연방 시절에는 국가에서 정해준 월급만 받다가, 아르메니아 독립 이후 들어선 민간 병원에서 돈을 많이 버는 의사들이 생겼다. 하지만 결핵 의사들은 그러지 못했다. 그들은 결핵과 싸우며 공중 보건에 헌신한다는 자긍심으로 자리를 지키고 있었다.

알라베르디 결핵 의사는 내가 자신의 명예를 훼손했다고 항의했다. 결핵 의사가 잘못했다는 말을 내가 아라랏에게 했다는 것이다. 믿을 수가 없었다. 도대체 내가 아라랏에게 무슨 말을 했다는 것일까? "미안합니다." 검사 결과가 늦게 나오는 바람에 다제내성 결핵 치료가 늦어졌다, 그래서 미안하다. 그것이 전부였다. 결핵 의사는 다행히 내 사과를 받아들이고 화를 거두었다. 마음이 놓인 나는 그제야 아라랏 때문에 맛본 배신감을 곱씹어보았다. 하지만 나는 그를 미워할 수 없었다.

아라랏은 아르메니아 시골 마을에서 양을 치는 사람이었다. 그의 아내는 오래전 병으로 죽었다. 어쩌면 그가 가진 유일한 것은 마을에서 살아가는 하루하루뿐이었다. 아이를 포기하느니 차라리 죽음을 선택한 마리암처럼, 아라랏에게 일상을 빼앗긴 생존이란 이미 죽음과 다르지 않았다.

일상. 그것은 내가 두려워하는 것이었다. 지하철에서 소음에 시달려 이를 악물던 때가 떠올랐다. 나는 매일 영어 학원에 다녔다. '인생은 살 만한 가치가 있는가?' 나는 스스로 물었다. 그리고 여전히 그 질문에 답할 수가 없었다. 두 가지 공포가 선명한 대조를 이루었다. 나는 세계 10위의 경제 대국 대한민국에서 남성으로 태어나 의사가 되었다. 어쩌면 죽음만이 내가 갖지 못했다고 투정 부릴 수 있는 것인지도 몰랐다. 나에게는 아라랏을 비난할 자격이 없었다.

◆◆◆

몇 주 후 아라랏은 알라베르디 결핵 진료소에 다시 나타나 치료받고 싶다고 말했다. 결핵 의사도 북부 동료들도 나도 모두 기가 찼다. 이번에도 아라랏이 약속을 어길 테니 굳이 만날 필요 없다고 주장하는 동료도 있었다. 나는 감정을 쉽사리 정리할 수 있는 사람이 아니었다. 아라랏을 용서했지만, 마음은 여전히 불편했다. 그때 무슨 뜻이 있어서 기젤라를 바라본 것은 아니었다. 나와 눈이 마주친 그녀는 흔쾌히 아라랏을 만나겠다고 나섰다. 그녀에게 지난 일은 아무래도 상관없는 것 같았다. 동료들도 내가 아니라 기젤라가 나서는 데 동의했다. 공포심을 자극하는 대신 마음을 헤아릴 수 있는 사람이 필요했다.

그런데 알라베르디에서 돌아온 기젤라가 놀라운 이야기를 전해 주었다. 아라랏은 진심으로 치료받고 싶어 했다. 그를 막고 있는 것은 바로 그의 딸이었다. 국립결핵병원 입원을 반대한 것도, 결핵 의사가 약을 잘못 주었다고 비난한 것도 딸이 시킨 행동이었다. 그는 딸을 거스를 수 없었다.

결핵은 다차원적인 병이다. 이 병은 몸과 마음, 관계와 공동체를 파괴한다. 그래서 결핵과 싸울 때는 협력이 꼭 필요하다. 결핵 사업에 의사와 간호사, 약사는 물론 사회사업가, 심리치료사도 포함된 것은 그 때문이었다. 아라랏의 문제가 마침내 정체를 드러냈다. 아라랏은 단지 어리석고 이기적이라고 비난받아야 마땅한 사람이 아니었다. 이제 바나조르 팀 모두가 힘을 합할 때였다.

기젤라와 심리치료사는 아라랏의 딸을, 나는 아라랏을 다시 만나기로 했다. 그가 일반 결핵 치료를 받다가 다제내성 결핵 치료로 옮겨 간 과정, 그리고 현재 국립결핵병원이 얼마나 달라졌는지를 다시한번 조목조목 설명해야 했다. 사회사업가는 마을을 방문해 결핵 캠페인을 벌이기로 했다. 국립결핵병원에서 퇴원하면 더는 전염성이 없다는 사실을 알리기로 한 것이다. 한두 번의 캠페인으로 사람들의 생각이 금방 바뀔 리는 없었다. 하지만 아라랏과 딸에게는 우리가 노력하고 있다는 사실이 중요했다.

아라랏의 딸은 학교 선생님이었다. 그녀는 과거 국립결핵병원에
서 얼마나 많은 환자가 죽었는지 잘 알고 있었다. 일반 결핵 환자와
다제내성 결핵 환자가 분리되지도 않았고, 시설도 수용소처럼 열악
했었다. 국립결핵병원에 들어간 사람들 상당수가 살아서 나오지 못
했다. 딸은 어려서 어머니를 잃었다. 아버지까지 그곳에서 죽게 내버
려 둘 수는 없었다. 그녀의 신념에는 이유가 있었다. 하지만 국경없
는의사회를 비롯한 국제기구의 지원 덕에, 이제 국립결핵병원에는
다제내성 결핵 환자를 위한 새 건물이 들어서 있었다. 그곳은 더는
수용소가 아니었다. 기젤라와 심리치료사는 아라랏의 딸을 설득했
고, 그녀는 마침내 아버지의 입원에 동의했다.

아라랏은 마을 입구에서 구급차를 타고 국립결핵병원에 입원할
수 있었다. 몇 주 후 그는 무사히 퇴원했다. 그리고 그의 온화한 일상
에 새로운 일이 하나 추가되었다. 그는 하루에 두 번 보건 진료소를
찾아 간호사 앞에서 약을 삼켰다. 마침내 협력이 공포를 이겼다.

다만 그가 누워서 잠들 수 있기를

　의사나 해외 구호 활동가에게 환자는 모두 똑같이 소중한 생명이다. 당연히 그들에게 치우침 없이 최선을 다해야 한다. 하지만 세월이 지나도 결코 잊을 수 없는 환자들이 분명 있다. 지워지지 않는 흉터처럼, 그것은 통증 같은 기억이다.

　게보르그는 50대의 은퇴한 군인이었다. 아르메니아에서 근무하는 동안 나는 게보르그를 여러 번 만났다. 당당한 체구에 언제나 의젓하고 씩씩했던 게보르그는 전혀 환자처럼 보이지 않는 사람이었다. 전임자 알렉산드라는 게보르그가 국경없는의사회에서 결핵 치료를 받게 된 사연을 들려주었다. 다제내성 결핵을 진단받았을 때 그는 이미 4기 폐암 상태였다. 암 전문의는 그가 오래 살기 힘들 것이라고 말했다. 게보르그는 악성 중피종으로 먼저 세상을 떠난 에드가를 떠올리게 했다.

다제내성 결핵 치료를 할 때는 내성균과 싸우기 위해서 효과가 있는 2차 약을 모두 써야 한다. 안타깝게도 이런 2차 약들에는 심각한 부작용이 더욱 자주 나타난다. 어떤 환자들에게는 다제내성 결핵 치료 그 자체가 무척 고통스럽다.

나는 약을 삼키고 나서 바로 진료실을 뛰쳐나가 토하는 환자를 여러 번 보았다. 약에서 쇠 맛이 나기 때문이다. 어떤 환자는 몇 달 동안 설사가 멈추지 않았고, 어떤 환자는 악몽을 꾸고 머리가 텅 비는 느낌에 시달렸다. 약 부작용 때문에 청력을 잃게 된 환자도 있었다. 의료진이 아무리 약을 조절해도 부작용을 도저히 피할 수가 없었다. 그래서 치료를 포기하는 환자들도 있었다. 게다가 다제내성 결핵 치료는 무척 비쌌다. 한 번에 대여섯 가지 약을 두서너 알씩 복용한다. 그럼 약이 정말 한 움큼이나 된다. 이 약을 하루 두 번씩 2년 동안 먹어야 한다. 환자 한 사람 약값만 1년에 수백만 원에 달한다.

국경없는의사회에서도 논쟁이 있었다. 환자가 결핵보다 암으로 먼저 죽을 가능성이 크다면 힘든 결핵 치료가 무슨 소용이 있는가? 그의 치료비를 다른 환자에게 쓰는 것이 '정의' 아닐까? 하지만 국경없는의사회는 게보르그의 결핵을 치료하기로 했다. 이유는 두 가지였다. 우선 가족과 이웃에게 다제내성 결핵이 퍼질 위험이 있었다. 그리고 환자의 뜻 역시 중요했다. 게보르그는 결핵 치료를 강력하게 원했다.

안타깝게도 그는 자신이 '4기' 폐암 환자라는 사실을 모르고 있었다. 폐암에 걸리기는 했지만, 항암 치료 덕에 좋아지는 중이라고 알고 있었다. 우리나라에서라면 상상하기 힘든 상황이었다. 개인의 의료 정보를 보호하기 위해 가족이라 할지라도 함부로 환자의 병명이나 상태를 알려주지 않는다. 하지만 수십 년 전에는 우리나라에서도 흔하게 일어나는 일이었다. 그때는 암 진단이 바로 '사형선고'인 시절이었다. 의사가 환자에게 병에 관해 자세히 알리지 않거나 가족들이 그렇게 해달라고 부탁하기도 했다. 환자가 충격을 받고 치료를 포기할까 염려해서였다. 아르메니아가 바로 그랬다.

내가 바나조르에서 막 근무를 시작했을 때 게보르그의 결핵은 잘 낫고 있었다. 이제 9개월만 지나면 그는 치료를 마칠 수 있었다. 나는 궁금했다. 게보르그의 폐암은 도대체 어떤 상태일까? 내가 볼 수 있는 진료 기록에는 '4기 폐암' 이외 어떤 정보도 없었다. 물론 결핵 사업에서는 폐암 치료를 위해 할 수 있는 일이 거의 없었다. 해외 구호 활동은 언제나 사람과 돈이 모자랐기에 미리 정한 한 가지 병만 돕는 경우가 대부분이다. 그렇지만 게보르그가 4기 폐암이라면 언제든 위급한 상황이 생길 수 있었다. 흔히 의사를 질병과 싸우는 사람이라고 생각한다. 하지만 질병과 싸우는 사람은 환자다. 의사는 투쟁하는 환자들을 격려하고 도울 뿐이다. 나는 제대로 돕기 위해서 그의 상태를 더 자세히 알고 싶었다.

예레반의 암 병원에서 게보르그의 주치의를 만났다. 그의 상태는 충격적이었다. 암은 이미 간, 척추, 골반 등 거의 온몸에 퍼졌다. 그러고 보니 게보르그는 결핵 진료소에서 종종 진통제를 타 갔다. 하지만 그는 아픈 기색을 띠는 법이 없었다. 씩씩하게 웃는 그의 모습이 떠올라 마음이 아렸다. 암 전문의는 국경없는의사회에서 새로운 항암제 비용을 지원해줄 수 있는지 넌지시 물었다. 그 약이라면 조금이라도 더 효과가 있을지 몰랐다. 나는 본부와 상의해보겠다고 답했지만 불가능한 요청이라는 것을 잘 알고 있었다. 나는 게보르그의 상태를 좀 더 알게 되었다. 하지만 아는 것이 언제나 도움이 되지는 않았다.

그렇게 몇 개월이 흐른 어느 날이었다. 간호사 아르미네가 전화를 받더니 다급하게 전했다. 게보르그가 며칠 전부터 숨이 너무 차서 자리에 눕지도 못하고 있단다. 결핵 때문일 리는 없었다. 결핵 검사는 모두 정상이었다. 이제 몇 주만 지나면 그는 결핵 치료를 마칠 예정이었다. 나는 아르미네와 함께 서둘러 게보르그의 집으로 향했다. 여전히 건장한 체격의 게보르그는 점잖게 소파에 앉아 있었다. 아니, 마치 조금 전 소파에 앉은 듯 보이려고 애쓰는 것 같았다. 사실 그는 지난 3일 동안 그 소파를 떠나지 못했다. 그는 목까지 차오르는 숨을 겨우 내뱉고 얼굴에 피로함을 떨치지 못한 채 말했다.

"앉아서 손님을 맞이하다니 죄송합니다."

나는 전날 결핵 진료소에서 찍은 엑스레이 사진을 보았다. 결핵이 있었던 오른쪽 폐는 깨끗했다. 하지만 폐암이 있는 왼쪽 폐는 공기 대신 무엇인가 가득 찬 것처럼 새하였다. 왼쪽 가슴에 있어야 할 심장은 오른쪽으로 밀려나 있었다. 청진기로 그의 숨소리를 들어보았다. 왼쪽 폐에서는 숨소리가 전혀 들리지 않았다. 폐암 때문에 생긴 물, '흉수'였다. 왼쪽 가슴을 가득 채운 흉수가 폐를 찌부러뜨리고 심장까지 오른쪽으로 밀어내고 있었다. 이런 상태에서 누우면 다리에서 올라오는 피 때문에 숨쉬기가 더 힘들어진다.

나는 순식간에 맹렬한 욕망에 사로잡혔다. 게보르그를 위해 무엇이라도 해야 한다! 아니, 그가 누워서 잘 수 있도록 해야 한다. 흉강천자라는 시술이 있다. 살을 째고 갈비뼈 사이로 주사기나 관을 집어넣어 가슴에 찬 흉수를 빼내는 방법이다. 그러면 폐가 펴지고 환자는 편하게 숨을 쉴 수 있다. 우리나라에서 흉강천자는 많은 돈이 들지 않는 간단한 시술이다. 나는 그동안 방문한 적이 있는 바나조르 시내 모든 병원에 전화를 걸었다. 하지만 '다제내성 결핵 환자를 받을 수 없다'거나, '흉관천자를 할 수 있는 의사가 없다'는 이유로 거절당했다. 여기서 포기할 수는 없었다. 나는 바나조르시 보건국장에게 전화를 걸어 따졌다.

"한 바나조르 시민이 숨이 차서 자리에 눕지도 못하고 있습니다. 그는 군인으로서 나라에 평생 헌신한 사람이에요. 결핵 완치 판정을 앞두고 있어서 전염성도 없습니다. 병원들이 결핵을 이유로 이 환자를 받지 않는 것은 말도 안 됩니다."

다행히 보건국장은 내 말에 동의했다. 그가 압력을 행사한 덕에 한 병원에서 구급차를 보내주기로 했다. 그제야 나는 게보르그와 가족에게 상황을 설명했다. 하지만 '4기 폐암'이라는 말은 차마 꺼내지 못했다.

게보르그의 집에서 구급차를 기다리는 15분 동안, 시간은 내 인생에서 가장 느린 속도로 흘렀다. 아르메니아에는 아직 가부장제 관습이 강하게 남아 있었다. 내가 당황해서 허둥대는 사이, 게보르그는 부인과 딸에게 손님을 대접하라고 자못 근엄하게 시켰다. 커피와 초콜릿을 내오는 부인과 딸의 충혈된 눈에는 눈물이 글썽거렸다. 나는 충분히 설명하지 않았다. 하지만 그들은 남편이자 아버지인 게보르그에게 시간이 얼마 남지 않았음을 눈치챘다. 간호사 아르미네와 통역사, 운전기사는 커피에 손을 대지 못했다. 나 역시 잠시 주저했지만 맛있게 먹기로 했다. 멀리 동북아시아에서 온 손님을 대접하는 기쁨을 그에게 선물하고 싶었나 보다. 커피와 함께 먹는 초콜릿은 혀가 얼얼할 정도로 달았다. 게보르그는 자신의 운명을 짐작하고 있었을까?

구급차를 타고 병원 응급실에 도착했다. 의료 장비가 별로 없어서 그곳은 평범한 사무실처럼 보였다. 시 보건국장이 큰소리를 쳤지만, 병원 직원들의 반응은 뜨뜻미지근했다. 위에서 내린 압력이 진심을 끌어낼 리 없었다. 한참 뒤에 의사가 나타났다. 그는 환자를 간단히 진찰하고 우리가 가져온 진료 기록과 엑스레이 사진을 보았다. 의사의 말을 전하는 통역사의 표정이 굳었다.

"우리 병원은 이 환자를 받을 수 없습니다. 주사기로 흉수를 빼내도 며칠 지나면 또 찰 테니까요. 이 환자에 대한 치료는 무의미합니다. 그리고 우리 병원은 인력과 자원도 모자라요. 집으로 돌아갈 때는 택시를 이용하세요."

게보르그와 그의 딸은 나보다 먼저 의사의 말을 알아들었다. 그들에겐 통역이 필요 없었으니까. 의젓했던 게보르그의 얼굴에도 잠시 어두운 그림자가 비쳤다. 딸은 조용히 눈물을 흘렸다. 하지만 그들은 목소리를 높여 따지지도, 서로 끌어안고 엉엉 울지도 않았다. 바닥에 못 박힌 채 그대로 운명의 밀물과 썰물을 받아들이는 것 같았다.

나는 어떻게 이럴 수 있냐며 따져 물었지만, 의사는 응급실을 떠나버렸다. 더는 동원할 수 있는 권력도 없었다. 아, 무엇을 더 할 수 있을까? 나는 정신이 반쯤 나가버린 것 같았다. 누워서 잠들 수 있다고 게보르그를 설득해서 그를 병원으로 데려왔다. 그런데 아무것도 하지 못하고 다시 집으로 돌려보내야 한다. 더구나 병원 의사는 우리가 미루고 있던 사형선고를 덜컥 내리고 말았다.

나는 새로운 북부 사업 책임자 베르나데트에게 전화를 걸었다. 게보르그가 예레반의 암 병원에 가서 흉강천자 시술를 받을 수 있도록 지원해달라고 요청했다. 베르나데트는 단호하게 거절했다. 국경없는의사회 결핵 사업과는 상관이 없다는 이유였다. 아마 그때 나는 응급실에서 도망쳐야겠다는 생각이 번뜩 들었나 보다. 냉정함을 되찾은 게보르그는 가슴을 펴고 휠체어에 가만히 앉았다. 나는 그와 눈을 마주칠 수가 없었다. 미안하고 부끄러웠다.

게보르그의 딸에게 손짓해서 복도 한쪽으로 불렀다. 그리고 바지 주머니에 있던 돈을 잡히는 대로 끄집어내 그녀에게 주었다. 집으로 돌아갈 때는 구급차가 아니라 택시를 타야 한다. 환자에게 개인적으로 돈을 주는 행위는 국경없는의사회에서 엄격히 금지되었다. 하지만 그것은 아무래도 좋았다. 그녀는 당황하는 얼굴이었지만 거절하지 않았다. 나는 고개를 황급히 돌려서 병원을 나왔다.

퇴근 시간은 이미 훌쩍 지났다. 차에 올라타자마자 참았던 울음이 터졌다. 숙소로 가는 차 안에서 나는 펑펑 울었다. 언제 마지막으로 그렇게 엉엉 울었는지 기억이 잘 나지 않았다. 통역사가 괜찮냐고 물었다. 하지만 달랜다고 멈출 수 있는 울음이 아니었다. 통역사는 내가 울도록 내버려 두었다.

◆◆

나는 왜 울었을까? 게보르그가 불쌍했다. 그는 마지막까지 결핵과 폐암에서 나을 수 있다고 믿었다. 응급실로 끌고 온 나를 원망하지도 않았다. 그는 끝까지 의연했다. 내 뒤엉킨 감정의 실타래에서 가장 먼저 분노가 삐죽 튀어나왔다. 게보르그가, 그의 딸이 의사의 멱살이라도 잡았더라면, 뭐라도 하라고 삿대질이라도 했다면 화가 덜 났을까? 게보르그를 살릴 수 없다는 건 나도 잘 알았다. 내가 원한 것은 단 하나, 게보르그가 자리에 누워 눈을 감는 것이었다. 게보르그에게도 그런 자격은 있지 않겠는가? 인간이라면 누구나 존엄하게 죽을 권리가 있다. 그러자면 무엇보다 고통이 없어야 한다. 고통은 환자와 그를 지켜보는 사람들을 너무 비참하게 만들기 때문이다.

나는 왜 그렇게 화가 났을까? 처음에 분노는 병원 의사에게 향했다. 하지만 그는 아르메니아 정부가 정한 대로 일할 뿐이었다. 화는 곧 융통성 없는 아르메니아 정부에게로 튀었다. 그러나 아르메니아는 가난했다. 다제내성 결핵 환자에게 약을 대줄 돈이 없었으니, 아르메니아 정부 역시 할 말은 있었다. 그다음은 국경없는의사회와 베르나데트였다. 하지만 국경없는의사회는 게보르그가 항암 치료를 위해 예레반에 갈 때마다 교통비를 지원해왔다. 빠듯한 예산으로 게보르그에게 다른 환자들보다 몇 배의 돈을 쓰고 있었다. 내성 결핵 위원회에는 여전히 결핵 치료를 간절히 기다리는 환자들이 줄 서 있었다.

그 누구도 분노의 대상으로 적절하지 않았다. 그들을 비난한다고 게보르그가 겪는 고통이 줄어들 리 없었다. 그들이 문제였다면 나는 그토록 깊은 무력감을 느끼지는 않았을 것이다.

우리나라 말기 암 환자들은 매년 수천억 원을 연명 치료에 쓴다. 우리나라에서 2010년 암 환자들이 사망하기 3달 전에 쓴 의료비는 7,012억 원이었다. 이는 사망 전 1년 동안 쓴 의료비인 1조 3,922억 원의 절반에 해당한다. 미국 같은 나라에서는 그 규모가 상상을 초월한다. 환자들이 불필요한 고통에 시달리지 않고 존엄을 지키며 임종을 맞을 수 있도록, 연명 치료를 줄여야 한다는 여론이 우리나라에서도 서서히 힘을 얻고 있다. 하지만 아르메니아에서는 고통을 줄이기 위해 꼭 필요한 의료 행위조차 '무의미'했다. 한쪽에서는 낭비가 문제인데 다른 한쪽에서는 꼭 써야 할 돈도 없었다. 마침내 응급실과 아르메니아를 떠돌던 내 분노는 불공평하게 갈라진 세상으로 번졌다. 그러나 세상이 내 화를 받아줄 리 없었다. 세상은 분노로 움켜쥘 수가 없다.

그날 내 안에서 걷잡을 수 없는 화가 일어났다. 하지만 분노를 겨냥해서 터뜨릴 마땅한 곳을 찾지 못했다. 화는 반드시 대상을 찾아낸다. 그것은 결국 출발한 곳으로 돌아왔다.

'너는 게보르그를 돕지 못했어.'

우는 수밖에 없었다. 분노는 밑으로 무력하게 가라앉았다가 마음의 바닥에 상처를 내었다. 그 붉은빛이 선명한 흉터가 되었다.

눈물을 이해하는 데 걸린 시간

분노와 연민, 무력감과 눈물이 뒤범벅된 얼굴로 숙소에 돌아왔다. 이럴 때를 두고 '얄궂다'고 표현해야 할까? 그날은 하필 바나조르 팀 회식이었다. 숙소 앞마당에서는 이미 바비큐 파티가 한창이었다. 기젤라는 오후에 휴가까지 내고 음식을 준비했다. 그쳤던 눈물이 동료들 앞에서 다시 터졌다. 잠시 내 분노가 향했던 북부 사업 책임자 베르나데트를 차마 쳐다볼 수 없었다. 파티 분위기는 차갑게 식었다. 동료들은 내가 진정할 때까지 조용히 기다려주었다. 그들은 상황을 짐작하고 있었으리라.

누군가 와인 한 잔을 주었다. 정신을 조금 차리자 기젤라가 오후 내내 만들었을 음식이 눈에 들어왔다. 동료들은 음식에 손도 못 대고 있었다. 나는 기젤라에게 미안하다고 말했다.

"그런 말 말아요, 루크. 당신은 게보르그를 위해서 최선을 다했어요."

눈물은 주책없이 다시 쏟아졌다. 그날 밤 나는 망각을 갈망하며 술을 들이켰다. 그러나 흉터가 사라질 리 없다는 것 역시 잘 알고 있었다.

3일 후 간호사 아르미네가 조심스럽게 알려주었다. 게보르그가 숨을 거두었다. 생의 마지막 일주일, 그는 소파에 앉아 차오르는 숨을 의연하게 견뎠다. 눈물샘이 말라버렸는지 더는 눈물이 나오지 않았다. 그리고 기억이 났다. 나는 응급실에서 게보르그에게 작별 인사조차 하지 않고 도망쳤다. 그는 마지막 순간에도 낯선 나라에서 온 손님에게 커피를 대접했다. 나는 왜 그에게 돕지 못해 미안하다고 솔직하게 말하지 못했을까? 후회가 한 겹 더 쌓였다.

사람이 죽는다고 시간은 멈춰 서지 않는다. 어느새 8월, 아르메니아 근무는 단 며칠만 남아 있었다. 내가 북부에서 보낸 시간 대부분은 겨울이었다. 그래서인지 뜨거운 아르메니아는 도무지 익숙하지 않았다. 이제 내가 떠날 때였다. 전임자 알렉산드라가 그랬듯이 나는 굼리와 코타이크 사무실, 결핵 진료소를 돌며 작별 인사를 했다. 차이가 있다면 나는 혼자였다. 본부에서는 내 후임자를 구하지 못했다. 그들은 후임자를 찾을 때까지 내가 더 머물러주길 바랐다. 하지만 난 계약을 연장할 생각이 없었다. 이제 그만 아프고 싶었다.

결핵 진료소에서 마지막 인사를 마치고 사륜구동차에 올라탔다.

그날은 내 송별회 날이었다. 나는 이제 멀미를 하지 않았다. 심지어 흔들리는 차 안에서 책도 읽을 수 있었다. 알렉산드라의 말처럼, 나는 근무 시간의 3분의 1을 길에서 보냈다. 멀미 때문에 차를 세워달라고 했던 기억이 떠올라 피식했다. 그때 뺨에 무엇인가 따뜻한 것이 느껴졌다. 입술에서 짭짤한 맛이 났다. 눈물이었다. 나는 울지 않았지만, 눈물이 흘렀다. 아홉 달 전 알렉산드라가 그랬다.

❖

다제내성 결핵에 걸린 아나힛은 국립결핵병원에서 객담 음성 결과를 받고 퇴원했지만, 수개월 뒤 가래에서 다시 결핵균이 나왔다. 그런데 그녀는 국립결핵병원 재입원을 한사코 거부하고 있었다. 그녀는 당뇨병도 앓고 있었는데 혈당이 무척 높았다. 혈당이 조절되지 않으면 결핵 치료에 실패하기 쉽다. 아나힛의 내과 의사는 그녀에게 먹는 당뇨약 대신 인슐린 주사가 필요하다고 했다. 그런데 인슐린 주사는 치료 초기에 저혈당을 일으키기 쉽다. 병원 문턱이 높은 아르메니아에서 저혈당 쇼크는 생명을 빼앗을 만큼 치명적이었다. 종종 저혈당 증세를 일으키는 아나힛에게 인슐린 주사는 위험할 수 있었다. 내과 의사는 섣불리 인슐린 주사를 시도하지 못했다. 세상에는 저혈당 위험이 훨씬 적은 당뇨약도 많건만, 아르메니아에서는 구하기 어렵고 비쌌다. 당뇨병 치료에서 꼭 필요한 당화혈색소 검사 장비는 아예 없었다. 당뇨병과 결핵을 함께 고치기 위해 그녀는 국립 결핵병원에 입원하는 수밖에 없었다.

　나는 그녀의 집을 방문했다. 아나힛의 몸에 결핵균만 없었다면, 그녀의 가정은 더할 나위 없이 아늑하고 평화로웠을 것이다. 40대 중반인 그녀에게는 남편과 열 살 딸이 있었다. 세 사람 모두 선한 얼굴에 수줍고 조용했다. 사실 아나힛의 딸도 다제내성 결핵 환자였다. 엄마와 같은 결핵균에 감염되었지만, 다행히 딸은 문제없이 잘 낫고 있었다. 그들은 비록 가난했지만, 어디에도 그늘진 구석은 찾을 수 없었다. 아나힛은 작은 방에서 혼자 자고 있다고 애써 강조했다. 그녀는 '치료 실패'가 무엇을 뜻하는지 알고 있었다. 하지만 국립결핵병원에 입원했던 몇 주가 너무 무서웠다고 했다. 다시는 그런 곳에 가고 싶지 않다고 말하는 그녀의 여린 얼굴선에 긴장이 돌았다. 그들은 착한 사람들이었다. 나는 마음이 아팠다. 아나힛이 결핵 치료에 실패한다면? 이 가정의 불행은 엄마를 잃는 것으로 끝나지 않을 수 있다. 그 이후로도 아나힛의 가래에서는 끈질기게 결핵균이 나왔다. 이제 다른 방법이 없었다. 내성 결핵 위원회는 그녀에게 치료 실패를 선언했다.

　그런데 기쁜 소식이 들려왔다. 인도적 차원에서 임상 시험 중인 신약을 몇몇 다제내성 결핵 환자에게 쓰기로 한 것이다. 나는 주저하지 않고 아나힛의 이름을 올렸다. 물론 안전과 결과를 보장할 수 없는 시도였다. 아나힛은 상황을 충분히 이해할 필요가 있었다. 나는 마지막으로 그녀의 집을 찾았다. 그들은 순박하고 온화한 모습 그대로였다. 아나힛의 딸은 몇 번 만났다고 나에게 친한 척을 했다. 아나힛은 신약 소식에 무척 기뻐했다. 그녀의 가족은 이미 병이 다 나은 것처럼 나에게 고맙다고 인사했다.

✦◆✦

결핵 환자 아람이 가슴을 움켜쥐고 쓰러졌다. 다행히 가래에서 결핵균이 나오지 않아 그는 병원에 입원할 수 있었다. 나는 그때 아람을 처음 만났다. 그전까지 'No problem' 환자여서 내가 만날 일이 없었다. 짤막하지만 다부진 중년의 아람은 큰 목소리로 자신이 쓰러진 상황을 장황하게 설명했다. 그리고 수술에 필요한 돈이 없다며 붉으락푸르락하는 얼굴로 내게 호소했다. 그는 국경없는의사회가 도와주길 바라고 있었다.

나는 심장 전문의를 만났다. 아람의 관상동맥 벽이 안쪽으로 터져서 너덜너덜한 상태였다. 관상동맥 내벽 아래에 기름 찌꺼기가 쌓이는 동맥경화가 원인이었다. 이번에는 운이 좋아서 아람은 목숨을 건졌다. 하지만 그 큰 덩어리가 관상동맥을 완전히 막으면 다음에는 알 수 없었다. 심장 전문의는 아람이 살기 위해서는 수술이 꼭 필요하다고 강조했다. 수술비는 우리 돈으로 400만 원 정도였다. 아르메니아에서는 보통 사람 1년 치 월급을 모아도 모자란 금액이었다. 국경없는의사회는 결핵과 직접 상관이 없는 심장 수술비를 지원해줄 수가 없었다. 상황은 예상대로 흘러갔다. 병원에서 퇴원한 아람은 바로 결핵 치료를 중단했다. "심장마비로 언제 죽을지 모르는데, 결핵 치료가 무슨 소용이에요?" 그는 우리에게 화를 냈다. 난 그의 말을 부정할 수 없었다.

✦✦

송별회 장소로 가는 차 안에서 나는 환자들을 떠올렸다. 아니다. 떠올리고 싶지 않았지만, 그들이 내 머릿속을 비집고 들어왔다. 알렉산드라도 그랬으리라. 신약은 아나힛을 살릴 수 있을까? 문제는 그녀의 혈당이었다. 혈당이 좀처럼 떨어지지 않았다. 혈당을 낮추는 방법이 분명히 있을 텐데. 아람은 다혈질이었다. 흥분이 가라앉으면 그는 결핵 진료소로 돌아올지도 몰랐다. 러시아로 떠나버린 가릭은 건강할까? 근무 마지막 날까지도 그에게서는 아무런 소식이 없었다. 그의 다제내성 결핵은 기적처럼 나았을까? 치료를 거부하던 마리암과 그녀의 아기는 어떻게 되었을까? 그리고 치료를 포기하고 실패하고 거부했던 환자들. 이미 세상을 떠나버린 알베르트, 에드가, 게보르그.

눈물 줄기가 굵어졌고 나는 아예 흐느끼기 시작했다. 통역사는 나를 못 본 것처럼 그저 창문 밖을 내다보았다. "두통거리". 알렉산드라가 무표정하게 던졌던 말. 사실 그것은 그녀에게도 흉터로 남을 상처였다. "루크, 당신의" 두통거리라고 부른다고, 인수인계한다고 사라지지 않을 것을 알렉산드라는 잘 알고 있었다. 그리고 이제 그 상처는 나의 것이기도 했다. 아픔은 말이나 글로 배울 수 없다. 내 몸은 전임자의 눈물을 이해하는 데 아홉 달이 걸렸다.

송별회 장소는 9개월 전 알렉산드라를 떠나보낸 곳이었다. 나는 퉁퉁 부은 눈으로 동료들과 포옹하며 작별 인사를 했다. 역시나 남성 동료들이 보드카를 돌리기 시작했다. 그 술이 반가웠다. 맛도 향도 색도 없는 보드카야말로 넘쳐나는 감정의 홍수에서 탈출하는 데 딱 맞았다. 술에 취해 흥이 오른 나는 제법 익숙해진 솜씨로 아르메니아 전통춤을 추었다.

돌아가며 한 명씩 송별사를 할 차례였다. 인간의 눈물샘은 얼마나 많은 눈물을 만들 수 있는 것일까? 술과 눈물에 취한 나는 동료들의 송별사를 제대로 알아듣지 못했다. 그들은 상처 입은 나에게 행운이 함께하길 빌었다. 감정은 오로지 모순덩어리로만 존재하는 것일까? 나는 그만 아프길 원했지만, 환자들 곁을 떠나고 싶지 않았다. 돕지 못했다는 무력감에 괴로웠지만, 그 어느 때보다 맹렬하게 살아 있음을 느꼈다.

마지막 순서는 기젤라였다. 그녀는 우리가 함께 만든 요리, 함께 만난 환자들, 함께 피운 담배 이야기를 꺼냈다. 그리고 마지막 한마디.

"I am losing my muscles(나는 살을 잃고 있어요)."

기젤라는 나를 위해 선물을 준비했다. 그것은 그녀가 만들었던 음식의 요리법이었다. 그녀는 그것을 일일이 영어로 쓴 다음 출력해서 하나의 책으로 묶었다. 기젤라와 나는 포옹한 채로 함께 울었다. 그녀가 다른 말을 했다면 나는 실망했을 것이다. 그녀가 다른 선물을 주었다면 나는 서운했을 것이다. 기젤라와 요리할 때 나는 재료를 씻고 다듬고 썰거나 휘젓는 일을 맡았다. 설거지도 내 몫이었다. 나는 기꺼이 그녀의 팔다리가 되었다. 기젤라의 근육 노릇을 하는 것이 좋았다.

아르메니아에서 만난 어떤 죽음은 자연스럽지도 평화롭지도 않았다. 죽음의 부조리한 민낯은 슬피 우는 것조차 허락하지 않았다. 그저 따뜻하고 짭짤한 그 무엇으로 감지하는 수밖에 없었다. 어떤 환자는 더 강력한 두려움 앞에서 차라리 죽음을 선택했다. 나는 돕고 싶다는 열망에 사로잡혀 어둠 속에서 길을 잃은 사람처럼 허우적댔다. 그래서 이곳 사람들이 죽는 이유, 죽음을 선택하는 이유를 이해하지 못했다. 내 분노는 향할 곳을 잃었다. 분노에 휩싸인 나는 죽음을 막을 방법을 찾지 못했다. 그때 기젤라가 등장했다. 그녀는 무엇에도 사로잡히지 않는 사람이었다. 자신과 팀을 이룰 나에게 먼저 '밥'이 필요하다는 것을 알았다. 그녀는 거절당하는 것을 걱정하지도, 배신당했다고 흥분하지도 않았다. 인간에게 죽음보다 더 두려운 것이 있다는 것을 그녀는 잘 알고 있었다. 그녀는 공포에 사로잡힌 사람들을 기꺼이 만났고 그들에게 말할 기회를 주었다. 슬픔에 사로잡힌 동료를 차분하게 위로해주었다. 그녀는 우리의 몸, 그러니까 삶과 죽음 앞에 깨어 있었다.

아르메니아에서 나는 죽음보다 더 강한 것, 갈라진 세상을 보았다. 나도 기젤라를 따라, 세상을 응시하고 이해하고 필요한 일을 해야 한다. 그녀는 나를 '살'이라고 불렀고 내게 요리법을 선물로 주었다. 그 음식을 먹고 나는 성장하게 될까? 기독교 문화에서 자란 기젤라는 의식했든 하지 않았든, 이 성경 구절에 익숙했을 것이다.

"받아라. 이것은 내 몸이니라." (마가복음 14장 22절)

Chapter 2

갈라진 세계,
침묵의 벽 앞에서

Lebanon

Turkey

Syria

Iraq

Iran

Saudi
Arabia

죽음을 건조하게 기록하는 도시

    레바논의 수도 베이루트는 아르메니아의 수도 예레반과 시차가 한 시간이 나는 서남쪽에 있었다. 거리가 그리 멀지는 않지만 두 도시는 너무나 달랐다. 예레반은 정갈하고 창백하며 균질한 느낌이었다. 그래서 현실의 도시 같지가 않았다. 반면 베이루트는 지중해를 옆구리에 낀 도시답게 뜨겁고 화려했다. 높은 빌딩과 현란한 광고판, 도로를 가득 채운 자동차와 소음. 레바논은 2013년 기준 1인당 GDP가 약 8,000달러로 가난하다고 할 수 없는 나라다. 빌딩 사이로 간혹 모스크가 보이지 않았다면 내가 중동에 와 있다는 사실조차 깨닫지 못했을 것이다. 하긴 레바논은 예부터 풍요로운 '레반트'의 일부였고, 고대 기독교의 중심지 중 하나다.

    국경없는의사회에서 레바논 근무를 제안했을 때 나는 조금도 주저하지 않았다. 2011년부터 시작된 시리아 내전으로 1,000만 명이 넘는 난민이 고향 땅을 떠났다. 그들이 가장 많이 흘러간 곳은 이웃 나라 터키와 레바논이었다. 나는 레바논 제2의 도시 트리폴리에서 빈민과 시리아 난민을 진료할 예정이었다. 시리아 내전의 긴장과 갈등은 레바논에도 흘러넘치고 있었다. 레바논은 분명 아르메니아보다 위험했다. 레바논에는 죽음이 더 가까이 있으리라. 나는 여전히 이유도 모른 채 죽음에 끌리고 있었다. 주저할 이유가 없었다.

국경없는의사회 베이루트 본부 사람들과 함께 점심을 먹으러 나갔다. 길을 걷는데 웬 레바논 청년들이 나에게 호들갑스럽게 아는 체를 했다.

"헤이, 재키 챈!"

'재키 챈'은 성룡의 영어 이름이다. 내가 성룡을 닮았나? 어리둥절한 나를 동료들이 안심시켜 주었다.

"레바논에서는 요즘 성룡이 인기가 많대요. 저 사람들 눈에는 비슷해 보이나 봐요."

나는 그 레바논 청년들에게 웃으며 손을 흔들어주었다.

음식은 도시 베이루트를 닮아 다채롭고 풍성했다. 샐러드와 훔무스 서너 가지, 피클, 케밥이 식탁을 가득 채웠다. 얇은 빵을 올리브유가 감도는 훔무스에 찍어 먹는데, 고소하고 향긋한 맛이 저마다 미묘하게 달랐다. 해외 구호 활동가가 이렇게 먹어도 되나 싶을 정도로 호화로운 식사였다. 그런데 그게 끝이 아니었다. '터키시 딜라이트(Turkish Delight)'라는 디저트가 한 상 가득 나왔다. 말랑말랑하고 달콤한 정육면체가 입안에서 사르르 녹았다. 동료 몇 명은 물 담배를 주문해서 피웠다. 호기심에 나도 한 모금 얻어 피웠는데 달콤한 사과 냄새가 났다. 음식점에 담배 연기가 가득 찬 모습이 낯설었다.

본부에서 인수인계를 마치고 근무지인 트리폴리로 떠날 시간이었다. 자동차는 사무실에서 나와 좁은 골목으로 들어섰다. 차도를 반 이상 점령한 사람들을 피해 아슬아슬 지났다. 그들은 베이루트 사람들과 한눈에 봐도 달랐다. 낡고 누추한 옷이나 검은 차도르를 입은 그들은 시리아 난민이었다. 난민 여성들은 눈이나 얼굴만 내놓은 채 한쪽 팔로 아기를 안고 다른 손은 오목하게 모아서 지나가는 차에 내밀었다. 거리에는 먼지가 자욱하게 일어났다. 엄마에게 안긴 아기들은 먼지를 뒤집어쓰고 있었다. 소년들은 외국인이 탄 차에 아예 매달리다시피 쫓아왔다. 나는 그러는 아이가 안쓰러워 창문을 열고 지폐 한 장을 건넸다. 그러자 운전기사가 말렸다.

"그러다간 난민들이 몰려들어 여기를 빠져나가지 못할 거예요."

내가 근무하던 2013년 당시 레바논 인구는 약 500만 명이었다. 그런 나라에 갑자기 쏟아져 들어온 시리아 난민이 이미 100만 명을 넘었다. 베이루트 거리에는 레바논인보다 난민이 더 많은 것 같았다. 그 많은 시리아 난민은 도대체 어떻게 먹고살까? 그들은 시리아와 국경을 댄 동쪽에서 점차 베이루트나 트리폴리 같은 서쪽 해안 도시로 몰려들고 있었다.

왼쪽으로 지중해가 보이는 해안 도로를 따라 북으로 몇 시간을 달려 트리폴리에 닿았다. 나를 먼저 맞이한 것은 모스크의 지붕이었다. 트리폴리는 레바논에서 베이루트 다음으로 큰 도시였지만, 무채색의 건조한 풍경은 베이루트와 무척 달랐다. 트리폴리에는 다채로운 색깔도, 높은 건물도 많지 않았다. 도로 곳곳에 세워진 방책 옆에서 검은 탱크와 장갑차는 공간을 뒤틀고 주변의 모든 것을 끌어당기고 있었다.

트리폴리 사업 책임자 마리는 프랑스 출신 젊은 여성이었다. 사무실 한쪽 벽에 커다란 항공사진이 붙어 있었는데, 붉은 선으로 둘러친 '위험 구역(RED ZONE)' 표시가 눈에 띄었다. 마리는 연신 담배를 피우며 도시의 상황을 설명해주었다. 트리폴리에서는 주기적으로 총격전이 벌어지고 있었다. 마리는 한 마디씩 또박또박 끊어서 강조했다.

"이곳에서 외출할 때는 항상 제 허락을 받아야 합니다. 언제든 철수 명령이 떨어지면 즉시 따라야 하고요."

국경없는의사회는 트리폴리에서 진료소 세 곳을 운영하고 있었다. 하나는 시리아 난민 진료소, 다른 둘은 가난한 트리폴리 주민을 위한 A 구역과 B 구역 진료소였다. A 구역에는 이슬람교 시아파의 지파인 알라위파, B 구역에는 수니파 주민들이 살고 있었다. 맞닿아 있는 두 구역의 또 다른 이름이 바로 '위험 구역'이었다. 나는 진료소 세 곳에서 일하는 여덟 명의 레바논인 의사를 관리하는 역할을 맡게 되었다.

레바논인 동료들과도 인사를 나누었다. 히잡을 쓴 여성 동료도 있었고 그렇지 않은 여성도 있었다. 히잡을 쓰지 않은 여성들은 기독교도일 것이다. 한 남성 동료는 레바논이 처한 상황을 이렇게 설명해주었다.

"여기에는 미국과 러시아, 프랑스 등 강대국 정보기관들이 활동하고 있어요. 그들은 적국의 동향을 살피기 위해 가끔 폭탄을 터뜨립니다."

그의 말이 정말인지는 알 수 없었다. 다만 레바논인들이 테러와 폭발이 던지는 메시지를 늘 해석하는 처지에 놓인 것은 사실이었다.

나는 6개월 동안 묵을 숙소를 둘러보았다. 고급 주택가에 자리 잡은 고층 아파트였다. 널찍한 숙소 바닥에 대리석이 깔려 있었다. 지금까지 살아본 중에 가장 호화스러운 집이었다. 나무틀이 삐거덕 소리를 내는 침대와 해변에서 쓸 법한 플라스틱 간이 테이블이 집과는 어울리지 않아 우스웠다. 그때 밖에서 이슬람 사원의 예배 시간을 알리는 '아잔' 소리가 들려왔다. 나는 급히 해변에서 현실로 돌아왔다. 앞으로 6개월 동안 하루 다섯 번 아잔을 듣게 되리라. 트리폴리 주민의 90%는 이슬람 수니파 신자들이었다. 해외 활동가 숙소를 고급 주택가에 구한 이유는 나중에야 알게 되었다. 그곳이 위험 구역에서 가장 멀고 안전하기 때문이었다.

숙소 건물 1층으로 내려오자, 한 젊은 남성이 나와 마리에게 인사했다. 나는 선한 인상의 그가 지나치게 공손해서 불편했다. 마리가 건물 관리인이라고 소개해주었다. 차를 타기 위해 주차장으로 나왔는데, 한쪽 구석에 작은 방이 하나 보였다. 열린 문 앞에 서너 살로 보이는 아이 둘이 우리를 향해 손을 흔들었다. 마리는 잘 아는 사이인 듯 반갑게 손을 흔들어 답해주었다. 방 안에는 한 여성이 아기를 품에 안고 있었다. 아까 인사한 건물 관리인의 가족이었다. 마리는 나지막하게 그들이 시리아 난민이라고 귀띔해주었다. 젊은 남성이 건물 관리인으로 일하는 대가로 다섯 식구가 방 하나를 얻어서 살고 있었다. 식구가 모두 눕기도 힘들 만큼 좁은 방이었다. 그들을 안쓰럽게 바라보는 나에게 마리가 말했다.

"저 가족은 운이 좋은 거예요. 좋은 직장과 깨끗한 방을 구했으니까요."

◆◆◆

시리아 난민 진료소를 처음 방문하는 날이었다. 국경없는의사회 진료소는 한 병원에서 사무실 몇 개를 빌려 쓰고 있었다. 진료소는 안팎에서 기다리는 시리아 난민들로 발 디딜 틈이 없었다. 난민들은 새벽 6시부터 병원 건물 밖에서 줄을 서서 기다린다고 했다. 진료는

9시부터 시작이었다. 국경없는의사회에서는 그럴 필요 없다고 난민들에게 여러 차례 설명했다. 하지만 난민들은 순서가 늦어서 진료를 받지 못하게 될까 봐 불안해했다. 그들은 의사를 만나기 위해 보통 서너 시간씩 기다렸다. 긴 대기 시간을 어떻게 줄일 수 있을까? 그것도 내 임무 중 하나였다.

그때 내 상관인 의료 팀장 크리스티나가 갑자기 놀란 얼굴로 나에게 물었다.

"루크, 방금 그 소리 들었어요?"

나는 별다른 소리를 듣지 못했다. 트리폴리에는 공사 현장이 많아서 종종 시끄러운 소리가 났다. 레바논인 동료들과 시리아 난민들이 웅성거리기 시작했다. 크리스티나는 불안해 보였다.

"조금 전 분명히 뭔가 폭발하는 소리가 났거든요."

크리스티나가 어디론가 전화를 걸었다. 그녀의 미간에 주름이 잡혔다. 그러더니 다급하게 진료실로 뛰어가며 동료들에게 소리쳤다.

"모스크에서 폭발이 있었고 사람이 많이 죽었대요."

사무실의 명령에 따라 크리스티나는 즉시 진료소 문을 닫고 난민들을 돌려보냈다. 국경없는의사회 활동가들도 서둘러 진료소를 빠져나왔다. 우리가 탄 자동차는 올 때와는 달리 중심가를 피해 변두리로 돌아가야 했다.

그날, 2013년 8월 23일 트리폴리 중심가 모스크 두 곳에서 큰 폭발이 있었다. 마침 수백 명의 시민이 모스크 안에서 예배를 보던 때였다. 그 폭발로 47명이 죽었고 500명 이상 다쳤다. 아무도 이 테러를 자신의 소행이라고 밝히지 않았다. 하지만 트리폴리 시민들은 즉각 메시지를 해석했다. 이것은 수니파 이슬람교도에 대한 공격이며, 시리아의 바샤르 알아사드 대통령과 레바논에서 활동하는 시아파 이슬람 무장 단체인 '헤즈볼라'가 개입한 것이 분명하다며 분노했다.

며칠 후 A, B 구역 진료소에 가는 길이었다. 차가 시내 교차로를 지날 때 운전기사 루디가 턱으로 차창 밖을 가리켰다. 검게 그을린 모스크 주위에 사람들이 모여 있었다. 폭발이 일어난 곳이었다. 그 모스크는 국경없는의사회 자동차가 늘 다니는 도로에서 몇 미터도 떨어져 있지 않았다. 모스크 주변에는 돌과 유리 조각, 먼지를 뒤집어쓴 자동차들이 흩어져 있었다. 어쩌면 폭탄이 터지는 순간에 나와 루디가 탄 차도 그 길을 지날 수 있었다. 몇 걸음이면 닿을 모스크의 잔해처럼, 트리폴리에서 죽음은 삶과 너무 가까웠다. 그래서 더욱 현실처럼 느껴지지 않았다. 언제 어디에서 폭탄이 터지고 총알이 날아올지 모르는 세상. 두려워할 틈도, 살겠다는 발버둥도 허락하지 않는 듯했다. 안타까운 사연과 감동적인 이야기가 모두 사치처럼 느껴졌다. 죽음은 그저 시리아 내전으로 이미 목숨을 잃은 사람들 가운데 일부로 건조하게 기록되었다.

갈라진 세계

트리폴리 사무실에서는 매일 조회가 열렸다. 모스크 폭발 사건이 터진 다음 날에도 해외 구호 활동가와 레바논인 직원을 합해서 거의 스무 명이 빠짐없이 빙 둘러섰다. 웃음기는 싹 사라져 있었다. 사업 책임자 마리는 전날 상황을 정리한 뒤 마지막에 이렇게 덧붙였다.

"정보든 소문이든 들은 걸 이야기해주세요. 무엇이든 좋아요."

레바논인 동료들이 거리에서 혹은 지인으로부터 들은 이야기를 전해주었다. 시리아 대로 근처에서 작은 시비가 붙었다거나, 알라위파 사람들이 사는 A 구역으로 무기가 반입되고 있다는 소식이었다. 수니파 근본주의자인 '살라피스트'들이 용병을 모집하고 있다는 소문도 들렸다. 수니파 주민들 사이에서 시리아 정부를 지지하는 알라위파에 대한 증오가 높아지고 있었다. 레바논인 동료들은 조만간 트리폴리에서 총격전이 다시 벌어질 것이라고 믿고 있었다. 마리는 정보를 종합한 다음 그날그날 진료소 근무 여부를 결정했다.

다시 며칠이 지났고 여전히 긴장은 높았다. 아직 '오늘 무력 충돌이 벌이질 것'이라는 정보는 없었다. 마리는 그날 역시 진료소 근무를 허락했다. 나는 B 구역 진료소를 방문했다. 같은 수니파 주민들이 살건만, B 구역은 다른 세상 같았다. 'ㄴ'이나 'ㄷ' 모양의 4~5층짜리 다세대주택이 빽빽하게 들어서 있었다. 오랫동안 페인트칠을 하지 않아서 벽에 거미줄 같은 균열이 그대로 드러났다. 창문이 촘촘하게 난 것을 보면 얼마나 많은 사람이 그 안에서 살고 있는지 짐작할 수 있었다. 어지러운 전깃줄과 빨랫줄이 숨 막힐 듯한 풍경에 혼란함을 더했다. A 구역과 B 구역 사이를 가르는 텅 빈 시리아 대로가 보였다. 두 구역의 분쟁으로 시리아 대로는 길이 아니라 경계선이 된 지 오래였다. 시리아 대로를 마주 보는 건물 벽에는 온통 총알 자국이나 있었다. 차는 건물 사이로 난 미로 같은 길을 따라 들어갔다.

B 구역 진료소는 평소와 다르지 않았다. 히잡을 쓴 수니파 여성들이 아이와 함께 대기실에서 기다리고 있었다. 그날 근무 중이던 레바논인 남성 의사가 나를 반겼다. 그는 유쾌한 사람이었다. 지나치다고 느껴질 만큼 호탕하게 웃으며 내 손을 잡고 흔들었다. 우리는 함께 환자를 보았다. 중간중간 그는 내 의견을 묻기도 했다. 레바논인 동료들은 대부분 영어를 잘했기 때문에 통역이 필요 없었다.

진료소에서 만나는 환자들은 한국의 여느 동네 의원 환자들과 다르지 않았다. 그들은 기침을 하거나 배가 아팠고, 허리나 어깨 통증에 시달렸다. 고혈압이나 당뇨병을 앓기도 했다. 한국과 차이가 있다면, 그들은 다른 의원이나 병원에 갈 돈이 없었다. 약국에서 항생제나 고혈압약을 그냥 사다 먹었다. 트리폴리에서 가장 가난한 B 구역 주민들에게 병원 문턱은 높았다. 그래서 국경없는의사회 진료소에는 언제나 긴 대기 줄이 늘어섰다.

그때 갑자기 무엇인가 터지는 소리가 들렸다. 이번에는 나도 분명히 알아챘다. 꽤 가까운 곳에서 누군가 총을 쏜 것이 틀림없었다. 나는 레바논인 의사를 따라 몸을 낮추었다. 잠시 후 총소리가 연달아 몇 번 더 났고, 뭔가 터지는 소리가 건물 벽을 흔들었다. 수류탄이나 유탄일 것이다. 마침내 B 구역과 A 구역 사이에서 총격전이 시작된 것이다. 내 전화기가 급하게 울렸다. 마리였다.

"지금 폭발과 총격이 진료소 가까운 곳인가요?"

마리는 바로 차를 보내겠다고 했다. 차가 도착할 때까지 진료소를 떠나지 말라는 지시도 잊지 않았다. 진료소 직원들과 환자들은 즉시 집으로 돌아갔다. B 구역 진료소는 시리아 대로에서 떨어진 'ㅁ' 모양 건물 안쪽에 자리 잡고 있었다. 예측하지 못한 총격이 일어나더라도 얼마 동안 의료진을 보호할 수 있는 구조였다. 나는 몸을 웅크린 채 차를 기다렸다.

건물 밖은 총소리와 폭발음으로 시끄러웠다. 그 바람에 사람들의 말소리는 세상에서 사라져버렸다. 내 마음은 돌덩어리처럼 차갑고 조용하게 가라앉았다. 이상하리만치 침착했다. 그때 나는 두려움을 느끼지 못했다. 마리의 명령이 아니었다면 웅크리지도 않았을 것이다. 총격전은 나에게 현실처럼 느껴지지 않았다. 밖에서는 사람이 죽고 다치고 있지만, 상대를 죽이고 말겠다고 분노를 터뜨리고 있건만, 내 안에서는 어떠한 감정도 일어나지 않았다. 어쩌면 갈라진 세계는 나에게 너무 익숙했는지도 모른다.

30분쯤 후 차가 도착했다. 차체와 유리에는 국경없는의사회 문양과 붉은색 '비무장(No Firearms)' 스티커가 붙어 있었다. 총알의 장약이 폭발하면서 만드는 메아리가 '비무장'이라는 글귀와 묘한 대조를 이루었다. 차는 뒷길로 돌아 B 구역을 빠져나왔다. 부쩍 수가 늘어난 탱크와 장갑차가 거리 곳곳을 가로막고 있었다. 하지만 레바논군은 A 구역과 B 구역 사이에서 벌어지는 분쟁에 개입하지 않았다. 외부인이나 무기 반입을 막는 것이 고작이었다. 방책 앞에 선 군인들이 차를 세울 때마다 운전기사는 국경없는의사회 신분증을 보여주었다. 군인은 내 얼굴을 살펴보고는 차를 보내주었다. 그렇게 먼 길을 돌고 돌아 사무실에 도착했다. 그사이 총격이 점점 격렬해졌고 폭발음도 자주 들렸다. 한 레바논인 동료가 "몇 달에 한 번꼴로 겪는 일이에요"라고 했다. 나에게는 마치 전철이 자주 늦는다고 불평하는 말투처럼 들렸다.

총격전이 벌어진 기간 동안 조회 분위기는 더 무겁게 내려앉았다. 마리는 전날 A 구역과 B 구역에서 몇 명이 죽고 다쳤는지 보고 했다. 관통상을 입은 환자를 실어 나르기 위해 A 구역으로 구급차가 출동했다는 소식도 들었다. 수니파 거주지인 B 구역에 설치한 국경 없는의사회 진료소는 문을 닫았다. 하지만 A 구역 진료소는 그럴 수 없었다. 알라위파 거주지 A 구역은 수니파 거주 지역에 둘러싸여 있었다. 총격이 벌어지면 알라위파 주민들은 꼼짝없이 그곳에 갇혔다. A 구역 진료소는 주민들을 위해 레바논인 의사와 직원만으로라도 계속 운영할 수밖에 없었다. 수술이 필요할 정도로 심하게 다친 주민이 생기면 레바논 정부는 군인과 구급차를 A 구역으로 보냈다. 마리가 어깨를 으쓱하며 동료들에게 물었다.

"언제쯤 총격전이 멈출까요?"

한 레바논인 운전기사가 씁쓸한 얼굴로 말했다.

"누가 알겠어요? 하지만 일주일은 넘지 않을 겁니다. 총알이 떨어질 테니까요."

내가 방문할 수 있는 곳은 시리아 난민 진료소뿐이었다. 할 일이 3분의 1로 줄어버렸다. 전임자는 이럴 때 무엇을 했을까? 인수인계서에는 아무런 내용이 없었다. 총소리는 밤이면 더 크고 더 격렬하게 들렸다. 시리아 대로가 숙소 쪽으로 조금씩 옮겨 오는 것 같았다. 어떤 날은 너무 시끄러워서인지 잠이 오지 않았다. 쾅하고 터지는 소리도 자주 났다. 그 밤 두 지역 주민들은 서로의 목숨을 빼앗겠다고 싸우고 있었다. 나는 오래된 기억에 잠겼다.

◆◇◆

부부가 있었다. 그들은 자주 싸웠다. 말다툼은 주로 밥상머리에서 시작됐다. 남편은 아내가 맨날 똑같은 반찬을 만들면서 나아지려는 의욕조차 없다고 비난했다. 아내는 남편이 책잡을 궁리만 하면서 자신을 발톱의 때만큼도 여기지 않는다고 맞받아쳤다. 그들에게는 초등학생 아들 둘이 있었다. 부모의 싸움이 시작되면 아이들은 조용히 건넛방으로 넘어갔다. 아이들은 텔레비전을 볼 수 없어서 못내 아쉬웠다.

무엇 때문에 시작되었든 부부 싸움은 몇 년씩 묵은 일을 불러냈다. 아내는 쌓아두었던 감정을 토해냈다. 아내에게 남편은 단 한 번도 따뜻한 말 한마디를 해준 적이 없는 사람이었다. 침착하게 오로지 논리적으로만 반박하던 남편도 이쯤 되면 입을 닫았다. 그다음부터는 아내의 일방적인 한풀이였다. 남편은 아예 몸을 돌리고는 텔레비전 소리를 키웠다. 아내가 아무리 소리를 질러도 남편은 아무런 대꾸도 하지 않았다. 그러면 아내는 더 악에 받쳤다.

동생은 벌써 잠들었지만, 큰아이는 그러지 못했다. 울부짖는 것 같은 엄마의 목소리만 몇 시간째 건너오고 있었다. 애국가가 들리는가 싶더니 치익 하는 소음이 고요한 골목길로 새어나갔다. 자정이었다. 텔레비전 소리 따위에 질 수 없다는 듯 엄마는 기운을 다시 냈다. 아버지도 덩달아 텔레비전 소리를 키웠다. 그 시절 그 시각에 아직 잠 못 든 아이가 할 수 있는 일은 아무것도 없었다. 빨리 잠이 오기를, 내일이라도 부모가 이혼하기를 바랐다. 아빠 엄마가 이혼하더라도 그는 하나도 슬퍼하지 않을 자신이 있었다. 아니, 얼마나 기쁠까? 그는 상상했다. 부모를 싸우게 만든 감정이란 아이에게 정체불명의 괴물처럼 느껴졌다. 그는 감정으로부터 도망치는 수밖에 없었다. 감정에 맞서 바라보는 것은 불가능하게 느껴졌다. 그렇게 아이의 세계는 갈라졌다.

트리폴리에서 총소리를 들으며 나는 참으로 길었던 어린 시절의 그 밤을 떠올렸다. 오래 부정했지만, 내 속에는 아이가 있었다. 존재를 부정할수록 그 아이는 힘이 강해져 나를 완전히 사로잡고는 했다. 불편한 감정이 느껴지면 누구에겐 소리를 질렀고 누군가로부터는 도망쳤다. 성장을 거부하는 아이 앞에서 나는 너무나 무력했다.

30년 전 옛일을 떠올렸건만 내 안에서 뜨겁고 축축한 것이 올라오는 것을 느꼈다. 그것은 모스크 폭탄 테러와 총격전에 대한 내 서늘하고 건조한 태도와 대비를 일으켰다. 나는 자신을 속이고 있었다. 자정이 넘도록 부모가 싸우던 그날, 나는 두려웠다. 우리 집이 평화롭기를, 부모님이 서로 사랑하기를 간절히 소망했다. 하지만 그것을 위해 무엇을 해야 하는지 알지 못했다. 잠들지 못하던 소년은 철이 일찍 들었다. 불가능한 것을 바라느니 소망 자체를 부정하는 것이 상처를 덜 받는 방법이었다.

총격전에 대해 남의 일처럼 말하던 레바논인 동료들이 떠올랐다.

나는 마음이 누그러지는 것을 느꼈다. 그들도 두려우리라. 지금 시리아 대로 건너편을 향해 총을 쏘는 사람들도 같은 심정이지 않을까? 행복과 평화를 빼앗길지도 모른다는 두려움. 왜 소망과 공포와 증오는 함께 생겨나는가? 생각은 꼬리에 꼬리를 물다가 단 한 번도 이른 적이 없던 낯선 곳에 닿았다. 나의 부모도, 서로에게 비난과 침묵을 쏘아대던 그들도 행복을 갈망했을까? 나는 한 번도 그렇게 생각해보지 못했다. 그날 밤 나는 잠을 이루지 못했다.

나는 과연 살리고 있는가

　시리아 난민 진료소에서 약국 관리를 맡은 동료가 나를 불렀다. 그는 기가 찬다는 표정으로 휴대전화에서 사진 한 장을 보여주었다. 컵에 누런 흙탕물이 담겨 있었다. 시리아 난민들이 마시는 우물물이라고 했다. 그들은 방 하나에 여러 가족이 함께 지내는 것은 물론, 공사 중인 건물이나 창고, 천막 등 하늘을 가릴 수 있는 곳 어디서나 살고 있었다. 트리폴리 인구가 약 50만 명인데 그중 시리아 난민은 벌써 10만 명이 넘었다. 그만한 사람들이 살 집이 갑자기 생길 리 없었다. 난민들은 비좁은 곳에서 더러운 물을 마시며 살았다.

　인간의 몸처럼 솔직한 것도 없다. 위생 상태가 나쁘고 굶주리는 탓에, 난민들은 병들고 있었다. 한 시리아 가족이 통째로 진료실에 들어왔다. 젊은 부부와 어린아이 둘 다 피부가 가렵단다. 아이들의 피부는 군데군데 검게 착색되었고 허옇게 각질이 일어났다. 아이들 아빠는 얼마나 긁었는지 피부 여기저기 딱지가 앉은 상처에서 누런 고름까지 흐르고 있었다. 밤이면 너무 가려워서 잠들기 힘들다고 했다. 언제부터 그랬냐고 물었더니 반년도 넘었단다.

현지인 의사 누르는 의대를 갓 졸업한 여성이었다. 그녀는 어깨를 위로 치켜올리면서 난감하다는 표정으로 나를 바라보았다. 가족은 '옴'을 앓고 있었다. 피부 기생충에 의해 생기는 병인데, 전염성이 무척 강하다. 나는 몸에 바르는 물약을 처방하고, 옷과 이불을 모두 삶거나 햇볕에 말려서 소독하도록 권했다. 그것으로 끝이 아니었다. 그 가족은 다른 사람들과 방을 나누어 쓴다고 했다. 그렇다면 그 사람들도 똑같이 치료를 받고 소독해야 한다. 그러지 않으면 이 가족은 다시 옴에 걸리고 만다. 나는 함께 사는 사람들에게도 이 사실을 꼭 전해달라고 부탁했다. 이 가족은 지긋지긋한 옴에서 벗어날 수 있을까?

한 아이가 열이 나고 배가 아파 밥을 못 먹는다고 진료소를 찾았다. 눈 흰자위가 노래지는 황달 때문에 무슨 병인지 한눈에 알아볼 수 있었다. 간이 있는 오른쪽 갈비뼈 아래를 누르면 아파했다. 간기능(AST/ALT) 수치가 정상보다 수십 배 높았다. 급성 A형 간염이었다. 주로 마시는 물이 대변에 오염되어서 생긴다. 간이 화장실을 사용하고 우물물을 마시는 난민들이 쉽게 걸릴 수밖에 없었다. 환자가 며칠 동안 식사를 하지 못하고 기운이 없어 늘어지면 입원이 필요했다. 그래도 옴과 A형 간염은 대체로 후유증 없이 잘 낫는 병이었다.

　나는 상관인 크리스티나와 함께 유엔난민기구(UNHCR)에서 주재하는 구호단체 회의에 참석한 적이 있었다. 트리폴리에는 식량, 어린이, 의료, 심리 상담 등 다양한 목적을 가진 여러 국제 구호단체들이 활동하고 있었다. 유엔난민기구를 통해 난민으로 등록하면 시리아인들은 식량과 의료비 등 다양한 지원을 받을 수 있었다. 그런데 회의 자리에서 나는 뜻밖의 사실을 들었다. 트리폴리로 들어온 시리아 난민은 10만 명으로 추정되지만, 실제 등록한 사람은 그중 일부에 불과하다는 것이다. 시리아 난민들은 자신의 신분이 드러나는 것을 두려워한다고 했다. 그들을 타국으로 내쫓은 것은 내전이었다. 어제의 이웃이 오늘 총구를 들이미는 것, 그 누구도 믿을 수 없고 어디에서도 마음 놓을 수 없는 것, 그것이 내전이었다. 난민들은 차라리 국제 구호단체의 지원을 포기했다. 생존의 욕망보다 강한 공포를 레바논에서 다시 목격했다. 나는 난민들 사이에서 A형 간염이 번지고 있으며 깨끗한 물을 공급할 대책이 필요하다고 제안했다.

　하루는 배가 아프다며 찾아온 소년을 현지인 의사가 진찰하고 있었다. 나는 소년의 기록을 살펴보다가 눈을 의심했다. 열두 살짜리의 몸무게가 겨우 20킬로그램이었다. 너무 작고 말라서 훨씬 어린 줄 알았다. 그는 쑥쑥 커야 할 성장기의 소년이었다. 똑같이 열두 살인 큰아들이 생각났다. 무엇이든 잘 먹는 녀석은 벌써 40킬로그램이 넘었다. 우리는 소년에게 복통약 이외에 비타민과 구충제도 주었다.

아이의 고통은 기생충 때문일 가능성이 컸다. 나는 국경없는의사회 사회사업가에게 그 소년을 어린이 구호 활동 단체와 연결해달라고 부탁했다. 소년에게는 먹을 것이 필요했다.

어느 날은 한 중년 남성이 가슴이 쥐어짜듯 아프다며 찾아왔다. 레바논으로 들어온 지 얼마 되지 않은 그는 고혈압과 당뇨병을 앓고 있었다. 국경을 넘느라 약을 제대로 못 먹어 혈압과 혈당이 모두 높았다. 서둘러 심전도검사를 받게 했다. 고혈압과 당뇨병의 합병증인 심근경색이 의심스러웠다. 그는 빨리 병원에 입원해서 정밀 검사를 받아야 한다. 어쩌면 수술이 필요할지도 모른다. 하지만 난민 진료소에서 해줄 수 있는 것이 더는 없었다. 어린이도 65세 이상 어르신도 아닌 중년은 구호단체들의 지원을 받기 쉽지 않았다. 남성은 병원에 입원할 돈이 없다며 울먹였다.

에드가, 가릭, 아람 그리고 게보르그. 아르메니아에서 만난 결핵 환자들은 대부분 돈이 없었다. 나는 통장의 돈을 찾아서 그들에게 쥐여주고 싶은 충동에 시달렸다. 무력감이 스멀스멀 기어 올라왔다. 그것은 도무지 익숙해지지 않았다. 나는 중년 남성을 사회사업가에게 연결해주었다. 그것이 내가 할 수 있는 전부였다. 그 뒤로 그가 도움을 받았는지는 듣지 못했다.

인간의 수명에 가장 큰 영향을 주는 요인은 '태어난 나라'다. 이 냉정한 진실 앞에 의사인 나는 절망한다. 유엔이 매년 발행하는 《인간 개발 보고서》에 따르면, 2018년 우리나라에서 태어난 아기의 기대 수명은 82.8세다. 하지만 시리아에서 태어난 아기의 기대 수명은 그보다 열한 살 적은 71.8세다. 지금 세상에는 기대 수명이 50세 남짓에 불과한 나라도 많다. 시리아 내전 10년 동안 약 38만 명이 목숨을 잃었다.

◆◆◆

그날은 아직 3시도 되기 전이었지만, 난민 진료소에는 환자가 일찍 끊어졌다. 다음 날부터 일주일 동안 이슬람의 큰 명절이어서, 진료소뿐 아니라 시내 모든 곳이 문을 일찍 닫았다. 그런데 대기실에서 웅성거리는 소리가 났다. 한 남성이 세 살짜리 꼬마를 데려왔다. 레바논인 직원들은 진료가 끝났다며 돌려보내려는 참이었고, 아빠로 보이는 남성은 아이를 가리키며 통사정을 하고 있었다. 나는 동료에게 잠깐만 시간을 달라고 부탁했다. 3시까지는 아직 5분이 남았다. 아이가 일주일 전 넘어졌는데 그 이후 오른팔을 움직이지 못한다고 했다. 눈으로 봐도 아이의 오른쪽 팔꿈치는 붓고 휘어 있었다. 이런 팔을 일주일이나 내버려 두다니. 나는 오른팔을 들 수 있겠냐고 아이에게 물었다. 동료가 통역을 해주자 아이는 고개를 뒤로 까딱 젖히면서 혀를 찼다. '아니요'라는 뜻이었다. 귀여운 꼬마였다. 많이 아프냐고 묻자 역시 혀를 찬다. 씩씩한 아이였다.

안타깝게도 골절일 가능성이 컸다. 엑스레이를 찍어서 확인하고 뼈를 맞춘 다음 깁스를 대야 한다. 엑스레이는 난민 진료소가 세 든 병원에 의뢰해야 찍을 수 있었다. 하지만 그날 병원은 일찌감치 문을 닫았다. 우리도 빨리 떠나야 한다는 뜻이었다. 또렷한 이목구비에 긴 속눈썹을 가진 아이의 얼굴을 잠시 바라보았다. 이렇게 보내면 적어도 일주일 동안 그는 치료를 받지 못할 것이다. 치료하지 않고 시간이 지날수록 그의 팔꿈치가 굽은 채로 굳어버릴 가능성도 커진다. 팔이 부러진 아이가 응급실에 갈 수 없다는 사실을, 그런 세상이 있다는 사실을 불현듯 믿을 수가 없었다. 시리아 내전은 소년에게 평생 사라지지 않을 장애를 남길지도 몰랐다. 그는 자신의 상처를 어떻게 기억하게 될까?

"루크, 우리 이제 문 닫아야 해요."

마음이 급해진 동료가 재촉했다. 나는 탄력 붕대로 아이에게 팔걸이를 해주었다. 팔걸이를 빼지 말고 일주일 뒤에 진료소에 꼭 다시 오라고 아빠에게 신신당부했다. 그것만으로도 아빠는 고맙다고 여러 번 인사했다. 팔걸이가 신기한지 아이는 장난기 가득한 표정이었다. 그리고 해맑게 웃으며 안 아픈 왼팔을 나에게 흔들어 보였다. 나는 억지로 웃으며 손을 흔들어주었다.

총을 든 '보통 사람'들

이슬람 명절을 앞두고 총소리는 거짓말처럼 멈췄다. 일주일 동안 10여 명이 죽고 그보다 훨씬 많은 사람이 다쳤다. 연휴가 끝나자마자 나는 A 구역과 B 구역 진료소 방문을 서둘렀다. 국경없는의사회 자동차는 탱크 여러 대와 군인들이 지키는 길목을 지나 시리아 대로에 도착했다. 고갯길을 한참 올라가야 닿는 달동네가 바로 A 구역이었다. 거리에는 아직 화약 냄새도 가시지 않았다.

고개를 넘어 알라위 주민들이 사는 A 구역에 들어서니, 제일 먼저 시리아의 전·현직 대통령인 하페즈 알아사드와 바샤르 알아사드의 큼직한 사진이 보였다. 레바논 제2의 도시에 시리아 대통령들의 사진이 내걸리다니, 나는 어리둥절했다. 두 사람의 사진은 마치 마을을 지키는 수문장이나 악귀를 내쫓는 부적이라도 되는 듯했다. 하지만 바깥 사람들에게는 증오의 표적이리라.

모퉁이를 돌자 A 구역을 가로지르는 거리가 나왔다. 그다지 넓지 않은 길에 차와 사람, 그리고 장갑차까지 뒤엉켜 혼잡했다. 그런데 건물 벽 여기저기에 웬 청년들의 사진이 붙어 있었다. 운전기사 루디에게 그들이 누구냐고 물었다.

"지난 총격전에서 죽은 사람들이에요."

레바논에 와서 처음으로 죽음이 건조한 '확률'이 아니라 '현실'로 느껴졌다. 그 청년들 중 누군가는 내가 진료소에서 만났을지도 모른다. 거리에는 어린이들이 차와 사람을 요리조리 피해 뛰어다니고 있었다. 한동안 거리에서 놀 수 없었으니 얼마나 심심했을까. 저 아이들 중에 죽은 청년의 동생이 있지는 않을까? 아이들은 자라면서 사진 속 청년들, 그들의 죽음, 남겨진 자들의 의무에 관해 배울 것이다. 나는 아픔의 연쇄가 두려워졌다.

진료소에 들어서자 나를 알아본 주민들이 인사했다. 진료소 직원과 현지인 의사 아마드도 반갑게 맞아주었다. 그들은 A 구역이 봉쇄된 일주일 동안 열두 시간씩 교대로 근무했다. 이 구역에는 다른 의원도 몇 군데 있었지만, 국경없는의사회 진료소는 무료라서 늘 환자가 많았다. 그날은 어깨에 관통상을 입은 환자가 진료소를 찾아왔다. 나는 총상 환자가 처음이었지만 아마드는 익숙해 보였다. 총알은 왼쪽 빗장뼈 위를 뚫고 들어가 어깨뼈 위로 나왔다. 천만다행으로 폐나 큰 혈관은 무사했다. 그 청년은 전투에 참가했을까? 아니면 유탄에 맞았을까? 궁금했지만 묻지는 못했다.

아마드와 나는 점심으로 거리에서 파는 '뒤륌'이라는 샌드위치를 먹었다. 샌드위치 가게 주인은 오랜 친구 아마드에게 유쾌하게 말을 건넸다. 몇 번 만났다고 나에게도 아는 체를 했다. 그의 표정에서 총격전이 남긴 무거운 그림자는 찾아볼 수 없었다. 그날 아마드는 차 한잔 하자며 나를 자기 집으로 초대했다.

아마드와 나는 거리를 따라 천천히 걸었다. 가을로 접어들었지만 한낮의 볕은 아직 따가웠다. 알라위파 여성들은 히잡 같은 이슬람 전통 복장을 하지 않는다. 오히려 노출이 심한 옷을 입은 여성도 많았다. 반면 거리에는 간판이나 광고판조차 찾아보기 힘들 정도로 장식적 요소나 색깔이 거의 없었다. 그래서인지 죽은 청년들의 컬러 사진이 더 선명하게 도드라졌다. 가난한 A 구역 사람들은 건물 벽 총탄 자국을 메울 엄두도 내지 못했다. 그들의 영혼에 숭숭 뚫린 구멍처럼, 죽음의 흔적은 십수 년 동안 늘어가고 있었다.

길이 교차하는 곳에 커다란 철제 가림막이 보였다.

"저격수들의 공격을 막기 위해 언제부턴가 세우기 시작했어요."

담배를 문 아마드가 가래 낀 목소리로 설명해주었다. 가림막은 시리아 대로를 바라보고 서 있었다. 도로 건너편 B 구역이 빤히 내려다보이는 곳이었다. 처음에 두 지역의 분쟁은 아마추어들의 싸움으로 시작됐다. 그런데 무장 단체들이 개입하면서 이제는 직업 저격수들이 주민들을 겨냥하고 있었다.

평일 낮이었지만 거리에는 젊은이들이 많았다. A 구역과 B 구역은 트리폴리에서 실업률이 제일 높고 가난했다. 레바논 정부의 행정력이 거의 미치지 못하는 곳이기도 했다. 수니파 거주 지역에 둘러싸여 자주 봉쇄되는 A 구역은 상황이 더욱 나빴다. A 구역의 알라위파 사람들은 수니파 거주 지역에서 일하기도 어려웠다. 히잡을 쓰지 않는 알라위파 여성들은 A 구역 밖으로 나갈 수조차 없다. 그들의 삶은 봉쇄당했다. 그들이 같은 알라위파인 시리아 대통령을 구원자로 여기는 것은 어쩌면 당연한 일이었다.

차 한 대가 겨우 다닐 만큼 좁고 삐뚤빼뚤한 뒷골목에 들어섰다. 다세대주택들이 어찌나 촘촘하게 들어섰는지 한낮인데도 어두침침했다. 빨랫줄에는 옷가지와 이불이 가득 널려 있었다. 아마드는 서글픈 목소리로 말했다.

"바로 이런 곳에서 극단주의자들이 전투에 참가할 용병을 모집합니다. 시급이 10달러라고 하더군요. 직업이 없는 이곳 청년들은 총을 들 수밖에 없어요."

다세대주택 2층에 있는 아마드의 집은 좁은 거실을 중심으로 방과 부엌, 화장실이 이어지는 구조였다. 벽에 붙은 여러 장의 가족사진 이외에 별다른 장식이 없었다. 참 소박한 집이었다. 아마드는 나에게 커피를 대접했다. 그의 아내는 학교 선생님이었고, 아이들은 트리폴리 밖에서 산다고 했다. 길과 마주하고 있는 벽에만 창문 하나가 나 있어서 집은 어두웠다. 창문 밑에 놓인 철판들의 정체가 궁금했다. 아마드는 내 표정을 읽었는지, 총격전이 벌어지면 그 철판으로 창문을 가린다고 설명해주었다. 그럼 이 집은 더 어두워질 것이다. 나는 아마드에게 물었다.

"왜 A 구역에서 계속 살아요?"

A 구역 진료소의 다른 현지인 의사는 트리폴리 외곽 고급 주택가에서 살며 출퇴근하고 있었다. 아마드도 마음만 먹으면 그렇게 살 수 있을 것이다. 그가 답했다.

"나는 여기서 나고 자랐어요. 내 사람들 곁에서 지내고 싶어요. 나는 무력 충돌에 반대합니다. 그건 상황을 더 나쁘게 만들 뿐이에요. 이 문제를 어떻게 해결해야 할지는 모르겠어요. 하지만 적어도 도망치고 싶지는 않습니다."

A 구역과 B 구역에서는 레바논 내전(1975년부터 1990년까지 지속. 당시 인구의 4분의 1인 약 100만 명이 부상당하고 약 20만 명 사망. 이스라엘과 아랍 국가의 갈등, 레바논 내 종파 갈등, 시리아의 개입 등 복잡한 양상으로 전개) 이후 수십 년째 주기적으로 총격전이 벌어졌다. 그런데 시리아 내전이 불똥을 튀기자 두 지역의 분쟁은 더 격렬해졌다. 레바논에 살든 시리아에 살든, 알라위파 사람들은 절박한 마음으로 시리아 정부군을 돕거나 지지하고 있다. 시리아의 알라위파 청년 중 3분의 1이 내전으로 목숨을 잃었다고 한다. 만약 시리아 알아사드 정권이 무너지면 알라위파 사람들에게 어떤 운명이 닥쳐올까?

어제의 증오가 오늘의 충돌을 낳았고 그것은 다시 내일의 복수를 낳을 것이다. 1,000년 넘게 이어진 종파 갈등 앞에서 나는 말문이 막히고 생각이 멈췄다. 철저하게 자기 나라 이익을 위해 움직이는 강대국들은 거리낌 없이 '위험 구역'에서 무력 충돌을 부추긴다. 이들에게 허락된 것은 절망뿐이란 말인가?

◆◆

나는 도망치지 않겠다는 아마드를 바라보았다. 그러자 잠 못 이뤘던 총격전의 밤이 떠올랐다. 트리폴리는 갈라진 세계였다. A, B 두 구역의 사람들은 신념과 믿음으로 똘똘 뭉쳐 싸우는 것처럼 보인다. 그러나 그들은 테러리스트나 악인이 아니다. 총을 쏘는 사람들 역시 행복과 평화를 바란다는, 단순하지만 역설적인 사실을 바깥 세계 사람들은 자주 잊어버린다. 그들은 진료소에서 만난 환자의 평범한 아들이자 형이었다. 또 나 같은 외국인에게 친절한 보통 사람들이었다. 우리는 그들을 '알라위파'나 '수니파'라고 묶어 부르는 데 익숙하지만, 그들 모두 내전과 무력 충돌을 지지하는 것은 아니었다. 아마드가 증거였다. 갈라진 세계의 내부 역시 갈라져 있었다. 그렇다면 절망하기에는 아직 일렀다.

동료들과 처음으로 근처 쇼핑몰에 갔던 때가 떠올랐다. 내가 고른 물건들을 계산대 위에 올려놓자, 어디선가 한 남자가 나타나 그것들을 비닐 백에 하나씩 담는 것이 아닌가. 내가 놀라서 그 남자를 말리려고 하자 사업 책임자 마리가 그대로 두라고 손짓을 했다. 그러고 보니 마리와 물류 책임자 알렉스가 고른 물건 역시 또 다른 남자가 담고 있었다. 비닐 백을 든 남자들은 주차장까지 따라왔다. 그러고는 알렉스의 차 트렁크에 비닐 백을 넣었다. 이 기묘한 모습을 나는 어리둥절해서 바라보았다. 마리가 귀엣말로 남자에게 1달러를 주라고 알려주었다. 짐작대로 그는 시리아 난민이었고, 쇼핑백을 들어주는 것이 그의 일이었다. 우리 아파트 관리인은 운이 좋은 편이라고 했던 마리의 말이 떠올랐다.

시 인구의 20%에 달하는 난민들이 갑자기 밀려 들어오자 트리폴리에서는 일자리 경쟁이 치열해졌다. 트리폴리에 자리를 잡은 난민들은 돈을 벌 수만 있다면 무슨 일이든 하려고 했다. 쇼핑몰에서 만난 남자처럼 돈을 버는 사람도 생겼다. 자연히 실업률은 치솟았다. 보수가 낮은 일용직을 두고 시리아 난민들과 경쟁해야 하는 트리폴리 주민들 역시 가난한 사람들이었다. 그들이 시리아 난민을 증오하게 되는 것은 당연했다. 그리고 A 구역 주민들, 레바논 땅에서 감히 시리아 정부를 지지하는 알라위파가 가난한 트리폴리 수니파 주민들의 눈에 띄었다. 결국, 어떤 사람들은 총을 들었다.

신앙뿐만 아니라 빈곤 역시 트리폴리 내부를 가르는 경계였다. 해외 활동가 숙소가 있는 부유한 구역은 총격전이 벌어져도 안전했다. 그들에게 A 구역과 B 구역의 분쟁은 다른 세계의 문제였다. 그렇다면 빈곤은 문제를 푸는 실마리가 될 수도 있다. 두 구역의 주민들이 지금처럼 가난하지 않다면 어떨까? 물론 그들이 총을 드는 이유는 그렇게 단순하지 않을 것이다. 하지만 적어도 생계 때문에 용병으로 내몰리는 사람은 없을 것이다.

◆◆◆

　　같은 날 오후에 B 구역 진료소도 방문하기로 했다. A 구역에서 시리아 대로를 가로지르면 금방 B 구역이건만, 우리는 멀리 돌아가야 했다. 텅 빈 시리아 대로를 보며 나는 한반도의 비무장지대가 떠올랐다. B 구역의 모습은 마치 시리아 대로에 거울을 댄 것처럼 A 구역과 비슷했다. B 구역 주민들 역시 빽빽하게 들어선 낡은 다세대주택에 살았다. 차이라면 여성들이 히잡을 착용하고 있고, 거리에는 죽은 청년들의 사진 대신 광고판이 보인다는 정도였다. 아이들이 뛰어노는 놀이터에 커다란 타이어들이 벽처럼 쌓여 있었다. 역시나 저격수들 때문이었다. 언젠가 놀이터에서 놀던 아이 둘이 저격수의 총에 맞아 죽었다고 한다. 타이어 벽 너머 골목길을 따라 시선을 옮기면 시리아 대로와 A 구역에 닿았다. 내가 30분 전까지 머물던 곳, 나에게 손 흔들어주던 친절한 사람들이 있는 곳이었다. 나는 믿기지 않았다. 그들 가운데 이곳 아이들에게 총을 겨눈 사람이 있다니. B 구역 어른들 역시 A 구역 사람들이 그러하듯 아이들에게 놀이터의 죽음에 관해 설명할 것이다. 손가락으로 시리아 대로 건너편을 가리키면서.

　진료를 받으러 온 어린이들은 내가 신기한지 호기심 가득한 눈으로 날 쫓아다녔다. 그 아이들과 기념사진을 찍었다. 나는 좀 익숙해진 아랍어로 대기실의 주민들에게 인사를 건넸다. 그들 역시 나에게 참 다정했다. B 구역 진료소에도 총상 환자가 찾아왔다. 총알은 허벅지 앞에서 뒤로 뚫고 나갔다. 다행히 큰 혈관은 다치지 않았지만, 고름이 쉬이 멈추지 않았다. 나는 현지인 의사와 상의해서 항생제를 바꿔 처방했다. 때로는 상처가 죽음보다 더 현실적이다. 총알이 허벅지를 꿰뚫는 고통은 상상만 해도 끔찍하다. 하물며 원한이 남기는 통증은 가늠조차 하기 힘들다. 부디 몸과 마음에 큰 흉터를 남기지 않고 상처가 낫기를 바랐다.

모래 해변

해외 활동가의 일상은 아르메니아나 레바논이나 비슷했다. 나는 근무를 마치고 숙소에 돌아와 혼자 저녁을 먹고 음악을 들으며 잠시 쉬었다. 자기 전까지는 책을 읽었다. 동료들과 저녁 식사도, 하이킹도 즐기지 않았다. 이 단순한 생활에 나는 만족했다. 레바논에서 줄곧 나는 책 읽기에 집착했다.

나는 '책벌레'까지는 아니었지만, 한때 책 읽기를 꽤 좋아했다. 머리에서 회오리바람이 몰아치던 중학교 시절, 『한국 현대문학 전집』이 들려주는 여릿여릿한 사랑 이야기에 빠졌다. 폭설에 갇히자 품 안에 꼬마 신랑을 안고 죽은 새색시를 나는 동경했다. 그녀는 사춘기였던 내가 부모의 고함 소리에서 벗어나게 하는 탈출구였을 것이다. 대학 신입생이 된 나는 빈 강의실을 찾아다니며 책을 읽었다. 그때는 군사정권에 맞서 대학생들이 화염병을 던지던 시절이었지만, 나는 책이 더 좋았다.

그런데 술을 마시기 시작하면서 내 생활은 변했다. 자기표현에 서툴던 사람에게 술이 주는 해방감은 대단했다. 나는 술에 취해 울고 웃으며 거리를 뛰어다녔다. 인간관계에 자신감을 얻은 나는 사람들 앞에 거리낌 없이 나섰고, 단체의 대표도 맡았다. 새로운 자신을 발견했다고 믿었다. 그러나 내 안에서 무슨 일이 벌어지고 있는지 그때는 알지 못했다.

내 몸은 술을 견디지 못했다. 과음한 다음 날이면 끔찍한 무력감에 시달렸다. 손가락 하나 까딱할 힘도 없었다. 나는 두통이나 소화불량처럼 숙취일 뿐이라고 여겼다. 정오가 되도록 누웠다가 오후에 겨우 일어났다. 그때 엄마가 밥을 먹으라고 하면 짜증이 폭발했다. 점점 술도, 모임도 피하고 싶어졌다. 그러다가도 저녁에 술이 들어가면 기분이 좋아져서 밤거리를 달렸다. 하루의 절반은 술에 취해서, 나머지 절반은 무력감에 젖어서 책에는 손을 댈 수도 없었다. 그렇게 몇 년을 살았다. 결혼을 하고 다시 몇 년을 또다시 그랬다.

우울증에 걸리고서야 술이 내 몸에 한 짓을 알아챘다. 나는 알코올 의존 상태였다. 술은 뇌를 억눌러 사람을 무력하게 만든다. 그리고 정말 우울증을 일으키기도 한다. 나는 대낮에 무기력하게 누운 채로 술을 줄이겠다고 결심하곤 했다. 하지만 알코올 의존은 이미 마음만으로 어쩔 수 없었다. 그것은 몸의 문제였다.

우울증으로 아무것도 할 수 없게 되자, 나는 모든 일을 그만두고 집에 틀어박혔다. 언제 그랬냐는 듯, 술에는 아예 손도 대지 않았다. 독서는 여전히 불가능했다. 거실을 둘러보니 책장에 책이 빼곡했다. 대부분은 머리말조차 읽지 않은 책들이었다. 책 더미가 내 가슴을 누르는 듯했다.

◆◆◆

레바논으로 떠나기 전에 나는 여행 가방에 책을 가득 담았다. 트리폴리에서 나는 내 몸과 싸워볼 작정이었다. 어쩌면 책 읽기는 두 번째 문제였다. 내 몸을 길들이고 통제할 수 있을까? 근무가 끝나면 저녁을 먹고 책상에 앉았다. 처음에는 하루 30분부터 시작해서 조금씩 시간을 늘려갔다. 무슨 일이 있어도 매일 책을 읽는 것이 중요했다. 그리고 얼마나 읽었는지 매일 기록했다. 하루 이틀 기록이 쌓이자 나는 그것에 집착하기 시작했다. 그렇게 책 읽기를 습관으로 만들었다. 그러자면 동료들과 식사는 피할 수밖에 없었다. 같은 숙소를 쓰는 해외 활동가들에게는 미안한 일이었다. 한 프랑스 동료는 웃으면서 뼈 있는 한마디를 했다.

"한국인 활동가가 온다고 해서 좋아했었죠. 비빔밥이나 불고기를 먹어볼 것이라고 기대했거든요."

어느 금요일 저녁, 나는 평소처럼 책을 읽고 있었다. 그때 숙소를 쩌렁쩌렁 울리는 스피커 소리가 났다. 동료들이 즉석 파티를 벌이는 모양이었다. 책 읽기에 집중하던 터라 크게 방해가 되진 않았다. 마리가 내 방문을 두드리더니 같이 술 한잔 하지 않겠냐고 권했다. 나는 사양했고 그들은 다시 시끌벅적한 파티를 즐겼다. 한 시간쯤 후 그룹 퀸의 노래가 들려왔다. 마리가 다시 내 방에 찾아왔다.

"루크가 좋아하는 퀸 노래도 나오는데, 파티 같이하지 않을래요?"

"사양할게요. 방해 안 되니까, 신경 쓰지 말고 신나게 놀아요."

서양인들이 두 번씩 권하는 것은 흔한 일이 아니었다. 내가 책을 읽는 데 방해가 될까 싶어 미안했나 보다. 하지만 내 거절은 진심이었다. 음악 소리는 날 방해하지 못했다. 난 몸을 다스리는 즐거움에 빠져 있었다.

✦◆✦

어느 일요일 오전이었다. 나는 책을 읽고 있었다. 전날 스위스 출신 의사 엘리자베스의 송별 파티 때 마신 술 때문에 머리가 조금 아팠다. 마리가 불쑥 방문을 두드리더니 엘리자베스와 함께 해변에 가지 않겠냐고 물었다. 나보다 트리폴리에서 먼저 근무한 엘리자베스는 나에게 참 친절한 사람이었다. 하지만 일요일인 그날 읽어야 할 책이 많았다. 나는 무척 곤란한 표정으로 거절했다. 잠시 후 이번에는 엘리자베스가 방문을 두드렸다. 그녀가 엄격한 표정을 지으며 말했다.

"루크. 당신은 밖으로 좀 나가야 해요. 나와요, 어서!"

무엇에 홀린 듯 나는 마리의 차에 올라탔다. 물류 책임자 알렉스, 엘리자베스 그리고 나까지, 네 사람은 해안 도로를 따라 남쪽으로 달렸다. 거대한 화물선들이 지중해의 초록과 군청 물빛 경계를 가르고 있었다. 수천 년 전부터 트리폴리 앞바다에는 레반트에서 유럽으로 물건을 실어 나르는 배들이 저렇게 떠 있었으리라. 우리는 한 시간쯤 달려 조용해 보이는 해변 쪽으로 차를 돌렸다. 지중해의 나라에 온 지 세 달이 되었지만, 해변의 모래를 밟기는 처음이었다.

동료들이 너 나 할 것 없이 갑자기 옷을 벗기 시작하자 나는 화들짝 놀랐다. 그들은 옷 안에 수영복을 입고 있었다. 그리고 바닷물에 무작정 뛰어들었다. 나는 멍청하게 서 있었다. 수영복은 한국에서 가져올 생각조차 하지 못했다. 엘리자베스가 들어오라고 손짓을 했다. 잠시 주저하다가 나는 옷을 입은 채로 바다에 들어갔다. 물은 차가웠지만 상쾌했다. 우리는 아이들처럼 수영하며 놀았다.

하나둘씩 해변에 드러누웠다. 일광욕을 좋아하는 것을 보니 동료들은 천생 유럽인이었다. 나는 일광욕을 좋아하지 않았지만, 그들을 따라 하기로 했다. 모자로 얼굴을 가리고 모래 위에 누웠다. 20대 이후 '이런 짓'을 해본 적이 없었다. 수영복도 없이 바닷물에 들어가고 옷을 말리지도 않은 채 모래 위에 눕다니. 더구나 오늘은 계획대로 책을 읽지도 못했는데. 물이 마르고 몸이 따뜻해지자 기분이 좋았다. 난 스르르 잠이 들었다.

우리는 그렇게 한 시간쯤 해변에서 낮잠을 잤다. 그곳을 떠날 즈음에야 우리가 머문 해변의 이름을 알았다. '모래 해변'. 믿을 수 없을 만큼 평범한 이름이었다. 그것은 참 기묘한 우연이었다. 지중해의 수많은 해변 가운데 내가 반나절의 특별한 행복을 느낀 모래 해변의 이름이 '모래'라니! 난 우연과 무계획성이 주는 짜릿함이 몸을 뚫고 지나가는 것을 느꼈다.

기억 속에서 내가 만난 우연들이 반짝였다가 잔상을 남기며 서서히 사라졌다. 뒷자리에 앉아서 교회에 가자고 조르던 고등학교 친구, 민중 신학을 공부하자던 교회 선배, 우울증 때문에 선택한 영어 학원, 아르메니아에서 나에게 밥을 먹이겠다며 나타난 기젤라. 그러고 보니 내 삶을 크게 바꾼 사건들은 내 계획 밖에서 우연히 일어났다. 나는 그 우연을 마치 기다렸다는 듯 덥석 움켜쥐었다. 섬광처럼 들이닥칠 우연을 잡기 위해 나는 매일을 산 것인지 몰랐다. '모래 해변'이라는 우연 앞에서 나는 기뻤다. 난 내일부터 다시 책을 읽을 것이다. 언제든지 책을 읽을 수 있으니 이제는 집착이 필요하지 않았다. 그만큼 성장한 것이다.

다음 날 엘리자베스는 베이루트로 떠났다. 마치 우연처럼 그녀는 내 삶을 스치고 지나갔다.

선행에도 반성이 필요하다

국경없는의사회 진료소에는 한 가지 심각한 문제가 있었다. 현지인 의사들은 항생제를 너무 많이 자주 처방하고 있었다. 기침하거나 설사하는 환자에게 거의 100% 항생제를 처방했다. 어떤 아기는 설사한다는 이유로 세 종류의 항생제를 받기도 했다. 하지만 기침이나 급성 설사 대부분은 바이러스가 일으키는 것이라, 세균에 작용하는 항생제는 아무런 소용이 없다. 뿐만 아니라 항생제를 자꾸 쓰면 '항생제 내성'이라는 무서운 문제까지 일으킬 수 있다.

항생제 오남용은 레바논뿐 아니라 우리나라를 포함해서 전 세계적으로 심각하다. 이 말은 무턱대고 레바논 의사를 비난한다고 해결되지 않는다는 뜻이다. 이곳 의사들은 오랫동안 습관적으로 항생제를 처방해왔을 것이다. 더구나 환자를 직접 진찰하는 것은 현지인 의사들이었고 나는 어쨌든 외국인이었다. 그들의 행위를 바꾸기 위해서는 다른 접근 방법이 필요했다.

먼저 레바논인 의사들에게 자신의 처방을 객관적으로 보여주기로 했다. 나는 현지인 의사 여덟 명이 최근 3개월 동안 내린 처방을 모두 컴퓨터에 입력했다. 진료소에는 컴퓨터가 없어서 모든 기록은 종이로 되어 있었다. 레바논 의사들 중에서도 악필이 많았다. 알아보기 힘든 글자는 진료실을 찾아가 일일이 물어봐야 했다. 인내심과 집요함, 그것은 내가 즐기는 종류의 성질이었다. 그런 다음 통계를 냈다.

결과는 염려하던 대로였다. 감기 증상을 보이는 환자의 80%, 급성 설사 환자의 90%가 항생제를 처방받았다. 진료소를 찾는 환자들의 영양이나 위생 상태가 나쁘다고 하더라도, 이는 지나치게 높은 비율이었다. 나는 진료소를 돌며 의사들에게 자신의 항생제 처방률을 보여주었다. 몇몇 의사들은 깜짝 놀랐다. 항생제를 그렇게 자주 처방하는지 몰랐다고 했다.

어떤 의사들은 항변하기도 했다. 국경없는의사회 진료소에는 늘 환자가 많았다. 그래서 꼼꼼하게 진찰할 시간이 충분하지 않다고 했다. 내가 보기에 그것은 핑계가 될 수 없었다. 바쁘다고 의사가 환자에게 해가 되는 행위를 할 수는 없다. 짧은 시간 안에 올바른 결정을 내리기 위해서는 마땅히 훈련이 필요했다. 하지만 현지인 의사들은 국경없는의사회에 고용되기 전이나 후에나 별도의 교육을 받은 적이 없었다. 나는 진료소에서 흔히 만나는 질병인 감기, 급성 중이염, 급성 상악동염, 급성 기관지염, 폐렴, 급성 설사 등에 대해 항생제 지침을 만들기로 했다. 먼저 국경없는의사회, 세계보건기구, 미국과 유럽 그리고 레바논 진료 지침까지 참고해서 각각 알고리즘을 만들었다. 습관이 아니라 환자가 느끼는 증상과 의사가 진찰한 결과에 따라 처방하자는 뜻이었다. 지침에 익숙해지면 항생제가 필요한 환자를 신속하게 구분할 수 있다.

오전에는 사무실에서 진료 지침을 만들고, 오후에는 진료소 세 곳을 돌아가면서 방문했다. 현지인 의사와 지침에 관해 이야기할 시간은 많지 않았다. 진료소에는 환자가 많았고 나는 의사와 환자의 대화를 알아들을 수 없었다. 의사들이 중간중간 나에게 도움을 청하면 함께 진료했다. 그러다가 환자가 끊어지면 잠시 지침 이야기를 꺼낼 수 있었다. 다행히 현지인 의사들은 내가 만든 진료 지침을 반가워했다. 의사는 평생 공부해야 한다는 사실을 그들도 잘 알았다.

◆◆◆

라미는 달랐다. 그는 시리아 난민 진료소에서 일하는 의사였다. 라미에게 그의 항생제 처방률과 진료 지침을 보여주었을 때, 그는 노골적으로 불편한 감정을 드러냈다. 내 또래 남성인 라미는 자신만만한 사람이었다. 그는 진료 중에 나에게 한마디도 건네지 않았다.

자신의 처방에 관해 동의를 구하지도, 환자에 관해 의견을 묻지도 않았다. 그가 환자와 나누는 대화를 알아들을 수 없었던 나는 옆에 멍하니 서 있는 수밖에 없었다. 나 역시 그의 진료실에 들어가는 것이 불편해졌다. 그는 내 도움 내지는 '감독'이 필요 없다고 주장하는 것 같았다. 물론 그와 나는 동등한 의사였다. 내가 그보다 특정 분야에서 더 뛰어나거나 경험이 풍부한 의사라고 할 수는 없었다. 하지만 나에게는 현지인 의사들의 진료와 처방을 국경없는의사회 지침에 맞게 관리할 책임이 있었다. 그래서 각종 지침을 먼저 공부한 다음 그에게 근거를 제시했다. 라미는 억지 미소를 보이며 답했다.

"루크, 나는 이 사람들을 잘 알아요. 그들은 특별하게 곤란한 처지에 처했다고요. 그들의 몸은 달라요."

라미의 말에 동의할 수 없었다. 시리아 난민의 몸은 어떻게 다른가? 그에게는 자신의 경험만 있었지, 객관적인 증거가 없었다. 하지만 나는 일단 뒤로 물러섰다.

한 달 후 나는 현지인 의사들의 진료 기록을 다시 컴퓨터에 입력해서 항생제 처방률을 조사했다. 결과는 놀라웠다. 항생제를 처방하는 비율이 크게 떨어졌다. 나는 그 결과를 현지인 의사들에게 알려주었다. 의사 몇 명은 나에게 고맙다고 인사했다. 내심 그들은 불안해하고 있었다. 사흘 동안 기침하는 환자, 이틀 동안 열이 나는 아기에게 항생제를 처방하지 않아도 될까? 그런데 항생제를 처방하지 않아도 환자들은 회복했다. 그들은 자신의 처방에 확신이 생겼다. 세균 감염처럼 심각한 병이 의심되는 환자를 좀 더 꼼꼼하게 진찰할 수도 있었다.

하지만 의사 라미는 전혀 변하지 않았다. 그는 지침을 아예 무시했고 그의 항생제 처방률에는 변화가 없었다. 그에게 다른 동료 의사들보다 항생제 처방률이 너무 높다고 말했다. 그러자 라미는 한 달 전 했던 말을 반복했다.

"나는 이 사람들을 잘 알아요. 그들의 몸은 달라요."

'나는 당신의 관리자입니다. 내 말을 따르세요!' 나는 아마 이렇게 소리치고 싶었을 것이다. 하지만 차마 그럴 수는 없었다. 뭔가 다른 방법이 필요했다. 나는 다시 한번 물러섰다. 하지만 내 안에서 투쟁 의지가 불타오르는 것을 느꼈다.

항생제 처방률이 떨어지자 나는 다음 목표를 세웠다. 현지인 의사들은 혈액이나 소변 검사를 남발하는 경향이 있었다. 예를 들어 환자가 어지럽다고 하면 진료소 의사들은 무작정 빈혈 검사를 냈다. 하지만 현기증은 대개 뇌나 귀의 문제로 생기고, 빈혈 때문인 경우는 무척 드물다. 복통 이외에 다른 증상이 전혀 없는데 간기능검사나 복부 초음파검사를 하는 경우도 흔했다.

나는 먼저 빈혈, 간염, 염증 검사 등 의사들이 흔히 내는 혈액검사마다 지침을 만들었다. 그리고 집요함과 인내심을 다시 발동시켜, 레바논 의사들의 진료 기록을 컴퓨터에 입력해서 분석했다. 충격이었다. 의심했던 것처럼 라미는 다른 의사들보다 압도적으로 자주 검사를 의뢰하고 있었다. 초음파검사는 혼자서 전체의 절반을 냈다. 국경없는의사회 진료소를 찾는 환자들은 고국을 떠난 사람들이거나 가난했다. 그들에게는 병원 문턱이 너무 높았다. 그렇다고 의사가 꼼꼼하게 진찰하는 대신 쉽게 검사만 내도 괜찮다는 뜻은 아니었다. 레바논 병원에서 혈액검사는 비쌌다. 불필요한 검사를 줄여서 그 돈을 더 귀하게 쓸 수도 있었다.

더 민감한 문제가 있었다. 국경없는의사회 진료소는 사무실을 빌려 쓰는 병원이나 클리닉에 검사를 의뢰했다. 그러니까 검사를 많이 할수록 병원이나 클리닉에는 이익이었다. 레바논인 의사와 병원 사이에 이해관계가 있는 것은 아닐까? 생각해보니, 라미는 근무 시간의 절반을 국경없는의사회 진료소에서, 나머지 절반은 진료소가 세든 병원에서 일하고 있었다. 내가 분석 결과를 사업 책임자 마리에게 보고했을 때, 그녀는 직감적으로 일종의 결탁을 의심했다. 나는 머리가 아득해졌다.

남을 돕는 행위에도 훈련과 반성이 필요하다. '무조건 선한 행위'란 없다. 기부나 자원봉사는 보통 '선한 일'이라고 불린다. 하지만 내가 한 기부나 행동이 정말 어려운 사람을 도왔을까? 꼭 그렇지는 않을 수도 있다. 항생제와 검사 남용이 그 단적인 예였다. 내성이 생기면 정말 항생제가 필요한 순간에 쓸 약이 없어진다. 또 국경없는의사회는 세 든 병원과 클리닉에 혈액검사 비용으로 엄청난 돈을 내고 있었다. 구호 현장에서는 언제나 돈이 모자랐다.

지난 한 달 동안 항생제 처방률을 다시 조사했다. 라미는 조금도 변하지 않았다. 이제 그는 편법까지 쓰고 있었다. 라미의 진료 기록에서 '감기'가 사라지고 대신 '급성 기관지염'이라는 진단명이 많아졌다. 시리아 난민 사이에서 갑자기 감기가 줄고 기관지염이 늘었을 리 없었다. 그는 항생제를 계속 처방하기 위해 진단명을 바꿔버린 것이다. 환자들이 정말 기관지염을 앓았다 하더라도 라미는 여전히 틀렸다. 급성 기관지염도 대부분 바이러스가 일으키기 때문이다.

이제 더는 행동을 미룰 수 없었다. 내 임기는 어느덧 한 달도 채 남지 않았다. 하지만 라미의 진료실은 불편했다. 나는 흥분하지 않고 그를 설득할 자신이 없었다. 마리에게 도움을 청하기로 했다. 팀장들이 모인 자리에서 나는 현지인 의사들의 항생제 처방률과 검사 의뢰 빈도를 발표했다. 항생제 남용이 일으키는 문제들과 감기나 설사병에는 대부분 항생제가 필요 없다는 사실도 강조했다. 마리는 매년 검사 비용으로 엄청난 돈이 나간다는 사실을 덧붙였다.

며칠 후 라미가 트리폴리 사무실로 들어왔다. 그는 늘 머리에 왁스를 바르고 코트 깃을 세우는 멋쟁이였다. 하지만 나와 마리, 다른 팀장들이 둥그렇게 앉아 있는 것을 보고 그는 하얗게 질렸다. 나는 그를 사무실로 부른 이유를 설명했다. 마리는 라미에게 공식적으로 경고했다.

"닥터 라미, 두 번째 경고는 없을 것입니다."

나는 그의 입술과 손이 파르르 떨리는 것을 보았다. 식은땀을 흘리며 벌벌 떠는 그를 보니 마음이 쓰렸다. 그래도 라미는 끝까지 자신의 잘못을 인정하지 않았다.

다음 달 라미는 항생제와 검사 처방을 크게 줄였다. 나는 옳은 일을 했다고 믿었고, 마리도 인정해주었다. 하지만 그것은 설득과 합의를 통해 얻은 결과가 아니었다. 상황이 바뀌면 라미는 언제든 과거로 돌아갈 수 있었다. 도대체 그는 왜 지침을 거부했을까? 그는 정말 병원과 이해관계가 있었을까? 나는 끝내 그 이유를 밝히지 못했다.

침묵하는 밤

　　A 구역 진료소에서 일을 마치고 사무실로 돌아가는 길이었다. 오른쪽으로 보이는 시리아 대로는 평소에 망가진 차 몇 대가 버려져 있을 뿐, 사람 구경하기 힘든 곳이었다. 그런데 그날따라 열 명이 넘는 사람들이 도로 한가운데 모여 웅성거리고 있었다. 서로 밀치기도 하고 목소리가 높아지는 것을 보니 평범한 대화는 아니었다. 무슨 일인지 궁금해서 운전기사 루디에게 묻고 싶었다. 그래서 검지로 무리를 가리키려는 순간, 나는 깜짝 놀랐다. 루디가 거칠게 내 손을 잡아채서 끌어내렸기 때문이다.

　　"루크, 그러면 안 돼요."

　　동그랗게 뜬 루디의 눈에 긴장한 빛이 돌았다. 그는 말없이 급하게 가속 페달을 밟았다. 루디는 과묵한 사람이었고 영어도 잘하지 못했다. 하지만 그 팽팽한 분위기만으로 내가 뭔가 잘못했다는 사실을 알 수 있었다. 차가 시리아 대로에서 멀어진 후에야 루디가 입을 열었다.

"여기 트리폴리에서는 사람을 손가락으로 가리키면 절대 안 돼요."

시리아 대로에서는 메시지와 상징이 뒤틀리고 변형되었다. 내 단순한 호기심은 '모욕'이 되어 날아갔다가 총알이 되어 되돌아올 수 있었다. 이곳은 갈라진 세계였고 내전의 현장이었다. 사람들은 차라리 서로에게 말 건네기를 포기했다. 나는 그들을 이해할 수 있었다. 나도 자주 '말 없는 세상'을 상상했기 때문이다. 말이 없다면 상처도 없지 않을까. 하지만 이곳에서 사람 사이의 관계란 낭떠러지에 매달린 듯 아슬아슬했다.

그날 밤 진짜 총알이 발사되었다. 지난 총격전 이후 두 달 만이었다. 이번에는 무엇 때문일까? 알 수 없었다. 반대쪽은 총과 유탄 발사기로 맞섰다. 한쪽이 방아쇠를 당긴 순간 이유는 말을 잃었다. 승리 혹은 복수만이 중요했다. 2013년 8월 말, 시리아 정부군은 시리아의 수도 다마스쿠스 근처 반군의 근거지를 화학무기로 공격했다. 늘 그렇듯 희생자는 대부분 민간인이었다. 이 공격으로 어린이를 포함해 1,200여 명이 사망했다. 가스에 질식해 사망한 시리아 어린이들. 그들의 모습을 사진으로 본 트리폴리 주민들은 충격에 빠졌다. 레바논 무장 단체인 헤즈볼라가 시리아 정부군, 그리고 A 지역 알라위파를 돕고 있다는 것은 트리폴리 수니파 주민들 사이에서 공공연한 비밀이었다. 시리아 정부군이 민간인에게 화학 가스를 쏘았다는 소식에 트리폴리 사무실은 침통해졌다. 레바논 동료들은 A 구역과 B 구역에서 조만간 총격전이 다시 벌어지리라 예상했다. 그것은 곧 현실이 되었다.

B 구역 진료소는 문을 닫았고 고립된 A 구역 진료소에는 갈 수가 없었다. 내 책상 위에는 현지인 의사 교육을 위해 만들어놓은 항생제 처방 지침, 혈액검사 지침이 쌓여 있었다. 현지인 의사들에게 '봉합술' 교육도 해야 했다. 소아청소년과 출신의 현지인 의사 한 명은 상처 봉합을 할 줄 몰랐다. 다른 의사들도 무균술 원칙(미생물이 없는 상태를 유지하는 방법. 소독약으로 손을 씻고 멸균 장갑, 멸균 가운을 착용하는 기술을 포함)을 무시하기 일쑤였다. 분쟁 지역 진료소에서 일하는 의사는 봉합술에 익숙해야 했다. 나는 영상 자료까지 만들었지만, 진료소 의사들을 만날 시간이 도무지 나지 않았다. 내 임기 중에 이 교육을 마칠 수 있을까? 오늘 밤 위험 구역에서는 또 사람이 죽거나 다칠 것이다. 그뿐인가. 시리아에서는 하루에만 수백 명씩 죽고 있었다. 나는 여기서 무엇을 하는 걸까? 총소리를 들으며 사무실에 그렇게 앉아 있었다.

◆◆◆

오래전 그날, 부부의 싸움은 여느 때와 별 차이가 없었다. 밥상

머리에서 싸움이 시작되는 것도 비슷했다. 두 아들은 아무 일 없다는 듯 밥 먹는 시늉을 하는 데 익숙했다. 그런데 별안간 남편이 박차고 일어나 집을 나가버렸다. 남겨진 아내와 두 아이는 영문을 몰랐다. 어떻든 아이들은 마저 밥을 먹었고 아내는 밥상을 치웠다. 아내는 위장이 뭉치는 듯한 불편함을 느꼈다. 잠시 후 남편이 어깨에 종이 박스 하나를 짊어지고 돌아왔다. 거기에는 'ㅇㅇ 라면'이라는 글자가 보란 듯이 박혀 있었다. 그는 가족이 보는 앞에서 상자를 뜯고 라면 하나를 꺼냈다. 그러고는 부엌에 가서 라면을 끓여 온 다음, 김치만 반찬 삼아 혼자 먹었다. 아내와 아이들은 입을 열 엄두를 내지 못한 채 멍하니 그 모습을 바라보았다. 아내는 불편함을 견디지 못하고 쏘아붙였다.

"뭐 하는 짓이니껴?"

아내의 입에서 튀어 나간 것은 분노가 아니라 절망이었다. 남편은 대꾸하지 않았다. 방 안에 아무도 없다는 듯이 그저 라면만 먹었다.

그다음 날 아침에도, 저녁에도 그는 어제와 똑같이 행동했다. 아이들에게는 아는 체를 했지만 아내에게는 시선조차 주지 않았다. 아내는 평소처럼 상을 차려 안방으로 내왔다. 물론 남편의 밥그릇도 놓여 있었다. 전날 아무 일도 일어나지 않은 것처럼 애쓰는 것 같았다. 하지만 남편은 그 밥상을 무시하고 부엌으로 들어가 라면을 끓였다. 세 식구가 밥을 먹는 동안 남편은 옆에서 라면을 먹었다. 역시 아무 말도 없었다. 큰아들은 엄마와 아버지의 표정을 살폈다. 아버지

로부터 아무런 감정을 읽어낼 수 없었다. 그래서 더 무서웠다. 아내
는 그런 침묵을 고문보다 힘들어했다. 아내는 기가 막힌다는 얼굴로
남편에게 시비를 걸어보았다.

"잘하는 짓이다! 남자가 돼서."

아내는 비아냥댔다. '남자' 타령은 그녀가 흔히 쓰는 작전이었다.
아내는 남편과 대화하길 원했다. 큰아들은 그것을 느낄 수 있었다.
그러나 아내는 좀 더 부드럽고 평화롭게 말을 거는 방법을 알지 못
했다. 그것은 남편도 마찬가지였다. 차라리 '남자가 뭐 어때서?' 하고
무뚝뚝하게라도 대꾸했다면 분위기는 달라졌을지 모른다. 하지만
남편은 아예 못 들은 체했다. 아내도 제풀에 지쳐 더는 말을 걸지 못
했다. 그렇게 숨 막힐 듯한 침묵이 온 집을 지배했다.

며칠이 더 지나고 나서야 남편은 가족과 함께 식사했다. 아내와
남편은 다시 말을 주고받았다. 그새 무슨 일이 있었는지 아들은 알
수 없었다. 지난 '라면 사건'은 아무도 입 밖에 꺼내지 않았다. 아예
없었던 일이거나 무슨 금기 같았다. 아내는 짧은 평화를 깨고 싶지
않았고, 큰아들 역시 아버지에게 왜 그랬냐고 물을 용기는 없었다.
그러나 시간이 흘러도 큰아들의 기억 속에 무겁게 앉은 그 침묵은
옅어지지 않았다.

이후로도 부부는 자주 싸웠다. 그때마다 아내는 기다렸다는 듯
'라면 사건'을 들이댔다. 그리고 남편이 치졸하다고 비난했다. 남편
은 새로운 전략을 세운 것 같았다. 그는 논리적으로 반박하기보다

처음부터 침묵했다. 아내가 목소리를 높이는가 싶으면 남편은 바로 등을 돌리고 텔레비전 소리를 키웠다. 대화를 원하는 사람은 소리만 질렀고 상대방은 무시했다. 싸움은 결코 성립할 수 없었고 끝날 수도 없었다.

◆◆

내가 아버지와 똑같은 방법을 사용한다는 사실을 결혼하고 깨달았다. 그리고 절망했다. '갈라진 세계'는 어른이 된 내 안에 더 견고하게 세워졌다. 그렇게 침묵은 침묵을, 고통은 고통을 낳았다. 내가 기억하는 한 아버지는 엄마를 때리지 않았다. 나 역시 아내에게 마찬가지였다. 하지만 때로는 침묵이 주먹보다 더 아프다. 침묵이라는 폭력을 휘두르는 나 자신을 발견하고 나서야, 나는 왜 아버지가 그것을 선택했는지 알게 되었다. 침묵은 나를 사랑하는 사람을 길들이는 가장 효과적이고 파괴적인 방법이었다. 그것으로 내가 싫어하는 행동을 멈추게 할 수 있었다. 하지만 상황은 더 나빠질 뿐이었다. 나 역시 엄마에게 화낸 시간보다 침묵으로 맞선 시간이 훨씬 더 길었다. 어린 내가 그랬듯이 엄마는 내 침묵이 무엇보다 두려웠을지 모른다. 침묵은 불같은 화의 다른 얼굴이었다.

아버지는 침묵했고 엄마는 소리 질렀다. 그들은 다른 방법을 알지 못했다. 그것이 그들의 비극이었다. 어린 나조차 부모의 결혼 생활이 어떻게 끝날지 선명하게 보였다. 그 길에서 벗어날 방법은 오직 하나뿐이었다. 그들은 먼저 화를 멈추어야 했다. 침묵하는 자신도 화에 사로잡혀 있음을 아버지는 인정했어야 한다. 그리고 나서 말을 건넸어야 한다.

◆✦◆

두 번째 총격전이 시작된 날 밤, 갈라진 세계가 내 마음의 틈에 예민하게 닿았다. 세상은 폭발음으로 시끄러웠지만, 나는 영원히 무너지지 않을 것 같은 '침묵의 벽'을 느꼈다. 말이 사라져버린 빈자리에는 고통이 가득 차 있었다.

말이 없는 세상. 나는 바라서는 안 될 것을 상상했다. 그것은 평화가 아니라 총소리처럼 격렬하고 파멸적인 감정을 불러일으킬 뿐이다. 그런데 서로 총을 쏘는 저 사람들은 아예 갈라설 수도 없다. 어쩌면 그것이 그들의 비극이자 가능성이었다. 침묵을 선택하는 시간이 길어질수록 그들을 둘러싼 공간은 더 뒤틀리리라. 휘어버린 공간은 미국과 러시아, 사우디아라비아와 이란 같은 외세를 더 강하게 잡아끌 것이다.

위험 구역의 아이들은 지금 어떤 세상을 상상하고 있을까? 분노는 자신도 모르는 사이에 다음 세대로 전해지고 있다. 그들에게는 시간이 없었다. 침묵이 아니라, 말이 필요하다.

무엇이 우리를 만드는가

송년회는 시끌벅적했다. 술과 노래를 즐기기는 레바논인들도 마찬가지였다. 술이 한두 바퀴 돌자 동료들은 자리에 앉은 채로 노래를 부르기 시작했다. 레바논 전통 가요를 우리나라 트로트처럼 목소리를 꺾어가며 구성지게 불렀다. 한 명이 노래를 시작하면 후렴 부분은 다 함께 불렀다. 아랍어 가사를 알아들을 수는 없었지만, 과장된 표정과 손짓을 보니 절절한 사랑 노래인 듯했다. 노래방 기계도 등장했다. 덕분에 나도 팝송을 몇 곡 불렀다.

비트가 강한 음악이 둥둥 울려 퍼졌다. 이집트에서 건너온 유행가들이었다. 우리가 빌린 식당 한쪽 빈 곳이 알고 보니 무대였다. 레바논인 동료들이 기다렸다는 듯이 우르르 몰려 나가서 춤을 추기 시작했다. 식당 천장에는 무도회장 같은 조명이 번쩍이면서 돌아갔다.

무대에 선 사무실 관리인 마야의 모습이 놀라웠다. 50대 여성인 그녀는 사무실에서 드러나지 않는 사람이었다. 그런데 무대에서 마야는 화려한 드레스에 짙은 화장을 하고 멋지게 춤을 추었다. 그녀는 마치 정체를 숨기고 있던 사람 같았다.

춤은 내 삶에서 가장 인연이 없는 것 중 하나였다. 난 심각한 몸치였다. 춤은 말할 것도 없고 야구나 농구처럼 순발력이 필요한 운동에는 전혀 소질이 없었다. 동료들이 무대로 나가자고 몇 번 권했지만, 나는 사양하고 술만 홀짝거렸다. 그런데 귀에 익은 음악이 식당에 울려 퍼졌고 동료들이 일제히 나를 바라봤다. 누군가 외쳤다.

"루크, 이건 너의 음악이야!"

'강남 스타일'이었다. 나도 더는 버티고 앉아 있을 수가 없었다. 동료들은 신이 나서 "갱갱 스타일"이라고 외치며 춤을 추었다. 비록 유연하게 몸을 흔들었지만, 그들의 춤은 '강남 스타일'이 아니었다. 심지어 나도 알아볼 수 있었다! 그 유명한 영상을 못 본 한국인이 있을까. '한 수 가르쳐줘야겠군.' 나는 다리를 우스꽝스럽게 벌리고 개다리춤을 추었다. 무대 위는 난리가 났다. 동료들이 나를 둘러싸고 함성을 질렀다. 이왕 이렇게 된 것, 어쩔 수 없었다. 영상에서 봤던 춤 동작을 기억나는 대로 따라 했다. 동료들이 어찌나 열광하던지 나 자신도 내가 춤 좀 춘다고 착각할 지경이었다. 그날 송년회에서 나는 자그마치 세 번이나 '강남 스타일'에 맞춰 무대 가운데서 춤을 추었다. 식당 주인은 나와 기념사진을 찍으면서 엄지를 치켜세웠다.

"You are a good dancer(당신 춤 잘 추는군요)."

레바논은 '종교의 박물관'이라는 별명을 가지고 있다. 기독교와 이슬람교, 시아파와 수니파 등이 이루던 균형이 깨졌을 때 내전에 빠졌다. 트리폴리 사무실의 어떤 여성 동료는 히잡을 썼고, 다른 동료는 십자가 목걸이를 했다. 또 어떤 동료는 시간이 되면 조용히 방에 들어가서 살라트(이슬람에서 하루 다섯 번 드리는 예배)를 지켰다. 레바논의 별명이 말해주듯 현지인 동료들의 신앙은 다양했다. 이곳에서는 서로 종교에 관해 묻지 않는 것이 불문율이다. 위험 구역에서 총격전이 벌어진 동료들은 말을 더욱 아꼈다. 그런데 우스꽝스러운 춤과 화려한 조명 아래서 우리는 하나가 되었다.

✦◆✦

나는 머리 깎기를 무척 귀찮아한다. 머리카락이 눈을 찌를 때까지 버티다가 벼르고 별러 미용실에 들른다. 트리폴리 같은 외국에서 이발은 더욱 번거로운 일이었다. 그렇다고 반년 동안 기를 수도 없는 노릇이었다. 그런데 운이 좋았다. 숙소가 있는 아파트 1층에 바로 미용실이 있었다. 나는 두 달에 한 번씩 그곳에서 머리를 깎았다. 미용사는 키가 작고 섬세한 손가락을 가진 남성이었다. 우리는 말이 통하지 않았지만, 그는 알아서 적당히 잘라주었다. 머리 손질을 마치자 나는 그에게 돈을 꺼내서 보여주었다. 가격이 얼마인지 몰랐기 때문이다. 그런데 미용사가 손사래를 치며 돈을 뿌리쳤다. 나는 몇 번 더 지폐를 내밀었지만, 그는 받지 않았다. 그렇게 공짜로 머리를 깎았다. 미용사는 내가 국경없는의사회 활동가라는 걸 아는 모양이었다. 어쩌면 그 아파트를 거쳐 간 활동가들 모두에게 무료 서비스를 해주었을지도 몰랐다.

두 달 후 다시 갔을 때도 미용사는 돈을 받지 않았다. 세 번째이자 마지막으로 미용실에 갈 때 나는 초콜릿을 준비해 갔다. 내가 선물을 요금처럼 내밀었을 때 미용사도, 옆에 있던 직원들도 어쩔 줄 몰라 당황했다. 나는 웃으며 미용사의 품에 초콜릿을 떠안기듯 하고 나왔다. 그에게 다시 머리 깎을 일이 없다는 것이 아쉬웠다. 다음 날 퇴근하고 아파트 1층에서 엘리베이터를 기다리는데 미용사가 잽싸게 미용실에서 나왔다. 그는 수줍은 얼굴을 하고 나에게 종이 가방하나를 전해주었다. 그 안에는 달콤한 '터키시 딜라이트'가 들어 있었다. 선물을 주고받으면서 미용사와 나는 국적과 종교를 뛰어넘어 친구가 되었다.

◆◆

해가 바뀌고 레바논 근무는 마지막 한 달만을 남겼다. 여전히 교육에 사용하지 못한 지침들이 쌓여 있었다. 나는 '의료 팀원 전체 교육'이라는 아이디어를 생각해냈다. 교육의 기회가 없기는 의사는 물론 진료소에서 함께 일하는 간호사, 약사도 마찬가지였다. 처방은 당연히 의사의 권한이다. 하지만 진료와 처치는 여러 직종의 사람들이 힘을 모아야 하는 일이다. 사업 책임자 마리는 내 아이디어를 좋아했고, 우리는 바로 실행에 옮겼다.

트리폴리 사무실이 북적였다. 진료소 세 곳에서 일하는 직원들이 모두 한자리에 모이기는 무척 드문 일이었다. 그들은 모두 함께 그리고 직종별로 따로 교육을 받았다. 내가 어설픈 실력으로 편집해서 만든 '상처 봉합술' 동영상을 현지인 동료들은 무척 좋아했다. 그들 가운데에는 물론 A 구역과 B 구역 진료소 직원들도 있었다. 그들은 평소에 서로 얼굴 볼 일이 거의 없었다. 두 구역 사이에서 총격전이 벌어질 때는 말할 것도 없었다. 위험 구역이라는 특성을 고려해서 A 구역 직원들은 알라위파, B 구역 직원들은 수니파로 배치되었다. 그날은 그런 사실은 모두 잊고, 다 함께 신기한 듯 동영상을 보면서 상처 봉합하는 법, 설사 환자와 열이 나는 환자를 진료하는 법을 배웠다. 하나의 팀이 되는 것은 쉽지 않다. 나는 아르메니아에서 팀이 깨지는 것을 경험했다. '우리'는 만들어진다.

◆◆◆

어느덧 트리폴리에서의 마지막 날이다. 운전기사 루디는 내 단골 샌드위치 가게에서 안부를 전했다. 난 '뒤륌'이라는 터키식 샌드위치를 점심으로 즐겨 먹었다. 닭고기나 감자튀김을 '라바쉬'라는 얇은 빵으로 돌돌 만 음식이었다. 1달러짜리 뒤림을 배달해주면서 "루~크!"라고 우스꽝스럽게 외치던 가게 종업원이 떠올랐다. 나중에는 내가 주문하지 않아도 알아서 배달해주기도 했다.

작별 인사를 하고 포옹할 때 사무실 관리인 마야는 눈물을 흘렸다. 그녀는 내가 트리폴리에서 근무하는 동안 가장 자주 식사를 함께한 사람이었다. 해외 활동가들 대부분은 밖에서 점심을 먹었지만, 나는 시끌벅적한 식당에서 마음이 편하지 않았다. 그래서 뒤림을 사무실로 배달시켜서 혼자 먹었다. 그러다 휴게실에서 점심을 먹는 마야를 발견했다. 마야는 혼자 사무실을 청소하고 커피를 내리고 설거지를 하는 사람이었다. 그때부터 나는 마야와 함께 점심을 먹었다. 우리는 긴 대화를 나눌 수는 없었다. 마야는 영어가 서툴렀기 때문이다. 대신 그녀는 프랑스어는 잘했다. 점심을 먹으면서 나는 영어를, 그녀는 프랑스어를 가르쳐주었다. 우리는 그렇게 친구가 되었다. 나는 마야가 행복하기를 빌었다.

마리가 자신의 사무실에서 나를 기다리고 있었다. 이제 평가를 받을 시간이었다.

"루크, 당신은 그동안 전임자들이 한 일을 합친 것보다 더 많은 일을 했어요. 고마워요."

마리의 칭찬은 기뻤다. 그녀는 훌륭한 리더였다. 열 살이나 어리지만, 나보다 훨씬 균형 잡힌 사람이었다. 공과 사, 일과 감정을 구별할 줄 알았다. 동료들을 몰아붙이지 않으면서 큰 그림을 놓치지도 않았다. 그녀는 내 계획을 지지해주었다. 나이와 성별, 국적을 넘어 우리는 진정한 '동료'가 되었다.

진료소를 돌면서 동료들과 인사를 나누었다. 시리아 난민 진료소에서 일하는 의사 누르는 현지인 의사들 가운데 가장 어렸다. 그녀는 20대 중반에 이미 아기 엄마였다. 누르는 덕분에 많이 배웠다며 무척 고마워했다. 그녀는 누구보다 교육과 훈련에 목마른 의사였다. 라미의 진료실에도 들어갔다. 두 남성은 어색하게 웃음을 지으며 악수했다. 나는 그의 행위를, 그의 마음을 이해하지 못한 채 떠나게 되었다.

A 구역을 방문했다. 두 번째 총격전 이후로 건물 벽에는 총탄 자국이 늘었다. 거리에는 다른 청년들의 사진이 걸렸다. 누군가의 가족과 친구가 죽었다. 사진은 외치고 있었다. '저들의 죽음은 우리 모두의 슬픔이자 분노다. 우리는 그것을 기억해야 한다.' 길목에 버티고 선 장갑차에는 어느덧 익숙해졌지만, 죽은 자의 사진에는 그렇지 못했다.

A 진료소에서 의사 아마드와 악수했다. 숱이 많은 그의 콧수염이 그리울 것 같았다. 콧수염을 제외하면 그와 나는 비슷한 점이 많았다. 중년 남성이고 의사였으며 아이들과 떨어져 지냈다. 다혈질이고 고집도 셌다. '편하게 사는 것'을 '도망친다'고 여기는 것도 비슷했다. 하지만 한 사람의 집은 안전한 곳인 반면, 다른 사람의 집은 세

상에서 가장 위험한 곳 중 하나였다. 나는 왜 루크이고 그는 아마드인 것일까? 무엇이 이런 차이를 만들까? 나는 궁금했다. 아마드와 나는 다시 각자의 공전 궤도를 돌 것이다. 레바논과 한국은 참으로 멀다. 지금 이 순간이 두 공전 궤도가 가장 가깝게 접근한 때일지도 몰랐다. 문득 나는 깨달았다. 꽤 오랫동안 '인생은 살 만한 가치가 있는가?'라고 묻지 않았다. 질문에 해답을 얻어서가 아니었다. 그럴 필요를 느끼지 못했기 때문이었다. 집요하게 질문을 던지는 것은 언제나 나 자신이었다. 그런데 트리폴리에 6개월 동안 머물렀던 것은 내가 아니라 '우리'였다. 나는 우리로 살았다.

트리폴리 위험 구역에서는 총격전과 죽음, 슬픔과 분노를 통해 새로운 '우리'가 만들어지고 있었다. 이곳 사람들은 공동체를 위해서 기꺼이 죽음을 선택하기도 한다. 한곳으로 끌어당기는 힘이 어찌나 강한지 개인은 무기력한 것처럼 보인다. 하지만 우리가 만들어진다면 더 넓은 우리도 가능하다. 너무 늦기 전에 그 방법을 찾아야 한다.

왜 희망은 절망과 함께 오는가?

엄마는 가면을 쓴 것처럼 표정이 없고 멍해 보였다. 턱은 씰룩거리고 손은 덜덜 떨었다. 엄마는 기운이 없다며 누워만 있었다. 누운 자세도 이상했다. 차렷 자세를 한 것처럼 뻣뻣했는데, 팔다리는 떨고 있었다. 한번 일어나려면 한참 용을 써야 했다. 겨우 일어서면 자기도 모르게 주춤주춤 뒷걸음질을 치다가 휘청거리며 넘어지려고 했다. 그것이 6개월 만에 만난 엄마의 모습이었다. 내가 레바논에 있는 사이 엄마는 완전히 변해버렸다.

서둘러 엄마를 병원에 입원시켰다. MRI, PET 같은 뇌 검사, 인지 기능 검사에 신경과 검사까지 받느라 시간이 오래 걸렸다. 엄마는 병원에서 밤에 자지 않고 돌아다니거나, 누가 보인다고 헛소리하고 다른 환자나 간호사가 물건을 훔친다고 의심하기도 했다. 날 보고 이혼한 남편을 찾을 때는 어이가 없었다. 일주일이 지나서야 나온 진단명은 '루이소체 치매'였다. 이 병은 인지 장애와 파킨슨병 증상이 함께 나타나 빠르게 진행한다. 결국, 치매였다.

기억의 다른 이름은 후회다. 그러고 보니 엄마는 언제부턴가 이런저런 핑계를 대며 아들 집에 오려고 하지 않았다. 3개월에 한 번씩 가는 병원도 며느리에게 약을 대신 타서 부쳐달라고 했다. 어쩌다 아들 집에 온 엄마는 살림살이 하나하나를 나에게 물었다. 부엌칼이 어디 있는지, 찌개에 고춧가루를 넣을지 말지, 저녁은 몇 시에 먹을지. 엄마는 평생 부엌에서 밥 지은 사람이었다. 나는 그런 엄마에게 짜증을 냈다.

엄마는 그럴 수밖에 없었으리라. 눈 감고 다닐 만큼 익숙했던 골목길과 버스, 지하철 그리고 아들 집 부엌. 그것들이 문득 낯설고 뜻 모르게 보였을 테니까. 엄마는 당황했다. 다른 치매 환자들처럼, 엄마는 자신의 변화를 부정하고 숨기려고 했다. 무릎이 아프다며 집 밖에 나가지 않았다. 그런 엄마에게 나는 집에만 있으면 치매 걸린다고 타박했다. '치매' 소리를 들을 때마다 엄마는 눈을 치켜뜨며 발끈했다. 돌이켜 보니, 그것이 모두 치매 초기 증상이었다. 나는 의사이건만, 엄마가 치매일 줄은 꿈에도 생각하지 못했다.

그리고 레바논. 나는 그곳에서 일하는 반년 동안 엄마에게 단 한 번도 전화하지 않았다. 목소리를 들었다면 엄마가 이상하다는 것을 눈치챌 수 있었을지도 모른다. 그럼 조금이라도 일찍 엄마를 병원에 데려갈 수도 있었겠지. 하지만 레바논으로 떠날 때 난 몹쓸 마음을 먹었다.

'당신에게 전화하지 않을 거야!'

◆◆◆

딱히 직업이 없는 엄마에게는 기초 연금이 유일한 수입이었다. 아무리 혼자 사는 노인이라 해도, 그 돈으로 먹고살기란 불가능했다. 돈 나올 구멍은 나뿐이었다. 하지만 나 역시 돈 버는 의사가 아니니 생활비를 넉넉하게 드릴 수 없었다. 그러다 우연히 주택 연금에 대해 알게 되었다. 집을 담보로 맡기고 매달 일정액을 연금으로 받는 제도였다. 나는 관공서에 전화를 걸어 주택 연금에 관해 알아보았다. 엄마 집 가격이면 매달 36만 원쯤 연금이 나온단다. 물론 적은 돈이지만, 숨통은 트일 테지.

레바논으로 떠나기 며칠 전, 엄마를 만나러 갔다. 내 딴에 주택 연금은 엄마에게 주는 선물이었다. 엄마는 내 말이 채 끝나기도 전에 버럭 소리를 질렀다.

"36만 원 받겠다고 집을 판다고? 의사 아들이 있는데? 그 돈 받고 집을 넘기면 주위 사람들이 욕해!"

배신. 엄마는 믿었던 사람이 저지른 치명적인 행위에 부르르 떨었다. 배신에 절망한 것은 나도 마찬가지였다. 화는 나를 집어삼켰고 내 입을 막아버렸다. 그 순간 나는 말을 혐오했다. 엄마 집을 나오며 나는 결심했다. 전화하지 않으리라. 그렇게 엄마에게 작별 인사도 하지 않고 나는 한국을 떠났다.

✦

나는 도대체 왜 그렇게 화가 났을까? 집 넘긴다는 소리에 흥분했지만, 엄마는 어떤 단어가 날 가장 아프게 할지 잘 알았다. '의사 아들'. 그 말은 내 죄책감을 격발했다. 의사면 돈을 많이 벌어서 자신에게 생활비를 더 주어야 하는 것 아니냐고, 엄마는 원망하고 있었다.

친구들은 종종 말했다.

"처자식 남겨두고 외국 가서 그런 일을 하다니, 넌 참 이기적이야."

친구는 물론 웃으며 농담처럼 말했다. 하지만 내 속은 쓰렸다. 나는 여전히 살아야 하는 이유도, 죽음에 끌리는 이유도 찾지 못했다. 엄마는 나를 너무 잘 알았다.

엄마에게 집이란 무엇일까? 엄마의 평생소원은 아파트에서 사는 것이었다. 1980년대 서울에서 처음으로 '내 집'을 장만했을 때도, 입식 부엌과 양변기가 있는 '신식' 다세대주택으로 이사했을 때도, 엄마는 아파트에서 사는 날을 꿈꾸었다. 내가 중·고등학교를 보낸 연립주택이 재건축을 추진하면서, 엄마의 소원은 마침내 이루어지는 듯했다. 하지만 그 전에 엄마는 이혼하고 말았다. 위자료로 받은 돈으로 엄마는 작은 집을 샀다. 그것이 엄마의 유일한 재산이었다. 나는 엄마를 잘 안다고 믿었다. 하지만 그렇지 않았다.

희망은 왜 절망과 함께 올까? 레바논에서 나는 인생 최고의 시간을 보냈다. 마음은 평화로웠고 일에는 의욕이 넘쳤다. 몸을 다스려 마음의 빚 같았던 책들을 모두 읽었다. 나는 좌충우돌하고 감정에 휩싸이는 초보 활동가가 더는 아니었다. 진료소에서 문제를 찾아내 체계적으로 해결했다. 하나의 팀을 만들려고 노력하기도 했다. 하지만 6개월 만에 돌아온 나를 엄마는 누워서 맞았다. 엄마의 턱과 손은 쉼 없이 떨렸고 눈에는 초점이 없었다. 연락도 없이 먼 나라로 떠난 아들 대신, 엄마는 자신의 몸에 형벌이라도 내린 것 같았다. 레바논에서 만난 희망은 절망이라는 뒷모습을 하고 있었다.

어쩌면 다행일까? 엄마의 몸은 내가 죄책감과 절망에 오래 젖어 있도록 허락하지 않았다. 나는 한 달에도 몇 번씩 엄마를 데리고 병원에 갔다. 엄마의 상태가 안정될 때까지 정신의학과 의사는 엄마의 약을 세밀하게 조절하길 원했다. 이제 엄마는 종일 혼자 지낼 수 없었다. 의사는 요양병원보다는 주간보호센터를 권했다. 다행히 엄마 집 가까운 곳에서 괜찮은 곳을 찾았다. 센터 안을 둘러보던 나는 가슴이 철렁했다. 일흔 살이던 엄마는 센터에서 가장 젊었다. 혼자 밥을 차려 먹기 힘들 정도로 거동이 불편한 사람도 엄마뿐이었다. 센터에서는 아침에 차로 데리러 오고 저녁이면 집까지 데려다주었다. 그리고 고맙게도 아침과 저녁 식사도 센터에서 먹을 수 있도록 배려해주었다.

나는 엄마를 차에 태우고 여기저기 다녀야 했다. 운전은 내가 싫어하는 일 중 하나였다. 운전자들이 내뿜는 공격성에 나는 쉬이 지쳤다. 하지만 잘 걷지도 못하는 엄마를 데리고 대중교통을 이용할 수는 없었다. 그날도 병원에서 돌아오는 길이었다. 벌써 어둑어둑한 저녁때였다. 나는 피곤했고 빨리 집으로 돌아가고 싶었다. 하지만 엄마는 혼자 밥을 차려 먹지 못했다. 내가 말했다.

"오랜만에 외식이나 할까?"

"밥 차리기 귀찮았는데 잘되었구나."

엄마는 밥 차릴 줄 아는 것처럼, 수십 년 전 아들에게 밥을 차려주던 어느 날인 것처럼 무심하게 답했다. 우리는 언젠가 엄마가 동네 맛집이라고 소개했던 냉면집에 들어갔다. 엄마는 냉면을 참 좋아했다. 그러다 번뜩 나는 깨달았다. 엄마와 단둘이 외식하는 것은 어쩌면 처음인지도 몰랐다. 내가 어릴 때 외식이란 언제나 온 가족이 함께였다. 내가 결혼한 이후로는 늘 내 가족이 함께했다. 나는 엄마를 사랑하지 못했다. 그것은 내 죄책감의 근원이었다. 하지만 시간 없이 사랑은 불가능했다.

나는 서둘러 차를 몰아 엄마 집으로 향했다. 차 안에서 엄마는 늘 알 듯 모를 듯한 말을 중얼거리거나 나에게 이래라저래라 참견했다. 그런데 그날은 이상하게 조용했다. 나는 엄마에게 힐끔 눈길을 던졌다. 그리고 보았다. 호기심 가득한 눈동자와 발그레한 볼을 하고 차창 밖을 바라보는 아이 같은 엄마를. 뒤로 사라지는 거리와 건물을 외울 작정인 듯 엄마는 열심히 눈에 담고 있었다. 수십 번도 넘게 다닌 그 길이 나에게는 아무것도 아니었다. 하지만 엄마에게는 매일매일 새로 이사 온 동네, 친해져야 할 거리였다. 나는 차를 늦추었다.

기억을 잃어버리기는 나도 마찬가지였다. 말을 배우기 전 엄마에게 느꼈을 친밀감도, 세상 전부였던 존재의 입 모양을 따라 "엄마"라고 외치던 기억도 잊어버렸다. 엄마와 나 사이에는 의무와 죄책감만 앙상하게 남았다. 나는 창밖을 바라보는 엄마의 눈에 무엇이 비치는지 궁금해졌다. 엄마에게 느끼는 호기심, 그것은 참 낯설었다.

나를 사랑하는, 나를 사랑했던 사람에게 이제 시간이 없었다. 나는 엄마와 친해져야 한다. 엄마가 곧 잊힐 거리를 익히듯이. 희망은 왜 절망과 함께 오는지, 나는 알 것 같았다. 내가 삶을 깊이 들여다보지 않았기 때문이었다. 삶은 희망도 절망도 아니다.

Chapter 3

그래도 당신이
살아야 하는 이유

Algeria

Guinea

Liberia

Sierra Leone

"Ebola is real"

아직 새벽 5시. 육지로 가는 보트 위에서 나는 잠에 취해 있었다. 암스테르담에서 프랑크푸르트를 거쳐 룽기 국제공항으로 가는 비행편이었다. 편하게 자보려고 먹은 수면제 때문에 여전히 몽롱했다. 비까지 추적추적 내려 검은 바다와 하늘의 경계조차 구분하기 힘들었다. 침묵을 가르던 보트는 40분 후 프리타운에 닿았다. '사자의 산'이라는 뜻을 지닌 시에라리온에는 지금 '죽음의 전염병' 에볼라가 창궐하고 있었다.

내가 시에라리온에 가겠다고 했을 때 아내는 여느 때처럼 담담한 얼굴로 물었다.

"당신이 꼭 가야 해?"

2014년 봄부터 세계는 에볼라 공포에 떨고 있었다. "몸의 모든 구멍에서 피를 쏟으며 죽는 괴질". 내가 에볼라에 관해 아는 것은 언론의 과장과 크게 다르지 않았다. 하지만 언제부턴가 나는 에볼라 현장에 가야 한다는 정체 모를 압박을 느꼈다. 현장에 가지 않는 이상 그 압박감에서 벗어날 수 없으리라. 그런데 나는 감염내과 전문의가 아니었다. 나 같은 의사를 받아줄까? 초조하게 하루하루를 보냈다. 그해 여름 국경없는의사회에서 드디어 이메일이 왔다. 에볼라 현장에서 활동할 의사가 부족하니 지원해달라는 내용이었다. 그 순간 나는 마음을 정했다. 바로 답장을 보내고 싶은 마음을 꾹 누르고 가족을 위해 일주일 시간을 가졌다. 치매 진단을 받고 주간보호센터에 다니는 엄마는 이미 총기가 많이 떨어져 있었다. 아프리카에 다녀오겠다는 내 말을 잘 이해하지 못하고 곧 잊어버렸다. 내가 없는 동안 가까이 사는 막내 이모가 엄마를 돌봐주시기로 했다.

"꼭 네가 갈 필요는 없잖아?"

친구들도 아내와 똑같은 말을 했다. 나 역시 같은 말로 답했다.

"내가 가지 않아도 되는 이유를 찾지 못하겠어."

어둠이 걷히면서 프리타운이 모습을 드러냈다. 한 나라의 수도지만, 3층보다 높은 건물을 찾아보기 힘들었다. 회색 콘크리트 건물들, 빽빽하게 들어찬 양철 지붕과 전봇대, 절반쯤 움푹 파이고 떨어져 나간 도로와 그 위를 메운 오토바이들. 요란한 탄산음료 광고는 도시의 풍경과 뒤섞이지 못했다. 2014년 1인당 GDP가 714.7달러로, 시에라리온인들은 한 달에 평균 7만 원도 못 버는 셈이었다. 세계에서 가장 가난한 나라 중 하나가 시에라리온이었다. 하지만 프리타운의 첫인상에서 에볼라의 흔적은 쉽게 찾을 수 없었다. 긴장이 조금 풀어졌다. 따뜻하고 익숙한 빗방울 때문이었을까. 일요일이었지만 사람들은 어디론가 부지런히 가고 있었다.

붉은 글씨의 현수막이 눈에 번뜩 들어왔다가 빠르게 뒤로 지나갔다. 고개를 돌려 차창 밖을 다시 보았다. "Ebola is real". 분명히 그랬다. 에볼라가 진짜라니. 무슨 뜻일까? '에볼라를 조심하세요'라거나 '열이 나면 연락하세요'였다면 그렇게 생경한 기분은 들지 않았을 것이다. 18세기 영국에서 해방된 노예들이 이주해서 세운 도시, 프리타운(Freetown). 갑자기 낯설고 이질적인 느낌 때문에 잠에서 완전히 깨어났다. 나는 에볼라 바이러스와 맞서 싸우기 위해 이곳에 와 있었다.

나중에 동료들은 에볼라 캠페인 문구가 "Ebola is real"이 된 사연을 설명해주었다. 시에라리온, 기니, 라이베리아 등 서아프리카에서 에볼라가 유행하자, 국경없는의사회는 에볼라 관리 센터를 곳곳에 지었다. 국경없는의사회와 시에라리온 정부는 열이 나면 꼭 관리 센터에 가라고 홍보했다. 그런데 문제가 생겼다. 주민들이 관리 센터에 오지를 않았다. 환자들이 넘쳐 나고 의료진이 사망하면서 기존 의료 체계는 거의 붕괴한 상태였다. 환자는 급격하게 늘어나는데, 에볼라 관리 센터는 비어 있었다. 국경없는의사회와 정부는 지역사회로 사회사업가들을 보냈다. 시에라리온인들은 왜 관리 센터를 꺼리는 것일까? 그들은 두려운 마음을 털어놓았다. '한번 저곳에 들어가면 살아 나오지 못한다더라.' 에볼라 유행 초기 치명률이 90%에 달했으니 걸린 사람이 거의 모두 죽은 것은 맞다. 걸어서 들어간 사람들이 들것에 실려서 나왔다. 하지만 그것은 국경없는의사회 관리 센터만의 문제는 아니었다.

더 놀라운 소문이 돌고 있었다. '혈액제제를 만드는 데 필요한 피가 부족하다. 다국적 제약 회사들이 국경없는의사회와 결탁해서 에볼라라는 병이 있다고 거짓 선동을 하고 있다. 시에라리온 사람들을 데려다가 피를 다 뽑아내고는 버린다.' 우주복처럼 괴상한 옷을 입은 백인들이 열이 나면 무조건 자기들이 만든 관리 센터로 오라고 한다. 시에라리온인들 눈에는 그렇게 보였다. 그들에게 에볼라는 '거짓'이었다.

에볼라가 창궐하기 12년 전인 2002년, 11년을 끌던 시에라리온 내전이 끝났다. 430만 명의 인구 중 20~40만 명이 내전으로 목숨을 잃었다. 1983년 시에라리온인의 기대 수명은 40.5세였는데, 내전이 한창이던 1995년에는 37.1세로 곤두박질쳤다. '인권을 위한 의사회'는 20만 명 이상의 여성들이 윤간을 포함해서 다양한 성적 학대를 받았다고 발표했다. 양손이 잘린 소년, 장총을 든 소년병의 모습은 시에라리온 내전을 상징하는 사진이다. 그렇게 손발이 잘린 사람만 4,000명이 넘었다. "No more hands, No more voting(손이 없으면 더는 투표하지도 못할 것이다)." 나쁜 대통령을 뽑은 주민들을 응징한다며 반군은 손발을 잘랐다. 소년병들이 이렇듯 참혹한 신체 절단에 동원되었다.

처음에 반군이 내건 구호는 달랐다. "노예도 주인도 없다. 부와 권력은 인민에게!" 시에라리온 내전에는 민주주의와 평등을 향한 열 망이 깃들어 있었다. 하지만 뿌리 깊은 종족 갈등에 강대국과 외국 기업들까지 개입하면서 애초의 구호는 변질되고 말았다. 1961년 시에라리온이 영국으로부터 독립한 이후 총 다섯 번의 쿠데타가 있었다. 그때마다 강대국은 자기 입맛에 맞는 군부와 종족을 지원했다. 시에라리온인들이 과연 누구를 믿을 수 있었겠는가.

비록 소문은 거짓이었지만, 진실에 뿌리를 두고 있었다. 정부와 구호단체들은 주민들을 찾아가 꾸준히 설득했다. 국경없는의사회는 에볼라 관리 센터 울타리를 속이 훤히 보이는 그물로 바꾸었다. 주 민들이 관리 센터 안에서 무슨 일이 벌어지는지 볼 수 있도록 하기 위해서였다. 마침내 에볼라 환자들이 몰려들기 시작했다.

◆◆◆

카일라훈은 프리타운에서 동쪽으로 400킬로미터 떨어져 있다. 그곳에 내가 근무할 에볼라 관리 센터가 있었다. 사륜구동차는 포장도로에서 이내 울퉁불퉁한 비포장도로로 들어섰다. 우기 때 쏟아진 비로 질퍽해진 길이 그대로 굳어버렸다. 차는 손잡이를 잡아도 몸을 가누기 힘들 정도로 흔들렸다. 도시 경계를 넘을 때마다 군인들이 방어벽으로 차와 사람을 가로막았다. 열이 나지는 않는지 체온을 잰 다음 통과할 수 있었다. 도로에는 차가 거의 없었다. 간혹 보이는 차는 주로 국제기구나 구호단체 표지를 달고 있었다. 대신 오토바이는 상당히 많았다. 오토바이 한 대에 온 가족이 위태롭게 올라탄 모습이 보였다. 아이 둘은 아빠, 엄마 사이에서 서로를 꼭 부둥켜안았다. 운전기사가 그 가족을 가리키며 말했다.

"시에라리온에서는 오토바이 사고로 사람이 너무 쉽게 죽어요. 여기서는 사람 목숨값이 다른 것처럼요."

차는 케네마에서 잠시 멈췄다. 여기서 카일라훈까지는 도로가 더 나쁘다고 운전기사는 경고해주었다. 케네마는 시에라리온에서 세 번째로 큰 도시다. 1931년 다이아몬드 광산이 처음 발견된 곳이자, 2014년 에볼라가 처음 보고된 곳이기도 하다. 케네마는 다이아몬드 원석이 모여드는 시에라리온 동부 지역의 경제 중심지였다. 세계에서 가장 가난한 나라 시에라리온에서 내전이 어떻게 10년 넘게 지속될 수 있었을까? 바로 '블러드 다이아몬드(Blood Diamond)' 때문이었다. 동부 지역을 점령한 반군은 다이아몬드 원석을 몰래 팔아 무기를 사들였다. 세계 다이아몬드 유통의 90%를 차지하고 있던 외국 회사들은 그것이 불법 유통된 것인 줄 알면서도 사들였다.

한낮 거리에는 아이들이 많았다. 작은 수레에 담배나 모자 같은 물건을 파는 아이도 있었다. 수레 앞에 서 있는 한 아이가 눈에 띄었다. 그는 아버지로 보이는 남자 앞에서 고개를 숙이고 있었다. 남자는 아이의 가슴을 밀치면서 소리를 질렀다. 아이의 커다란 눈에 눈물이 그렁그렁했다. 시에라리온 내전 동안 1,000여 개의 초등학교가 파괴되었다. 내전 막바지인 2001년에는 어린이의 67%가 학교를 그만두었다. 아직도 많은 어린이가 거리를 떠돌았고, 청소년은 말할 것도 없었다. 시에라리온 국민의 3분의 2는 문맹이었다.

카일라훈에 도착했을 때는 이미 어둑어둑했다. 이 작은 도시는 시에라리온의 동북쪽에 꼬리처럼 튀어나와 있어서, 이웃 나라인 라이베리아, 기니와 국경을 마주했다. 1991년 3월, 라이베리아에서 세력을 키운 반군이 처음 공격한 곳이기도 했다. 이제는 오토바이를 타고 쉽게 국경을 넘을 수 있는 길목이었고, 서아프리카 세 나라로 에볼라가 번지는 통로가 되고 말았다. 카일라훈 곳곳에서 에볼라 캠페인 현수막을 볼 수 있었다. 짚을 이어 지붕을 덮은 집 몇 채에 붉은 줄로 울타리를 쳐놓았다. 운전기사는 에볼라 확진자가 나온 집이라서 격리 중이라고 설명했다.

금세 해가 넘어갔다. 활동가 숙소로 가는 길은 완전한 어둠이었다. 프리타운 앞바다에서 본 암흑이 여기에도 있었다. 카일라훈에는 전기가 들어오지 않았다. 읍내에 세워진 태양열 가로등 몇 개가 빛의 전부였다. 그것도 중국 회사에서 기증한 것이라고 했다. 이곳에는 수도도 없어서 사람들은 개울물이나 우물물을 퍼다 먹었다. 에볼라는 접촉으로 옮는 병이다. 깨끗한 물과 비누로 손을 자주 씻어야 한다. 하지만 이곳 주민들에게는 그것마저 없었다. "Ebola is real" 현수막은 어둠에 가려 보이지 않았다. 하긴 빛과 어둠은 큰 차이를 만들지 못하리라. 시에라리온 사람들 대부분은 현수막에 쓰인 글을 읽을 수 없었다. 그들은 완전히 무방비 상태로 에볼라와 맞서고 있었다. 그들의 비극은 어둠으로도 가릴 수 없을 만큼 선명했다.

아픔 속으로 나는 사라졌다

전임자 안젤라를 따라 에볼라 관리 센터로 들어갔다. 해외 활동가와 현지인 직원 등 100명이 넘는 사람들이 분주히 움직이고 있었다. 아르메니아나 레바논에서와 달리 직원 전체와 인사할 시간도 없었다. 나는 자신 없는 목소리로 감염내과 전문의가 아닌데 괜찮겠냐고 안젤라에게 물었다. 그러자 그녀가 답했다.

"저도 에볼라 환자, 이번에 처음 봤어요. 여기 누구도 에볼라 전문가라고 말할 수 없어요. 하지만 일주일만 지나도 전문가가 되죠."

에볼라 관리 센터에서 조금 떨어진 곳에 죽은 환자들의 묘지가 있었다. 낮은 봉분에 세워진 하얀 명패들이 아니라면, 그저 붉은색 그물 울타리가 쳐진 검은 땅이었다. 그곳에서 안젤라는 잠시 말을 잊고 에볼라 관리 센터를 바라보았다. 흰 천막이 아니라면 그곳 역시 병원으로 보이지 않았다.

"사실 우리가 에볼라 환자들에게 해줄 수 있는 것이 거의 없어요. 죽어가는 환자를 지켜보기만 하는 것이 참 힘들었죠. 존엄을 지키며 죽을 수 있도록 해주는 것, 어쩌면 그것이 전부인 것 같아요."

나는 묻지 않았지만, 안젤라는 불쑥 그렇게 말했다. 나도 유행 초기 에볼라 환자의 시신이 거리에 방치되어 뒹굴었다는 사실을 잘 알고 있었다. 그녀의 얼굴은 통증을 억지로 참는 사람처럼 일그러졌다. 그러다 안젤라는 근무 첫날인 나에게 인수인계를 해주고 있었음을 퍼뜩 깨달은 것 같았다. 그녀는 애써 힘주어 말했다.

"하지만 지역사회 전체로 보면 우리는 분명 도움을 주고 있습니다. 에볼라 환자를 지역사회로부터 빠르게 격리하고 있으니까요."

안젤라의 말대로 에볼라 관리 센터의 일은 무척 단순했다. 아니, 그럴 수밖에 없었다. 에볼라는 치료제가 없었다. 또한 환자의 피나 체액에 노출될 수 있는 의료 행위는 대부분 금지되었다. 이곳에서 에볼라 환자의 피는 공포 그 자체였다. 그러니 혈액검사나 소변검사도 할 수 없었고, 산소호흡기나 엑스레이 같은 의료 장비도 없었다. 이곳에서 죽음은 너무 허망했다. 어디선가 사이렌 소리가 자그맣게 울렸다. 그 소리는 우리 쪽으로 서서히 다가오면서 커졌다. "환자를 태운 구급차예요!" 안젤라는 나를 데리고 서둘러 울타리 쪽으로 달려갔다.

내 첫 임무는 환자의 피를 뽑는 것이었다. 보호복을 입고, 고글을 쓰고, 앞치마를 두르면 땀이 벌써 등으로 줄줄 흘러내렸다. 모든 단계마다 동료가 철저하게 확인하기 때문에 보호복 입는 데만 10분은 족히 걸렸다. 한 동료가 내 보호복 이마에 'Luke'라고 써주었다. 보호복을 입으면 모두 비슷해 보이기 때문이었다. 병동으로 들어갈 준비를 마쳤다는 신호이기도 했다. 한 동료는 칠판에 내 이름과 시각을 기록했다. 병동 안에서는 최대 한 시간까지만 머물 수 있었다. 보호복을 입고 병동 안에서 일하다가 실신하는 활동가들이 종종 생기기 때문이었다. 환자들이 머무는 위험 구역으로 걸어 들어갈 때쯤이면 장화 속에서는 고인 땀이 출렁거렸다. 마스크와 고글을 통해 거친 내 숨소리가 들렸다.

시에라리온으로 오기 전에 네덜란드에서 사흘 동안 교육과 훈련을 받았다. 에볼라 바이러스에 대해 공부하고, 개인 보호복을 여러 번 입고 벗으며 훈련했다. 그렇지만 나 역시 두려웠나 보다. 안젤라를 따라 위험 구역으로 처음 들어갈 때는 온몸의 근육이 팽팽하게 긴장하는 것이 느껴졌다. 천막 안을 가득 채운 더위와 습기 때문에 공부하고 훈련한 것을 모두 잊어버릴 지경이었다. 병동이라고 부르지만, 아프리카의 태양이 쏟아지는 초원에 천막들이 서 있을 뿐이다. 이중 삼중으로 둘러친 울타리가 없다면 증발하고 있는 시에라리온의 땅과 위험 구역을 구별하기 어려웠다.

에볼라의 정식 명칭은 '에볼라 바이러스 질환'이다. 2014년 봄, 서아프리카에서 이 병이 유행하기 시작했을 때는 '에볼라 출혈열'이라고 불렸다. 열이 펄펄 끓고 눈과 피부에서 피를 흘리는 환자들의 사진을 보며 전 세계 사람들은 공포에 떨었다. 하지만 카일라훈 에볼라 관리 센터에서 근무하는 동안 나는 눈과 피부에서 피를 흘리는 환자를 보지 못했다. 간혹 잇몸에서 피가 배어 나오거나 혈변을 보는 환자는 보았다. 세계보건기구(WHO)는 이 병의 명칭을 '에볼라 바이러스 질환'으로 바꾸었다. 사람들이 이 병에 대해 지나친 공포를 느낄 우려가 있기 때문이었다. 다행히 최대 90%에 이르던 치명률도 30%까지 떨어졌다.

그러나 여전히 끔찍한 전염병이었다. 이 병을 막으려면 무엇보다 환자를 빨리 격리해야 한다. 시에라리온에는 의료 기관이 충분하지 않았고, 감염 병동이 따로 있지도 않았다. 병원에서 에볼라 바이러스가 퍼지고 의료진이 사망하고 있었다. 그래서 국경없는의사회는 천막으로나마 급히 에볼라 관리 센터를 세웠다.

내가 처음으로 주삿바늘로 찌른 환자가 누구인지 기억나지 않는다. 환자의 팔에 푸르스름하게 비치던 핏줄은 기억난다. 나는 먼저 환자의 팔을 잡았다. 사람의 몸에 주삿바늘을 찌르는 일은 한국에서 수없이 해보았다. 그러나 에볼라 환자 병동에서는 완전히 달랐다. 의료진이 바늘에 찔리거나 피를 여기저기 묻히는 행위를 막아야 했다.

채혈할 때 지켜야 할 새로운 절차들이 추가되었고 이를 엄격하게 지켜야 했다. 안젤라는 내 옆에서 절차 하나하나를 감독했다.

핏줄에 손가락 두 개를 대었을 때 환자의 체온과 땀이 느껴졌다. 나는 그때 맨손으로 환자를 만지고 있다는 착각이 들었다. 분명히 개인 보호복을 든든히 입고 장갑 두 겹을 꼈는데도 말이다. '이 바늘에 찔리면 나도 에볼라에 걸린다.' 나는 두려움을 느꼈다. 다행히 주사기에는 검붉은 피가 잘 차올랐고 채혈을 무사히 마쳤다. 그날 이후 내 두려움은 점점 무뎌졌다.

며칠 후 나는 간호사 샘과 한 조가 되었다. 다음 주면 임무를 마치는 그는 이곳 카일라훈 센터에서 가장 경험 많은 활동가였다. 샘은 능숙하게 환자의 활력 징후를 살피고 수액을 교체했다. 의식이 있는 환자에게는 약과 물을 먹였다. 보이는 대로 생각나는 대로 움직이는 것 같지만, 병동 안에서 모든 활동은 미리 계획을 세우고 꼼꼼히 준비해야 했다. 일단 위험 구역에 들어가면 되돌아 나올 수 없기 때문이었다. 보호복을 벗을 때는 입을 때보다 시간이 훨씬 더 오래 걸린다. 보호복에 에볼라 바이러스가 묻어 있기 때문이다. 당장이라도 홀러덩 벗어버리고 싶은 욕구를 참고 동료가 지시하는 대로 천천히 따라야 했다. 이렇게 위험 구역에 들어갔다가 나오는 데 세 시간 정도 걸린다. 그러니 한 번 근무할 때 세 번 이상 병동에 들어가기는 힘들었다.

＊◆＊

병동 안에서는 의사와 간호사의 일이 따로 있지 않았다. 이곳에서 의사들이 할 수 있는 치료란 몇 가지 약과 수액을 처방하는 것뿐이었다. 하지만 고열로 제 몸을 가누지 못하는 환자들을 돌보려면 손이 많이 필요했다. 아직 일이 서툰 나는 샘이 시키는 일을 했다. 환자들을 쭉 살피던 샘이 한 환자를 가리키며 말했다.

"루크, 저 환자 기저귀 좀 갈아줘요."

간이침대에 누워 있는 환자는 30대 여성이었다. 고열에 시달리는 그녀에게는 의식이 없었고 설사도 계속했다. 에볼라 병동에서는 환자의 성별을 배려하기 힘들 때도 있었다. 의료진이 부족했기 때문이다. 더구나 5주가 지나면 해외 활동가는 에볼라 관리 센터를 떠나야 했다. 근무가 길어질수록 실수할 가능성도 커졌다.

시간이 아주 천천히 흐르다가 멈췄다. 아마 그것은 몇 초의 짧은 시간이었을 것이다. 나는 멍하니 환자를 바라보았다. 그녀의 벌어진 입 주위에는 토사물이 묻어 있었다. 열에 들뜬 환자는 가끔 알아들을 수 없는 말을 중얼거렸다. 피부에는 땀이 솟아올라 축축했다. 그녀는 바지를 입지 않았다. 앞 근무조가 기저귀를 갈아주다가 미처 바지를 입히지 못한 모양이었다. 기저귀 한쪽이 벌어졌고 그 사이로 대변이 흘러나왔다. 그 환자는 그렇게 순전히 '몸'의 상태로 있었다.

그곳은 분명히 천막 안이었다. 하지만 빛이 점점 강해져서 눈이

멀 정도였다. 나는 펄펄 끓는 초원 위에 서 있는 것 같은 착각이 들었다. 그 환자는 사람이었지만, 몸 그 자체이기도 했다. 내가 답을 찾지 못해 우물쭈물하는 사이, 질문은 나를 지워버렸다. 그리고 시에라리온 여성과 한국인 남성, 환자와 의사라는 구별, 그와 내가 가진 개성과 특성조차 사라져버렸다. 그곳에는 고통이 있었다. 그리고 나는 사라졌다.

그때 내 기억은 시간보다 빠르게 흘렀다. 죽음을 목격한 환자들, 그들과 연결되었던 격렬한 감정들이 스쳐 지나갔다. 모든 경계가 사라진 그때 나는 분노도, 슬픔도, 무력감도 느끼지 못했다. 아니, 그것을 느낄 내가 그곳에는 없었다. 고통만이 있었고 그것을 줄이기 위한 행동이 필요할 뿐이었다. 그뿐이었다.

환자는 정신을 잃은 채 간이침대 위에 누워 있었다. 나는 물티슈로 환자의 얼굴과 몸을 닦았다. 깨끗한 기저귀와 바지도 입혔다. 서서히 빛은 약해졌고 눈도 부시지 않았다. 나는 시에라리온의 천막 병동 안에 있었다.

다음 날 환자는 시신이 되어 들것에 실려 나갔다. 그녀가 떠나는 순간에 존엄을 지켰기를, 인간으로 남았기를 나는 바랐다.

하나의 생명, 두 가지 선택

나보다 먼저 근무를 시작한 일본인 소아청소년과 의사가 있었다. 카일라훈 에볼라 관리 센터에는 수십 명의 해외 활동가와 그보다 훨씬 더 많은 현지인 직원이 일하고 있었다. 그와 나는 그중 흔하지 않은 동북아시아인이었다. 괜히 그가 편하게 느껴졌다. 처음 며칠 동안 근무 시간이 서로 달라서 대화를 나누지는 못했지만, 앞으로 그에게 도움을 많이 구할 수 있으리라 기대했다.

그런데 어느 날 저녁 식사를 하다가 놀라운 소식을 들었다. 그 일본인 의사가 귀국하라는 명령을 받았다는 것이다. 'Evacuation(철수)'이라고 불리는 이 명령은 해외 구호 활동가들에게는 가장 수치스러운 조처였다. 국경없는의사회에서도 극단적인 상황에서만 이 명령을 내린다. 도대체 무슨 일이 있었던 것일까? 식사를 마치고 나오다가 여행 가방 몇 개를 들고 급히 떠나는 일본인 의사를 보았다. 그와 그를 바라보는 활동가들 모두 침통한 표정이었다.

에볼라 관리 센터에서 활동가들이 견뎌야 하는 고통 중 가장 끔찍한 것은 아이들의 죽음이었다. 많은 아이가 손쓸 겨를도 없이 죽었다. 면역력이 약한 아이들의 몸은 에볼라 바이러스와 제대로 싸울 수 없었다. 특히 다섯 살 미만 어린이들은 에볼라에 걸리면 죽음을 피하기 힘들었다. 귀하지 않은 생명이 어디 있을까. 하지만 아이들의 죽음을 지켜본 활동가들은 오랫동안 마음의 고통을 호소했다.

그날 일본인 의사는 위험 구역에 있는 병동에서 환자를 돌보고 있었다. 그의 눈에 20개월 된 어린이 환자가 눈에 들어왔다. 열에 들뜬 아이는 앓는 소리를 내며 정신이 없었다. 아이의 팔에는 수액이 연결되어 있었다. 고열에 며칠 시달리면 몸에 있는 수분이 날아가 버린다. 그동안 아이는 아무것도 먹지도 마시지도 못했다. 그러다 탈수가 심해지면 뇌나 콩팥 같은 장기가 손상되고 환자는 죽는다. 더구나 어린이는 성인보다 탈수가 더 쉽게 일어난다. 치료제가 없는 에볼라. 아이에게 수액은 생명줄과도 같았다.

소아청소년과 의사는 카테터에 적힌 날짜를 확인했다. 사흘 전이었다. 카테터를 사흘마다 교체하지 않으면 세균 감염의 위험이 커진다. 그 의사는 즉시 오래된 카테터를 빼내버렸다. 그리고 아이의 다른 쪽 팔에서 핏줄을 찾아 바늘로 찔렀다. 바늘에 피가 맺히지 않았다. 두 살도 안 된 아이의 핏줄을 한 번에 정확하게 찌르기란 절대 쉽지 않다. 그는 바늘을 빼서 다시 찌른 다음 이리저리 움직여 핏줄을 찾았다. 안타깝게도 아이의 가느다란 핏줄은 자꾸 바늘을 피했다. 그는 카일라훈 센터에서 소아청소년과 의사가 자신뿐이라는 사실을 떠올렸을 것이다. 자신이 실패한다면 다른 의료진이 성공하기는 더 힘들지 몰랐다. 만약 이 아이에게 수액을 주지 못한다면? 그는 다급하게 아이의 몸에서 다른 핏줄을 찾았다.

그가 위험 구역으로 들어간 지 한 시간이 거의 다 되었다. 밖에서 기다리던 동료들이 종을 쳤다. 그만 나올 시간이라는 뜻이었다. 이곳은 아프리카였다. 개인 보호복을 입고 천막 병동에서 일하다가 실신하는 활동가들이 종종 있었다. 쓰러지면서 고글이나 마스크가 벗겨지거나 보호복이 찢어져 피부가 드러날 수도 있다. 의료진이 에볼라에 걸리기라도 하면 그것은 국경없는의사회로서는 심각한 문제였다.

소아청소년과 의사에게 선택의 순간이 닥쳤다. 죽어가는 아이인가? 규칙인가? 아이는 수액이 필요했다. 다음 근무조가 들어와서 성공할 수 있을까? 무엇보다 그는 눈앞에서 죽어가는 아이를 두고 차마 나갈 수가 없었다. 아이에겐 더 기다릴 시간이 남아 있지 않다는 예감이 그를 놓아주지 않았다. 그는 아이 곁에 남아 있기로 했다. 아이의 앙상한 팔을 포기하고 발등에서 핏줄을 찾기 시작했다. 땀은 비 오듯 흘러 마스크는 젖고 고글은 뿌예져 시야는 흐려졌을 것이다. 하지만 그는 포기하지 않았다.

위험 구역 밖 동료들은 그의 이름을 소리쳐 불렀다. 그것은 심각한 규칙 위반이었다. 의사는 마침내 아이의 핏줄에 카테터를 끼우는 데 성공했다. 재빨리 수액을 연결하고 서둘러 위험 구역을 나왔다. 하지만 제한 시간은 이미 30분이나 지났다. 그의 장갑에는 피가 잔뜩 묻어 있었다. 모든 시술 사이와 끝에는 손을 씻어야 한다는 규칙까지 어긴 것이다.

그날 저녁 국경없는의사회는 그에게 귀국 명령을 내렸다. 그리고 그다음 날 아이는 허무하게 죽고 말았다. 나라면 어떤 선택을 했을까? 그 의사를 안쓰럽게 바라보던 동료들 모두 같은 질문을 자신에게 던졌을 것이다.

과거의 나라면 눈앞에서 죽어가는 아이를 두고 나올 자신이 없었을 것이다. 하지만 이제는 달랐다. 나는 다른 동료들을 믿고 병동에서 나왔으리라.

❖

4년 전, 아르메니아 북부 세 곳의 사무실에서는 매주 다제내성결핵 환자들의 사례 회의가 열렸다. 나는 점점 더 환자들의 이야기에 빠져들었다. 그리고 기젤라를 비롯한 아르메니아 동료들의 능력을 더욱 믿게 되었다. 우리는 서로의 경험과 생각을 충분히 나누었고, 자연히 회의 시간은 길어졌다. 퇴근 시간이 다가오면 바나조르 사무실에서 물류 책임자 나렉이 나에게 퇴근을 독촉하는 전화를 걸어왔다. 내가 회의를 끝내야 간호 관리자, 현지인 간호사, 심리치료사, 통역사, 운전기사가 바나조르로 돌아갈 수 있었다. 하지만 그들이 돌아가면 환자의 문제는 그날 해결하지 못했다. 그날 결론을 내리지 못하면 환자는 일주일을 더 기다려야 했다. 나는 곧 출발하겠다고 대충 답하고는 회의를 계속했다. 그러다 보면 퇴근 시간을 훌쩍 넘겼다.

퇴근 시간을 한 시간이나 넘겨서 바나조르 사무실로 돌아온 어느 날이었다. 새로운 북부 책임자 베르나데트가 자기 사무실로 나를 불렀다. 프랑스인인 그녀의 얼굴에는 형식적인 미소조차 보이지 않았다. 그녀가 무엇 때문에 그러는지 직감할 수 있었다. 베르나데트는 그동안 내가 몇 번이나 시간을 어겼는지 기록을 보여주었다. 하지만 난 당당했다. 환자들이 문제가 많은 것을 어찌한단 말인가.

"베르나데트, 당신이 자기 일에 최선을 다하고 있는 것처럼, 저역시 제 일에 최선을 다하고 있는 겁니다."

"저는 예레반에서 당신이 시간을 잘 지키지 않는다고 들었어요. 제가 오늘 좀 강하게 말해야겠네요. 루크, 아프리카 현장에 가고 싶다고 했죠? 이렇게 시간을 지키지 않으면 아마 가기 힘들 겁니다."

나는 충격을 받았다. 어떻게 그런 말을? 그녀는 환자를 도우려는 의사의 마음을 이해하지 못하는 걸까? 그녀는 재정과 인력을 관리하는 북부 사업 책임자지만, 의료인은 아니었다. 그때만 해도 난 환자의 문제에 의사 아닌 사람의 지시를 따르는 것이 기껍지 않았다. 베르나데트는 분명 내 상관이었지만, 나는 그녀를 무시하고 있었다.

"루크, 생각해보세요. 당신이 회의를 늦게 끝내면 아르메니아인 동료들도 늦게 퇴근해야 하잖아요. 통역사만 해도 퇴근하고 집에 가서 아기를 돌봐야 한다고요."

나는 여전히 받아들이기를 거부하고 있었다. 베르나데트는 누그러진 목소리로 말을 이었다.

"저도 잘 알아요. 결핵은 응급이 아니라는 사실을요. 결핵 환자들은 기다릴 수 있어요. 그런데 아프리카는 달라요. 저도 아프리카 현장에서 여러 번 일해봤어요. 그곳에서는 응급 상황이 자주 벌어지죠. 아프리카에서는 시간을 지키지 않으면 동료들의 생명이 위험해질 수 있어요. 루크, 더 많은 사람을 살리고 싶죠? 그럼 규칙을 지켜야 합니다."

숙소로 돌아온 나는 빵 한 덩어리를 들고 내 방에 틀어박혔다. 베르나데트는 저녁을 같이 먹자고 권했지만, 나는 이미 먹었다는 말로 거절했다. 다음 날 예레반에 행사가 있어서 해외 활동가들이 모두 모였다. 금요일이라 저녁에는 파티도 열렸다. 그때까지도 나는 아프리카에 가기 힘들 거라는 베르나데트의 말에 여전히 사로잡혀 있었다. 그녀의 얼굴을 보고 싶지 않았다. 아직 저녁 8시였지만, 침대에 드러누워 버렸다. 누군가 문을 두드렸다.

"루크, 파티 함께하지 않을래요?"

베르나데트였다. 그녀의 친절하게 염려하는 목소리를 듣자마자 얼었던 내 마음은 녹았다. 그녀는 상관으로서 나를 질책했지만, 동료로서는 친하게 지내기를 원했다. 이 당연한 사실을 새삼스레 깨닫고는 나 자신에게 기가 찼다. 나는 부끄러워서 계속 자는 척했다.

다시 며칠 후 바나조르의 해외 활동가 숙소. 저녁 식사 때 베르나데트가 프랑스에서 가져온 선물을 꺼냈다. 짠맛 캐러멜이었다. 처음 맛보는 '단짠'이 무척 신기했다. 짠맛과 단맛이 이렇게 잘 어울릴 수가 있다니!

그 캐러멜은 베르나데트와 닮아 있었다. 그녀는 엄격한 상관이자 친절한 동료였다. 나에게는 부족한 그녀의 조화와 균형이 부러웠다. 아르메니아 북부의 세 사람, 기젤라와 베르나데트 그리고 나는 드디어 하나의 팀을 이루었다. 셋은 주말이면 요리와 식사를 함께 즐겼다. 나는 회의를 짧게 끝내는 법을 익혔다. 모래시계를 써서 각자 발언 시간을 지키자고 했다. 미처 다루지 못한 환자는 다음 회의로 과감하게 넘겼다.

◆◆◆

집으로 돌아간 일본인 의사의 황망한 뒷모습을 보며, 나는 4년 전 아르메니아를 떠올렸다. 그 의사는 규칙을 어기면서까지 아이를 살리려고 했건만, 운명은 가혹했다. 삶과 죽음, 그 운명에 맞서기 위해 우리는 더 단단하고 독해져야 한다. 혼자서는 남을 도울 수 없다. 함께 일하기 위해서는 균형과 평정심을 잃지 않아야 한다. 난 문득 짠맛 캐러멜 같은 베르나데트가 보고 싶어졌다.

우리에겐 얼마나 더 많은 기적이 필요할까

몽롱한 아프리카의 초원에 날카로운 사이렌이 울렸다. 우리는 주차장으로 달려갔다. 곧 안이 보이지 않는 구급차 한 대가 주차장에 섰다. 하지만 아무도 차에서 내리지 않았다. 문이 밖에서 잠겨 있기 때문이었다. 환자가 입원하는 절차는 간단하지 않았다. 보호복을 입은 시에라리온 동료들이 운전석으로 다가가 운전기사와 대화를 나누었다. 구급차는 프리타운에서 왔단다. 우리는 놀랐다. 프리타운에서 카일라훈까지는 차로 여덟 시간이나 걸렸다. 더구나 케네마에서 이곳까지는 승객이 튕겨 나갈 것처럼 차가 흔들렸다. 구급차 뒷자리에는 분명히 열이 나고 아픈 사람이 타고 있을 것이다.

운전기사가 뭐라고 말하자 현지인 동료가 멀찍이 떨어져 있는 우리를 향해 손가락 아홉 개를 펴 들었다. 우리는 눈이 휘둥그레졌다. 아홉 명의 환자가 타고 있었다! 구급차 한 대에 말이다. 그들은 비좁고 찜통처럼 뜨거운 구급차에 웅크리고 붙어 앉아 열과 구토를 견디며 여덟 시간을 버텼다. 프리타운에는 열나는 환자를 받아줄 병원이 없었기 때문이란다. 구급차에 탄 이들은 모두 에볼라 환자일까? 의미 없는 질문이었다. 한 사람만 환자였더라도 이제는 모두가 감염되었을 것이기 때문이다.

당시 국경없는의사회는 세계보건기구 등 국제기구들에 끈질기게 요구하고 있었다. 감염병 전문 병원이 아니라 에볼라 관리 센터를 지어서 빨리 환자를 격리해야 한다고. 내가 처음 카일라훈에 도착했을 때 미국이 감염병 전문 병원을 짓고 있다는 소식을 들었다. 시에라리온에 중환자실과 감염 병동을 갖춘 병원이 충분히 있었다면 애초에 이런 비극은 생기지 않았을 것이다. 하지만 그런 병원이 한두 달 만에 지어질 리가 없었다. 내가 시에라리온 근무를 마칠 때까지 그 병원이 완공되었다는 이야기는 듣지 못했다.

카일라훈 센터는 부산해졌다. 아홉 명을 입원시키려면 직원들 모두가 바쁘게 움직여야 했다. 먼저 구급차를 소독했다. 약통을 짊어진 동료는 구급차 표면, 특히 뒷문과 손잡이에 소독약을 여러 번 뿌렸다. 그러고 나서 걸쇠를 풀고 뒷문을 하나만 열었다. 그 안은 어떤 광경이었을까? 나에게는 보이지 않았다. 환자들은 1초라도 빨리 차에서 내리고 싶었을 것이다. 현지인 동료는 엄격한 손짓으로 환자들에게 차 안에 가만히 있으라고 지시했다. 한 명씩 차례로 내려야 했다. 동료들은 움직이기 힘든 환자들을 부축해주었다. 뒤따라 내리는 여성의 팔에는 아이 하나가 안겨 있었다. 동료는 그녀에게서 아이를 건네받았다. 아이는 제 발로 걸을 힘조차 없어 보였다. 아이를 본 간호사 하나케는 자기도 모르게 한숨을 쉬었다.

환자들은 서로 거리를 두고 트리아지(triage, 환자를 중증도에 따라 분류하는 곳) 병동으로 다리를 질질 끌면서 힘겹게 걸어갔다. 동료들이 환자들을 띄엄띄엄 앉힌 다음 물을 주고 체온도 쟀다. 의사들은 2미터 거리를 두고 서서 환자들에게 질문했다. 에볼라를 의심할 수 있는 증상 몇 가지를 확인해야 그들을 센터에 입원시킬 수 있었다. 나도 중년 환자 두 명을 맡았다. 역시나 아홉 명 모두 입원이 결정되었다. 활동가들은 부지런히 환자들의 피를 뽑고, 약을 주고, 수액을 달았다. 다음 날 혈액검사 결과가 나왔다. 그들 모두 에볼라 양성이었다.

새로 입원한 환자 몇 명은 바로 정신을 잃었다. 증상이 빠르고 심하게 나타날수록 사망할 가능성도 컸다. 에볼라 환자의 생사는 거의 전적으로 인체의 면역 능력에 달려 있었다. 에볼라의 최대 잠복기는 2주였다. 잠복기 동안 에볼라 바이러스는 환자의 세포를 파괴하면서 증식했다. 처음 몸으로 침투한 바이러스 숫자가 많을수록, 면역 능력이 약할수록 잠복기는 짧아졌다. 그렇게 증상이 격렬하게 나타날수록 죽음이 가까웠다. 면역력이 약한 임신부와 어린이가 그랬다.

20대 초반인 셰리프 역시 입원하자마자 의식을 잃었다. 그는 40도 가까운 열이 났고 호흡과 심장박동도 빨랐다. 점점 쇼크에 가까워지고 있었다. 시에라리온에서는 온 가족이 에볼라에 걸려서 죽는 참사가 흔했다. 에볼라는 치명률이 높지만, 체액으로 옮기 때문에 전염성이 그렇게 강하지는 않았다. 시에라리온인들은 열이 나도 입원할 병원이 없었고, 가족과 방을 따로 쓸 수도 없었다. 아픈 이를 돌보다가 온 가족이 에볼라에 걸리곤 했다. 셰리프도 안타까운 사연을 가지고 있었다. 프리타운에서 온 구급차에 세 남매가 있었는데 셰리프는 그중 둘째였다. 그들의 부모는 이미 에볼라로 세상을 떠났다. 그러니까 다섯 식구가 모두 에볼라에 걸린 것이다. 다행히 셰리프의 형과 여동생은 증상이 심하지 않았다. 하지만 셰리프는 죽어가고 있었고, 우리에게는 도울 방법이 마땅치 않았다.

아침에 조금 일찍 출근했을 때 밤 근무조는 아직 병동 안에서 환자를 돌보고 있었다. 나는 습관처럼 사무실 벽에 걸린 화이트보드를 살폈다. 다행히 밤사이 사망한 환자는 없었다. 그러다 셰리프의 이름에서 눈길이 멈췄다. 붉은색으로 "Palliative"(완화)라고 쓰여 있었기 때문이다. 증상이 나아졌다는 말이 아니었다. 별다른 치료법이 없는 에볼라 환자에게 증상을 완화하는 치료만 한다는 말인데, 사실 '치료 중지'를 뜻했다. 환자에게 더는 수액을 주지 말라는 신호이기도 했다.

나는 밤 근무조 의사 애나에게 셰리프의 치료를 중지하는 이유를 물었다. 피곤한 낯빛의 애나는 애써 친절하게 설명해주었다. 전날 밤 셰리프의 체온은 떨어질 기미를 보이지 않았다. 그는 숨을 헐떡였고 손과 입술은 창백해졌다. 의식은 여전히 없었다. 그는 쇼크 상태인 것이 분명했다. 심지어 숨을 몰아쉬다가 멈추기를 반복하는 '체인-스토크스 호흡'이 나타났다. 임종 직전 환자에게서 볼 수 있는 증상이었다. 애나는 셰리프가 고통 없이 죽음을 맞이하기를 바랐다. 그래서 그의 몸에 끼워 넣은 카테터를 빼냈다. 그것은 환자에게 죽음을 선언하는 행위였다. 나는 왜 치료를 중지했는지 물은 것을 후회했다. 애나는 무표정함으로 피로와 슬픔을 애써 가리고 있었다. 이제는 내 차례였다. 전날 영국에서 도착한 의사 존을 데리고 병동으로 들어갔다.

셰리프는 눈을 감은 채 조용히 누워 있었다. 그는 편안한 얼굴로 자는 것처럼 보였다. 나는 그의 죽음을 확인하고 시신을 수습할 계획이었다. 활력 징후를 측정하기 위해 셰리프의 몸에 손을 댄 나는 깜짝 놀랐다. 그의 몸은 여전히 뜨거웠다! 그는 살아 있었다. 더구나 심장박동 수와 호흡 수도 모두 정상이었다. 순간 나는 당황했다. 셰리프에게 기적이 일어난 것일까? 아니면 죽기 전 일시적인 변화일까? 밤 근무조는 이미 치료 중지 판정을 내렸다. 다른 의사가 내린 판정을 지키는 것은 규칙은 아니지만, 일종의 불문율이었다. 그렇지만 지금이 셰리프에게는 마지막 기회일지도 몰랐다. 수액 없이는 기적이라는 기회를 잡지 못할 것이다. 아니면 수액이 셰리프가 고통받는 시간만 늘릴지도 몰랐다. 나는 헛되이 그날 첫 근무인 존에게 의견을 물었지만, 그는 어깨를 으쓱할 뿐이었다. 카일라훈 센터에서는 일주일만 지나도 전문가가 되었다. 결정을 내릴 사람은 나뿐이었다.

다시 저녁이 되고 애나가 출근했다. 그녀는 인사도 마치기 전에 셰리프에게 왜 수액을 주었냐고 나에게 따지듯 물었다. 아침과 달리 애나는 불쾌하고 화난 표정을 숨기지 않았다. 동료들을 통해 이미 소식을 들은 것이 분명했다. 화이트보드에 애나가 붉은색으로 쓴 글자는 내가 이미 지웠다. 아침에 일어난 일을 설명하자 애나는 소리쳤다.

"루크, 당신은 셰리프의 고통을 연장하고 있는 거라고요. 활력 징후는 임종 직전에 일시적으로 좋아질 수 있잖아요. 그는 오늘 밤을 넘기지 못할 거예요."

그럴지도 몰랐다. 내가 평정심을 잃었던 것일까? 그날 오전 나는 불문율을 어기고 셰리프에게 수액을 다시 넣어주기로 했다. 수액을 다시 공급받자 셰리프의 체온은 조금 떨어졌다. 그리고 오전 내내 그는 얌전하게 잤다. 아직 기적은 일어나지 않았다. 나는 애나에게 대꾸하지 않았다. 이제 다시 그녀의 차례였다. 나는 모든 것을 애나에게 맡기고 퇴근했다.

다음 날 셰리프는 자리에서 일어났다. 지긋지긋했던 열도 떨어졌다. 셰리프는 배고프다며 밥을 달라고 했다. 동료들은 기적이라고 말했다. 셰리프가 깨어서 말하는 모습을 그때 처음 보았다. 그는 영어로 무릎과 목구멍이 너무 아프다고 했다. 나는 웃었다. 에볼라의 증상 중 하나가 관절통이었다. 그런 증상이라면 우리는 해줄 것이 있었다. 그날 이후 셰리프는 내가 지나갈 때마다 손짓하며 "헤이, 루크!"라고 불렀다. 기침이 나온다, 배가 아프다며 이런저런 증상을 호소했다. 알고 보니 그는 수다스럽고 귀여운 청년이었다. 동료들은 나를 셰리프의 주치의로 인정해주었다.

일주일쯤 지났다. 셰리프의 두 번째 혈액검사 결과가 나오는 날이었다. 이번에도 음성이면 그는 퇴원할 수 있었다. 그의 형과 여동생은 이미 퇴원했지만, 셰리프를 기다리느라 우리가 '호텔'이라고 부르는 곳에 머물고 있었다. 센터 바로 앞에 세워놓은 천막 숙소의 별명이었다. 하지만 셰리프는 여전히 폐렴을 앓고 있었다. 폐에서는 수포음이 나고 기침도 많이 했다. 폐렴은 에볼라 환자들이 흔히 겪는 합병증이었다. PCR 결과는 '35'였다. 35 이상이면 음성이다. 나는 다음 날 아침까지 셰리프가 먹을 약을 처방하고 퇴근했다.

그날 밤 정기적인 해외 활동가 회의가 열렸다. 일상적인 이야기가 오고 가던 중에 애나가 발언을 요청했다. 그녀는 나에게 물었다.

"루크, PCR 음성은 얼마 이상인지 알고 있나요?"

"35입니다."

"그러니까 셰리프는 두 번째 검사도 음성이군요. 그럼 그는 에볼라에서 완쾌한 거잖아요? 그를 왜 퇴원시키지 않았죠?"

사실 그랬다. 나는 셰리프가 폐렴에서 회복할 때까지 좀 더 머물기를 바랐다. 그는 다시 여덟 시간 넘게 차를 타고 프리타운으로 가야 한다. 그 몸으로 견딜 수 없을 것 같았다. 더군다나 시에라리온의 병원들은 마비 상태였다. 프리타운에 가도 딱히 폐렴을 치료할 곳이 없었다. 에볼라에서 갓 회복한 사람이 여기 병동에 며칠 더 머문다고 해가 될 것은 없었다. 셰리프의 몸에는 항체가 있기 때문이다. 그러나 규칙은 그렇지 않았다. 이번에 평정심을 잃은 것은 나였다. 우리는 셰리프의 퇴원을 결정했다.

◆◆◆

다음 날 센터를 떠나는 셰리프를 만났다. 우리는 악수했다. 그의 손은 참 따뜻했다. 그러고 보니 시에라리온에서 내가 나눈 유일한 체온이었다. 국경없는의사회 활동가는 시에라리온에서 그 누구와도 접촉할 수 없었다. 에볼라에서 갓 회복한 환자들만 예외였다. 눕거나 앉아 있을 때는 몰랐는데, 셰리프는 껑충하게 키가 컸다. 옆에 서 있던 그의 형과 여동생이 나에게 고맙다고 인사했다. 그런데 셰리프가 날 한쪽으로 데려가더니 조용히 말했다.

"루크, 국경없는의사회에서 일자리 좀 알아봐 줘요. 프리타운으로 돌아가도 일자리가 없어요. 나 운전할 줄도 알아요."

"상관에게 한번 말해볼게요."

나는 거짓말을 했다. 그는 웃는 얼굴로 다시 내 손을 잡고 흔들었다. 마치 일자리를 구하기라도 한 것처럼. 셰리프 남매는 프리타운으로 떠나는 구급차에 올라탔다. 그들은 이제 스스로 살길을 찾아야 한다. 셰리프의 형은 택시 기사라고 했다. 하지만 세상에서 가장 가난한 나라 시에라리온의 경제는 에볼라 때문에 멈췄다.

나는 셰리프가 기적처럼 살아나서 기뻤다. 하지만 그가 시에라리온에서 행복하게 살려면 앞으로도 더 많은 기적이 필요했다. 그에게는 다른 나라의 평범한 20대보다 더 혹독한 운명이 기다리고 있었다. 죽음에서 되살아나 프리타운으로 돌아가는 셰리프를 보며 마냥 기뻐할 수는 없었다. '인생은 살 만한 가치가 있는가?' 나는 황급히 머리를 흔들어 질문을 지우고, 떠나는 셰리프에게 손을 흔들었다.

'엉클'을 찾는 아이

중년 여성은 프리타운에서 온 구급차에 타고 있던 아홉 명 중 하나였다. 그녀 역시 고열과 복통, 관절통에 시달렸지만, 의식을 잃지는 않았다. 그런데 뜻밖의 문제가 생겼다. 그녀는 입을 꼭 다물고 의료진에게 어떠한 말도 하지 않았다. 심지어 약과 혈액검사까지 완강하게 거부했다. 우리는 그녀에게 언어장애가 있으리라 짐작했다. 하지만 그것이 투약과 검사를 거부하는 이유가 될 수는 없었다. 나는 동료들과 이 문제를 토론했다. 의료진 앞에서 환자들이 종종 입을 닫는다는 사실을 나는 잘 알고 있었다. 내 제안으로 현지인 동료가 다른 직원 한 사람을 데리고 병동으로 들어갔다. 마침내 중년 여성이 입을 열었다.

그녀는 소수민족 출신이었다. 시에라리온은 공용어로 영어를 썼지만, 그녀는 영어를 할 줄 몰랐다. 부족의 말을 아는 직원이 말을 걸기 전까지 그녀는 이곳에서 누구의 말도 알아들을 수 없었다. 시에라리온에는 부족 수가 열여섯이고, 각자 고유의 언어를 가지고 있었다. 그래서 부족들 사이에는 말이 잘 통하지 않았다. 과거 영국은 그런 부족들을 하나의 식민지로 묶어버렸다. 아프리카의 많은 나라가 그런 일을 당했다. 서구 열강들은 바둑판 줄 긋듯이 아프리카에 제멋대로 경계를 세웠다. 중년 여성은 얼마 전까지 에볼라는 백인들의 거짓말이라고 믿었다. 열이 나자 그녀는 주위 사람들에게 떠밀려 프리타운으로 갔다가 다시 카일라훈까지 왔다. 그랬더니 이번에는 알아들을 수 없는 말투성이였다. 입을 닫을 수밖에 없었으리라.

다행히 그녀는 하루하루 눈에 띄게 좋아졌다. 내가 피를 뽑으러 갔을 때 그녀는 팔을 씩씩하게 척 내밀었다. 그리고 이를 보이며 장난스럽게 엄살을 떨었다. 말이 안 통하는 것을 알면서도 그녀는 나에게 이러쿵저러쿵 말을 걸었다. 재밌고 따뜻한 사람이었다.

◆

하지만 같은 구급차에서 내린 아이 오마르는 삶과 죽음의 경계를 넘나들고 있었다. 그는 소수민족 여인이 미칠 듯이 흔들리는 구급차 안에서 꼭 안고 있던 아이, 바로 그녀의 아들이었다. 겨우 여덟 살 정도였다. 아버지의 토사물을 뒤집어쓰고 입원한 지 하루 만에 세상을 떠난 소년과 비슷한 나이였다. 에볼라 관리 센터에서는 질병의 중증도에 따라 입원하는 병동이 달랐다. 각각 경증과 중증 병동에 입원한 여인과 오마르는 서로 만날 수 없었다. 말이 안 통하는 이곳에서 여인은 아들의 소식을 듣고 있을까? 내가 천막 병동에 들어서자 오마르가 허공에 대고 외쳤다.

"Uncle! please, give me water(아저씨, 물 좀 주세요)."

아이는 영어로 물을 달라고 했다. 그 말이 내겐 살려달라는 말보다 더 아팠다. 수액이 이미 들어가고 있었지만, 오마르의 입술은 하얗게 뜨고 갈라졌다. 나는 아이를 앉히고 물컵을 입에 가져다 대었다. 열이 체액을 모두 날려버린 것처럼 그의 몸은 뜨거웠다. 몇 모금 마시다 말고 오마르가 고개를 뒤로 떨구었다. 그리고 나를 다시 불렀다.

"Uncle, my throat hurts(아저씨, 목이 아파요)."

아저씨와 삼촌, 낯섦과 친밀함의 경계에 있는 말 '엉클'. 그 호칭이 주는 천진함과 절박함이 가슴을 후벼 팠다. 그의 수액에는 이미 해열진통제가 포함되어 있었다. 나는 준비해 간 해열제 알약을 갈아서 물에 탄 다음 오마르에게 먹였다. 이젠 정말 더 해줄 수 있는 것이 없었다. 하지만 오마르는 나를 또 불렀다. 아기가 보채듯, 내가 세상 전부라도 되는 듯 나를 붙들었다.

"Uncle, uncle! My knees hurt(아저씨, 무릎이 아파요)."

내 안에서 무엇인가 무너져 내리는 것을 느꼈다. 아이가 나를 '닥

터'라고 불렀다면 좀 더 냉정할 수 있었을까. 오마르가 나만 그렇게
부르며 찾는 것은 아니었다. 지나가는 내 동료들 모두에게 "엉클!"이
라고 외쳤다. 그리고 아프다고, 아프지 않게 해달라고 애원했다. 오
마르는 아직 의식이 있었다. 자신이 왜 이곳에 있는지, 왜 엄마와 떨
어져 있는지 잘 알았다. 엄마를 불러도 도움받을 수 없다는 사실을
알 만큼 총명했다. 엄마와 달리 영어로 말할 줄도 알았다. 나를 '엉
클'이라고 부르는 소년, 오마르는 전날에도 통증 때문에 거의 잠들지
못했다. 고통은 오마르 안에서 삶의 욕망을 거듭 깨웠다.

　나는 병동을 나와서 탈의실로 갔다. 먼저 손을 씻고 앞치마를 벗
는다. 그리고…. 나는 보호복 벗는 순서를 잊어버렸다. 이미 수십 번
도 더한 동작이지만 갑자기 낯설어졌다. 오마르가 나를 불렀을 때
이미 나는 냉정함을 잃어버렸다. '완충 구역'(환자들이 있는 '위험 구역'과 '안
전 구역' 사이 공간)에 선 동료가 멍하니 있는 나에게 다음 순서를 하나하
나 불러주었다. 나는 그대로 따랐고 무사히 안전 구역으로 나왔다.

　그날 나는 야간 근무였다. 우기에서 건기로 바뀌고 있는 아프리
카의 밤은 참으로 어둡고 길었다. 조금 전 병동에 들어갔다 나온 간
호사 하나케가 나에게 조심스럽게 물었다.

　"루크, 오마르 있잖아요."

　그녀는 말을 끊었다. 나는 그 무엇도 짐작하고 싶지 않았다. 하나
케가 조심스럽게 말을 이었다.

　"그 아이, 너무 고통스러워해요. 해열진통제는 이미 용량이 넘어

버렸고. 어떡하면 좋을까요?"

나는 답할 말을 찾지 못했다. 오마르는 하나케도 '엉클'이라고 불렀을 것이다. 더 해줄 수 있는 것이 마땅치 않다는 것을 우리 둘 다 잘 알고 있었다. 하나케는 하고 싶은 말이 있었다.

"모르핀을 주면 어떨까요?"

나는 가만히 하나케를 바라보았다. 에볼라 관리 센터에서 의사와 간호사 일에는 거의 구분이 없었지만, 처방은 어쨌든 의사의 권한이자 책임이었다. 나는 어린이에게 마약성 진통제 모르핀을 처방해본 적이 없었다. 하나케는 나와 눈을 마주친 채 조용히 기다리고 있었다. 그녀와 나의 망설임 사이로 하나의 예감이 집요하게 파고들었다. 오마르는 오늘 밤을 넘기기 어려웠다. 잠들지 못한 채 생의 마지막 순간까지 고통에 시달릴지도 몰랐다. 누구에게나 고통 없이 죽을 권리가 있다. 그것은 어린이에게도 마찬가지였다.

나는 자물쇠를 풀고 수납장을 열어 모르핀을 꺼냈다. 오마르의 체중에 맞게 모르핀을 채운 주사기를 하나케에게 건넸다. 그녀는 병동으로 들어가는 다음 근무조에게 주사기를 전했다. 우리는 말이 없었지만, 모두 같은 마음이었다. 오마르가 부디 편하게 잠들기를.

새벽녘, 나는 다시 중증 환자 병동으로 들어갔다. 다행히 모르핀은 오마르를 고통에서 해방시켜 주었다. 그는 얌전한 아이가 되어 조용히 잠들었다. 며칠 만의 편안한 잠이었다. 나는 아이의 침대 머리맡에 앉았다. 오마르가 엉클을 애타게 찾지 않아 좋았다. 그러다 문득 이런 생각이 머리를 스쳤다.

'더는 엉클이라고 불릴 수 없는 것일까?'

오마르는 다시는 누군가를 부를 수 없으리라. 순간 서러운 감정이 북받쳤다. 그리고 깨달았다. 내가 이곳에 온 이유를, 내가 죽음에 이끌린 이유를. 나는 죽음이 아니라 삶의 목소리에 이끌린 것이다. 그것은 나를 부르는 소리였다. 나는 살아야 했다. 살아서 이곳에 와야만 했다. 오마르가 엉클을 찾을 때 그 앞에 있어야 했다. 기꺼이 그의 엉클이 되어야 했다. 그리고 그의 고통에, 살고 싶다는 열망에 응답해주어야 했다. 다행히 나는 여기에 있었다.

그의 손을 잡아주었다. 오마르의 손은 뜨거웠다. 마치 내가 두 겹의 장갑을 끼지 않은 것 같았다. 열과 통증을 일으키는 바이러스는 맹렬하게 오마르의 작은 몸을 파괴하고 있었다. 울렁였던 감정이 가라앉았다. 나라는 존재가 곁에 있다는 것, 그것이 오마르에게 지금 내가 해줄 수 있는 유일한 일이었다. 오마르는 힘껏 소리쳐 나를 불렀고 나는 응답했다. 우리는 최선을 다했다. 완충 구역에서 동료가 종을 쳤다. 이젠 나갈 시간이었다.

그리고 동이 트기 전, 오마르는 세상을 붙잡던 손을 놓았다.

아프리카의 크리스마스

카일라훈 센터의 환자는 줄어들고 있었다. 입원 환자의 절반은 걸어서, 절반은 들것에 실려서 나갔다. 그런데 새로 입원하는 환자가 눈에 띄게 줄었다. 프리타운에서 온 구급차 이후 한 번에 여러 명이 입원하는 경우는 없었다. 에볼라 유행이 시에라리온 북동부에서 중부나 서쪽 프리타운으로 옮겨 가고 있다고 했다. 일부 직원들은 카일라훈을 떠나 환자가 늘어나는 센터로 다시 배치되었다.

카일라훈에서 해외 활동가들의 생활은 단순했다. 리조트 하나를 통째로 빌린 터라 숙소는 쾌적했다. 하지만 안에서 할 수 있는 일이 별로 없었다. 2교대 근무를 하니 서로 얼굴 보기 힘든 동료도 많았다. 위험이 큰 에볼라 현장에서는 5주 이상 근무할 수 없게 되어 있었다. 활동가들은 쉼 없이 떠나고 새로 들어왔다. 그러니 서로 친해질 틈이 없었다. 내가 있었던 아르메니아나 레바논의 해외 활동가들은 금요일 저녁이나 주말에 함께하는 식사나 파티를 사랑했다. 이곳에서는 주말에도 돌아가며 근무를 하니 그마저 없었다.

함께 요리하는 즐거움도 사라졌다. 음식은 리조트에서 주는 것만 먹어야 했다. 그런데 에볼라 유행으로 상거래는 거의 마비되었고, 믿을 수 있는 음식 재료 구하기도 쉽지 않았다. 비슷한 음식을 번갈아 먹는 수밖에 없었다. 뜻밖에도 시에라리온인의 주식은 쌀이었다. 마치 덮밥처럼 밥을 소스에 비벼 먹었다. 리조트에서 주는 소스는 딱 세 가지였다. 카레, 땅콩버터, 아프리카 특유의 풀로 만든 검은 소스. 여기에 치킨과 튀긴 바나나가 함께 나왔다. 쌀밥 먹고 살아온 나는 그래도 잘 먹었다. 하지만 유럽 출신 활동가들에게는 쉽지 않은 일이었다. 어떤 활동가는 창고에 있는 깡통 과일로 끼니를 때우기도 했다. 창고가 있어서 그나마 다행이었다. 그곳에는 각종 깡통 음식과 과자, 맥주가 쌓여 있었다. 병동에서 땀을 흠뻑 흘리고 숙소로 돌아와 가끔 시원한 맥주 한 캔을 마셨다. 그것이 카일라훈 생활에서 거의 유일한 즐거움이었다.

외출이 금지된 것은 아니었다. 하지만 리조트는 카일라훈 시내에서 한참 떨어진 초원에 있었다. 버스나 택시가 있을 리 없었고 국경없는의사회 차량은 개인적으로 사용할 수 없었다. 내 기억 속 활동가들은 모두 하이킹을 참 좋아했다. 하지만 이곳에서는 꼼짝없이 리조트에 머물러야 했다. 해외 활동가들을 더욱 의기소침하게 만든 것은 'No Touch(접촉 금지)' 정책이었을 것이다. 프리타운에서 나를 맞이한 활동가는 제일 먼저 이 정책을 설명했다. 그러고 보니 그는 나에게 악수를 청하지 않았다. 해외 활동가든 현지 직원이든 악수나 포옹 같은 신체 접촉은 할 수 없었다. 5주 이상 근무를 허용하더라도 기꺼이 남으려고 하는 해외 활동가는 많지 않았을 것이다. 나는 쉬는 시간에 방에서 책을 읽었다. 하지만 웬일인지 레바논에서처럼 집중할 수가 없었다. 시에라리온에서 이미 3주가 지났다. 나도 집으로 돌아가고 싶었다.

✦✦✦

그런 날 중 하루였다. 아침 근무를 위해 에볼라 관리 센터에 출근했더니 사무실 앞 공터에 처음 보는 이상한 것이 있었다. 긴 빗자루 하나를 흙바닥에 꽂고 다시 빗자루 두 개를 수직으로 엇대어 묶었다. 십자가의 양팔처럼 보이는 곳에는 손바닥이 초록색인 작업용 장갑이 끼워져 있었다. 머리 쪽에는 고글과 마스크도 쓰고 있었다. 웬 허수아비일까? 동료에게 무엇이냐고 물었다.

"크리스마스트리잖아요. 이번 주 목요일이 성탄절이고요."

그러고 보니 크리스마스트리는 몸통과 다리에도 장갑과 풍선을 주렁주렁 매달고 있었다. 알록달록한 색깔 덕분에 크리스마스 분위기가 그럭저럭 났다. 출근하는 동료마다 그것을 보고 깔깔대며 좋아했다. 밤 근무조가 준비한 선물이었다. 나는 초록색 근무복을 입은 동료들과 허수아비 트리 앞에서 사진을 찍었다.

◆◆◆

에볼라 관리 센터 사무실에 한가롭게 앉아 있었다. 갑자기 저 멀리서 사이렌 소리가 고요를 깼다. 나와 동료들 모두 그 소리가 싫었다. 한 동료가 급하게 뛰어와서 소식을 알렸다. 구급차 안에 어린이가 타고 있단다. 심장이 덜컹 내려앉았다. 한동안 어린이 환자가 없었다. 그것만으로도 이곳 생활은 견딜 만했다. 사이렌 소리가 점점 가까워졌다. 동료들이 웅성댔다. 보육원에서 열이 난다고 보낸 아이라는 소식이었다. 동료들은 안타까운 탄식을 뱉었다. 만약 그 아이가 에볼라에 걸렸다면 보육원 아이들 모두가 위험했다. 아이의 죽음을 더는 보고 싶지 않았다. 아이의 이름은 프랜시스였고, 그의 부모는 이미 에볼라로 죽었다고 누군가 전했다.

나는 보호복을 입고 병동으로 들어갔다. 프랜시스의 피를 뽑기 위해서였다. 프랜시스는 검사 결과를 기다리는 어린이 환자용 천막에 혼자 있었다. 현지인 동료들은 아이가 말을 못하는 것 같다고 했다. 이름과 나이를 묻거나 어디가 아픈지 물어도 입을 굳게 다물고 있었다. 나는 "하이!"라고 인사하며 웃어 보였지만 아이는 고개를 돌렸다. 하긴, 고글과 마스크 때문에 내 표정을 알아채기 힘들었다. 함께 들어간 현지인 동료가 피를 뽑을 테니 움직이지 말라고 프랜시스에게 설명해주었다. 프랜시스는 겁에 질린 표정이었지만, 순순히 팔을 내밀었다. 다행히 피를 한 번에 뽑을 수 있었다.

다음 날 아침에 출근해서 인수인계를 받았다. 프랜시스는 여전히 열이 났지만, 상태가 더 나빠지지는 않았다. 그런데 아이가 밤새 잠을 이루지 못하고 침대에 앉아만 있었단다. 동료는 프랜시스가 무서워서 그런 것 같다고 했다. 생각해보니, 아이는 넓은 천막에 혼자 있었다. 검사 결과를 기다리는 아이는 확진자들과 같은 천막을 쓸 수 없었다. 아직 네 살인 프랜시스가 보기에, 아마 우리는 괴상하게 생긴 노란색 옷을 입은 사람들로 보이지 않았을까. 밤 근무조는 어린이 병동 울타리 앞에 의자를 놓고 앉아 있었다. 그들은 울타리 너머로 가끔 프랜시스에게 말을 걸면서 밤을 보냈다.

모두 초조하게 기다리던 검사 결과가 나왔다. 음성이었다. 그래도 퇴원하려면 한 번 더 검사를 받아야 했다. 아이는 말없이 앉았다가 누웠다가 하면서 이리저리 뒤척였다. 천막 병동에 텔레비전이 있을 리도 없었다. 한 동료가 넣어준 인형이 유일한 장난감이었다. 얼마나 무섭고 또 심심할까? 나는 문득 좋은 생각이 떠올랐다. 프랜시스와 놀아주자! 간호사 하나케에게 의견을 물으니 좋은 생각이란다. 사무실에는 크리스마스트리를 만들 때 쓰고 남은 풍선이 있었다.

나는 과자와 음료수, 풍선을 가지고 병동으로 들어갔다. 프랜시스의 표정은 전날 피를 뽑을 때보다는 부드러웠다. 하지만 여전히 풀이 죽은 듯했다. 문득 한국에 있는 둘째 아이가 보고 싶어졌다. 둘째도 프랜시스와 똑같이 네 살이었다. 나는 음료수를 프랜시스에게 들이밀었다. 아이는 슬쩍 쳐다보더니 고개를 돌리며 외면했다. 나는 꿀꺽꿀꺽 소리를 내며 음료수 마시는 시늉을 했다. 그러자 프랜시스의 입꼬리가 조금 올라갔다. 내가 음료수를 그의 입에 다시 가져다 대자 프랜시스는 조심스럽게 마셨다. 이번엔 과자 차례다. 나는 우걱우걱 소리를 내며 요란하게 과자를 먹는 시늉을 했다. 프랜시스의 커다란 눈은 웃음을 숨기지 못했다. 아이는 과자도 먹었다. 얼마나 먹고 싶었을까?

이제 준비는 끝났다! 나는 풍선을 보여주고는, 손으로 톡톡 쳐서 공중에 띄웠다. 프랜시스의 얼굴이 환해졌다. 나는 조금 물러나서 아이에게 풍선을 날렸다. 프랜시스는 이것이 놀이라는 것을 금방 눈치챘다. 아이도 풍선을 쳐서 나에게 보냈다. 이제 프랜시스는 놀기 좋아하는 명랑한 꼬마였다. 우리는 그렇게 풍선 놀이를 했다. 아이가 풍선을 놓치면 나는 양팔을 치켜들고 으하하 소리를 내며 웃어젖혔다. 프랜시스는 약이 오르는지 더 신이 나서 풍선을 쫓았다. 나는 일부러 한 번 져주었다. 그때 아이가 드디어 뭐라고 말을 했다! 프랜시스는 낯선 곳에서 괴상한 옷을 입은 사람들이 무서웠을 뿐이었다. 아이는 이제 나를 보며 개구쟁이처럼 웃었다.

성탄절 아침, 에볼라 관리 센터에서 크리스마스트리가 사라졌다. 프랜시스가 괴물 같아서 무섭다고 말했단다. 우리에겐 크리스마스트리가 더는 필요 없었다. 동료들은 내가 근무 때마다 프랜시스와 잠깐 놀 수 있도록 배려해주었다. 다행히 두 번째 검사 결과도 음성이었다. 말라리아약 덕분에 프랜시스의 열도 내렸다.

보육원으로 돌아가는 날, 아이는 우리에게 손을 흔들었다. 우리는 그가 크리스마스 선물이었다고 생각했다.

우리는 운명보다 강해져야 한다

그의 이름은 파티마타였다. 이제 겨우 두 살인 여자아이는 에볼라에 걸리고 말았다. 그 아이에게 에볼라를 옮긴 부모는 이미 세상을 떠난 뒤였다. 파티마타가 카일라훈 센터에 입원했을 때 희망을 품은 활동가는 없었을 것이다. 우리는 아이들의 죽음을 너무 많이 지켜보았다. 소아청소년과 의사가 규칙을 어기면서까지 살리려고 했던 아기도, 소수민족 여성의 품에 안겨 구급차를 타고 온 오마르도 모두 살아남지 못했다. 엄마의 배 속에 있던 아기들은 이름도 갖기 전에 엄마와 함께 죽었다. 센터에서 에볼라의 치명률은 30%까지 떨어졌지만, 어린이들은 여전히 대부분 사망했다. 어쩌면 더는 상처받지 않기 위해서, 우리는 파티마타에게 마음을 주지 않은 것인지도 모른다.

불길한 예감은 틀리지 않는다. 파티마타는 입원하자마자 정신을 잃었다. 열은 39도에서 떨어질 기미가 보이지 않았다. 심장박동과 숨이 빨라지고 입술과 피부는 바짝 말랐다. 뼈쩍 마른 파티마타가 숨을 헐떡거릴 때마다 갈비뼈 사이로 살이 움푹 들어갔다. 몸에 산소가 부족해지자 아이의 손톱과 손바닥은 물감으로 칠한 것처럼 하얘졌다. 그렇게 이틀 동안 사경을 헤맸다. 동료들과 나는 그때 이미 마음의 준비를 했던 것 같다.

그런데 기적이 일어났다. 입원 셋째 날 아침 열이 떨어지더니 파티마타가 눈을 뜬 것이다. 얼마 전 기적을 보여준 셰리프는 20대 청년이었지만, 파티마타는 24개월에 불과한 아이였다. 깨어난 아이는 놀랍게도 배가 고프다며 먹을 것을 찾았다. 센터가 갑자기 들썩였다. 우리는 파티마타에게 '플럼피너트(plumpy nut)'라는 영양식을 먹였다. 간편하게 짜 먹을 수 있는 데다 열량이 높아서 서둘러 체력을 회복해야 하는 환자들에게 좋은 음식이다. 동료들은 너도나도 파티마타에게 플럼피너트를 먹이겠다고 나섰다.

나는 파티마타를 안았다. 너무 가벼웠다. 아이의 앙상하게 튀어나온 뼈마디가 내 가슴을 찔렀다. 우리 나이로는 세 살인데 8킬로그램밖에 되지 않았다. 파티마타는 내 가슴에 폭 안겨서 플럼피너트와 물을 받아먹었다. 기운을 좀 차리자 아이는 영락없는 두 살짜리 장난꾸러기가 되었다. 아직 일어서지는 못했지만, 동료들에게 이를 보이며 웃고 손을 흔들기도 했다. 카일라훈 센터의 활동가들은 죽음이

주는 무거움과 침묵에 오래 젖어 있었다. 그래서 통통 튀어 오르는 어린 생명력이 낯설면서도 참 반가웠다. 파티마타는 카일라훈 센터의 마스코트가 되었다.

이틀이 지난 점심시간, 센터 활동가들이 급하게 모였다. 열이 다시 오른 파티마타가 먹지도 않고 자꾸 자려고만 하기 때문이었다. 이번에 혼수상태에 빠지면 더는 희망이 없을지도 몰랐다. 애초에 기대하지 않은 희망이었기에 우리는 더 악착같이 매달렸다. 가뜩이나 마른 파티마타는 수액에 들어 있는 포도당으로는 버티기 어려울 것이다. 그렇다고 잠에 빠져 삼키지 못하는 아이에게 억지로 먹일 수도 없었다. 그랬다간 목구멍이 막힐 수도 있었다. 지금 우리가 무엇을 할 수 있는가? 이 기막히게 무거운 질문 앞에 우리는 잠시 할 말을 잃었다. 누군가 아이디어를 냈다.

"비위관을 이용해서 죽을 먹이면 어떨까요?"

비위관은 콧구멍으로 들어가서 목구멍, 식도를 거쳐 위로 들어가는 관이다. 순간 동료들의 얼굴이 밝아졌다. 하지만 문제가 있었다. 국경없는의사회 '에볼라 진료 지침'은 비위관 삽관을 금지하고 있었다. 에볼라 바이러스가 인체에 들어오면 여러 가지 문제를 일으키는데, 그중 하나가 출혈이었다. 과거 '에볼라 출혈열'로 불렸듯이 에볼라 환자들은 피가 한번 나면 잘 멈추지 않는 경향이 있었다. 만약 비위관을 넣다가 식도에 상처가 생겨 피가 나면 어떻게 될까? 보이지도 않는 식도에서 피가 나면 코피처럼 간단하게 막을 수가 없다. 식도에 내시경을 집어넣어 피가 나는 곳을 묶어야 하지만, 에볼라 관리 센터에는 그런 장비가 없었다.

또 다른 문제도 있었다. 비위관은 대개 의식이 없어서 음식을 삼킬 수 없는 환자들에게 쓴다. 그런데 파티마타가 잠결에 비위관을 잡아 뽑으면 어떻게 될까? 엄청나게 많은 에볼라 바이러스가 사방으로 튄다. 그러면 다른 환자나 활동가가 위험해질 수 있다.

우리는 오래 망설이지 않았다. 열이 나는 파티마타는 잠에 빠져 음식을 먹을 수 없었다. 이대로 두면 아이는 목숨을 잃을 것이다. 시간이 없었다. 회의에 모인 활동가들은 지침을 어기고 비위관을 넣기로 했다. 센터 책임자도 동의했고, 국경없는의사회 본부에는 나중에 허락을 받기로 했다.

우리는 먼저 천으로 작은 주머니를 만들어 파티마타의 손에 씌워주었다. 그러면 아이가 비위관을 잡아채지 못할 것이다. 한 시간 동안만 병동에 머물 수 있는 의료진이 파티마타만 지켜볼 수도 없었다. 어떤 동료가 의견을 냈다. 회복 중인 환자에게 돌봐달라고 부탁하면 어떨까? 누군가 소수민족 여성을 제안했다. 그녀는 첫 번째 음성 결과를 받고 이제 두 번째 검사를 기다리고 있었다. 건강해진 그녀라면 도와줄 수 있을지도 모른다. 하지만 그녀는 며칠 전 바로 이곳에서 아들 오마르를 잃었는데…. 그런 그녀에게 부탁해도 괜찮을까? 우리는 이번에도 오래 주저하지 않았다. 뜻밖에도 소수민족 여성은 기꺼이 파티마타를 돌봐주기로 했다.

그날 오전 나는 근무가 없었다. 나를 포함해서 숙소에서 쉬던 동료들 모두 파티마타 소식을 간절한 마음으로 전해 듣고 있었다. 가장 능숙한 활동가가 파티마타의 콧구멍으로 조심조심 비위관을 넣었다. 다른 동료가 파티마타의 몸과 머리를 붙잡았다. 아이는 괴로운지 얼굴을 찡그리고 몸을 비틀었지만 잠에서 깨지는 않았다. 비위관이 기도로 들어가면 안 된다. 너무 강하게 집어넣어서 식도에서 피가 나서도 안 된다. 동료는 빠르면서도 침착하게 비위관을 다루었을 것이다. 그는 비위관에 주사기를 꽂아 살며시 잡아당겨 보았다. 다행히 피가 나오지 않았다. 이번에는 주사기로 공기를 집어넣으면서 청진기를 파티마타의 배에 대었다. 아이의 배에서 꾸르륵 소리가 났다. 비위관이 위에 잘 들어갔다!

동료들은 한동안 긴장한 채 파티마타의 상태를 살폈다. 혹시라도 식도에서 피가 나면 어떻게도 손쓸 수 없는 상황이었다. 칭얼거리던 파티마타는 다시 깊은 잠에 빠졌다. 조금 뒤 동료들이 비위관으로 죽을 넣어주었다. 소수민족 여성이 파티마타를 안았다. 그녀는 참 따뜻한 사람이었다. 고열에 시달리는 파티마타는 숨을 헐떡였다. 그래도 조금만 버티면, 죽이 흡수되어서 에볼라 바이러스와 싸울 기운이 생길 때까지 버티면, 그럼 파티마타가 다시 눈을 뜰지 몰랐다.

◆◆◆

그렇게 하룻밤이 지났다. 그날 낮 근무였던 나는 아침 6시에 출근했다. 2015년 1월 시에라리온은 건기였다. 그때쯤이면 외지인들은 카일라훈에서 신기한 경험을 하게 된다. 거리에서 만나는 아프리카인들이 두툼한 패딩을 입고 떨고 있었다. 건기에는 새벽 기온이 섭씨 15도까지 내려갔다. 나에게는 반소매 티셔츠로 충분할 만큼 약간 서늘한 날씨였지만, 시에라리온 사람들은 무척 춥다고 느꼈다. 그래도 아이들은 언제나 놀 거리를 찾았다. 국경없는의사회 자동차가 지나가자 움츠렸던 아이들이 소리치면서 쫓아왔다.

"뿌무이!"

'하얀 사람들'이라는 뜻이었다. 아이들은 백인을 그렇게 불렀다. 하얀 사람이 아닌 나는 그런 상황이 우스웠다. 뿌연 안개가 무겁게 내려앉은 새벽에 낯선 풍경을 뒤로하고 출근했다.

에볼라 관리 센터 안전 구역에 있는 사무실에 의료 팀장을 맡고 있는 간호사 이브가 서 있었다. 야간 근무조였던 그는 나에게 인수인계를 해주고 퇴근하면 될 터였다. 그런데 내가 사무실에 들어서도 돌아보지 않고, 테이블 위 무엇인가에 열중한 채였다. 폭은 한 뼘 정도에 어른 팔꿈치 길이 나무판자에 그는 장미꽃을 그리고 있었다. 그리고 그 옆에 "FATIMATA"라는 글자가 쓰여 있었다. 나는 그대로 굳어버렸다. 전날 파티마타에게 비위관을 넣은 사람은 바로 이브였다. 그제야 나를 알아본 이브가 혼잣말처럼 담담하게 말했다.

"파티마타가 죽었어요."

경험 많은 50대 간호사 이브는 냉철한 사람이었지만, 누구보다 파티마타를 아꼈다. 자신과 같은 피부색을 가진 아프리카의 아이가 그에게는 더 특별했을 것이다. 그의 눈은 빨갛게 충혈되었다. 그는 그렇게 죽음을 전하고는 다시 내 존재를 잊은 듯 고개를 돌려 파티마타의 명패를 가만히 바라보았다. 그가 만약 어깨를 들썩이며 울먹였다면, 파티마타의 죽음에 관해 무엇이든 더 털어놓았다면 나도 견디지 못했을 것이다. 전날 내가 근무조였다면, 내가 파티마타에게 비위관을 넣었다면 잡힐 듯 사라져버린 희망 앞에서 무너져 내렸을지도 몰랐다. 어쩌면 세상을 향해 분노를 터뜨렸을지도 몰랐다. 하지만 그런 일은 일어나지 않았다. 이브는 완성하지 못한 장미를 마저 그렸다. 파티마타는 죽음을 피하지 못했다. 얼마나 많은 파티마타들이 가난과 굶주림, 내전과 열병으로 죽어야 할 운명일까? 그는 슬퍼하는 대신 운명과 맞서기로 했다. 그저 해야 할 일을 하기로 했다. 지금은 파티마타의 무덤에 세울 명패를 만들 때였다. 그는 자신의 운명에 맞서 굴러떨어질 돌덩어리를 다시 밀어 올리는 시시포스를 닮았다.

때가 되면 찾아오는 새벽안개가 피할 수 없는 운명처럼 카일라훈 센터를 내리눌렀다. 활동가들은 모두 자신에게 질문을 던졌을 것이다. '무엇을 더 할 수 있었을까?' 묻고 또 물었으리라. 대답은 분명했다. 우리는 세상이 허락하는 것은 다 했다. 이제는 세상이 답할 차례였다. 우리는 곧 아무 일도 없었다는 듯 자신의 자리로 돌아갔다.

2014년 에볼라가 창궐했을 때, 사람들은 서아프리카인들의 매장 풍습을 비난했다. 이곳에서는 매장 전에 마을 사람들이 모두 모여 망자를 물로 씻기고 입을 맞추었다. 하지만 이 풍습은 수천 년 동안 평화롭게 내려왔고, 에볼라 유행도 그때가 처음은 아니었다. 문제는 돌연변이였다. 에볼라 바이러스가 침팬지와 같은 중간숙주를 만나 치명적인 돌연변이를 일으킨 것이다. 애초에 과일박쥐와 침팬지는 생태계에서 만날 일이 없었다. 그런데 국가와 다국적기업은 초원과 정글을 무차별 개발했고, 배고픈 아프리카인과 동물은 정글 깊숙이 쫓겨 들어갔다. 인간이 생태계를 교란하자 에볼라 바이러스는 유인원의 몸 안에서 돌연변이를 일으켰다. 독성이 강해진 바이러스는 이제 인간을 공격했다.

◆◆◆

며칠 후 나는 파티마타의 무덤을 찾아갔다. 에볼라 환자들의 묘지는 유별나게 쓸쓸하고 적막했다. 방문자가 거의 없기 때문이다. 에볼라 유행으로 가족이나 마을 사람들이 한꺼번에 죽는 비극이 흔했다. 그러니 찾아와서 슬퍼할 사람조차 없는 무덤이 많았다. 파티마타의 무덤 역시 그랬다.

이브가 쓴 'FATIMATA'라는 글자가 보였다. 서아프리카의 이슬람교도들이 흔히 쓰는 여성 이름이었다. 시에라리온에서 이슬람교

도는 60%가 넘고, 기독교인은 10% 이상을 차지했다. 적어도 시에라리온에서는 종교가 사람들 편을 가르지 않았다. 나는 카일라훈에서 사이좋게 나란히 선 모스크와 교회를 본 적이 있었다. 끔찍했던 시에라리온 내전에서도 종교를 이유로 사람을 죽이지는 않았다. 굶주림과 빈곤은 전쟁만큼이나 많은 사람을 죽이고 있었다. 행복을 기원하며 성스러운 이름을 지어준 부모도, 그 이름을 받은 아이도 에볼라로 세상을 떠났다.

파티마타의 이름 옆에 이브가 그려 넣은 장미가 보였다. 아이의 뜨거운 체온과 앙상했던 뼈마디가 아직 생생했다. 이 감각은 명패에 쓰여 있는 이름과 장미처럼 흐려지겠지. 하지만 나는 불안하지도, 감각을 붙잡고 싶다는 욕망을 느끼지도 않았다. 마음의 흉터를 더는 원하지 않았다. 문득 하나의 반성이 스쳐갔다. 그랬구나. 지워지지 않을 상처를 갈망한 것은 바로 나였구나. 시에라리온에 오기 전, 환자들의 죽음을 목격하고 연민과 분노로 목 놓아 울었다. 그때 나는 알고 있었다. 내가 자신을 사랑한다는 것을. 이런 내가 죽은 자들을 잊어버리지는 않을까? 그것이 나는 두려웠다. 하지만 내가 없다면 상처도 없다.

장미를 그리는 이브를 보며 나는 깨달았다. 나는 파티마타가 되어 살아갈 것이다. 이브가 그랬던 것처럼 지워질 장미를 그리리라. 그렇게 우리는 운명에 맞설 것이다. 우리는 죽음보다 강해져야 한다.

죽음이라는 거울 앞에 선 사람

이 책을 쓰기로 마음먹었을 때 난 알았단다. '너에게 이 모든 이야기를 털어놓지 않으면 안 된다.' 그렇지 않으면 내가 하는 말을 넌 믿지 못할 테니까. 나는 기억한다. 너는 나를 똑바로 바라보며 서 있었어. 지금 네 동생보다 어렸을 때였지. 넌 소년다운 용기를 내어 말했어.

"아빠, 할머니한테 무섭게 말 안 하면 안 돼?"

그날도 난 우리 집에 오랜만에 온 할머니에게 화를 내고 말았다. 나중에 안 일이지만, 그때쯤 할머니는 이미 치매 증상이 시작되었어. 할머니의 엉뚱한 말과 행동에 나는 화를 참지 못했지. 아빠는 할머니의 몸이 보내는 신호, 도와달라는 호소를 알아채지 못한 거야. 난 할 말을 찾지 못한 채 불의에 맞선 네 얼굴을 멍하니 바라보았어. 한때 어린 너에게는 할머니를 향한 내 화를 숨길 수 있다고 생각하기도 했다. 아, 난 얼마나 어리석었는지. 넌 아빠 얼굴의 미세한 긴장도 읽어내는 아이였는데 말이야.

회개의 횟수로 구원받을 수 있다면 얼마나 좋을까? 하지만 그렇지 않았고 또 그래서도 안 되었다. 수없이 자책하고 반성했지만, 할머니 앞에서 난 조금도 바뀌지 않았거든. 너에게 사과하려는 게 아니야. 똑같은 잘못을 되풀이한다면, 사과가 다 무슨 소용이겠니? 단지, 내 이야기를 들어주길 바랄 뿐이란다.

아빠는 요즘 거울을 자주 본다. 뜻밖이지? 코로나19 선별 진료소에서 일할 때도 우주복처럼 생긴 보호복을 입어야 하는데, 거울 앞에 서서 보호복에 빈틈이 없는지 또 빠진 것은 없는지 살펴야 하기 때문이란다. 처음에는 거울 속에서 중년 남성을 보았어. 그러다 아르메니아, 레바논 그리고 시에라리온에서 보았던 거울을 떠올렸지. 그곳에서 만난 죽음들, 그것은 거울이었어. 죽음이라는 거울 속에는 내가 없었다. 죽음 앞에서는 나를 타인과 구별하는 그 무엇도 아무런 의미가 없었지. 죽을 운명인 우리, 인간과 생명이 있을 뿐이었어. 죽어가는 이들이 있었고, 그들을 돕는 내가 있었다. 그것뿐이었어. 내 마음은 일찍이 느끼지 못했던 평화와 투명함으로 물들었지.

죽음은 인간의 한계선이기도 해. 그래서 인간은 그 한계, 죽음을 뛰어넘고 싶어 하지. 하지만 누군들 죽음을 피할 수 있겠니? 죽음이라는 거울이 내 존재를 지웠던 그 순간은 무척 짧았지만, 참으로 놀라웠다. '나는 왜 살아야 하는가?' 그 질문조차 함께 사라졌기 때문이야. 나는 남은 생을 파티마타가 되어, '우리'가 되어 살기로 마음먹었어. 그것이 죽음이라는 운명, 한계선을 돌파하는 유일한 방법이었던 거야.

그러고 나서야, 죽음 앞에 나를 비추고 나서야 알게 되었다. 할머니라는 거울을 통해 여태 나 자신을 보았다는 사실을. 할머니는 나만을 집요하게 비추는 거울이었어. 할머니는 아빠에게 자주 욕했지.

"조선 천지에 못된 놈!"

그렇게 말하면서도 못난 아들을 할머니는 사랑했다. 손자와 며느리를 옆에 두고도, 내 숟가락에만 고기반찬을 올려주었지. 그런 할머니를 나는 견딜 수가 없었어. 할머니 앞에서는 잘난 척, 아는 척, 있는 척할 수가 없었다. 할머니는 세상에서 나를 제일 잘 아는 사람이니까. 더구나 우울증까지 함께 앓았으니⋯. 나는 할머니를 참 많이 닮았어. 할머니는 내 미래이기도 했다. 할머니의 몸에서 내가 늙고 병들고 죽는 모습을 보았을 때, 나는 치를 떨었다.

시에라리온에서 돌아온 다음, 나는 주말이면 할머니 집에서 잤어. 할머니를 가까이서 돌봐주던 이모할머니가 먼 곳으로 이사를 해야 했거든. 나는 할머니를 씻기고 밥을 먹이고 잠자리를 봐주었다. 나의 엄마를 돌보는 것, 그것은 내가 태어나서 처음 하는 일이었어. 어느 일요일은 볕이 참 좋았단다. 나는 텔레비전을 보는 할머니를 데리고 밖으로 나갔어. 작고 예쁜 공원이 있더구나. 난 할머니보다 한발 앞서서 천천히 걸었지. 할머니는 종종걸음으로 나를 따라왔어. 그때만 해도 할머니는 좀 뻣뻣하고 보폭이 좁았지만, 혼자 걸을 수 있었거든.

할머니가 힘들어해서 우리는 잠시 의자에 앉았다. 엄마의 손을 잡고 아장아장 걷는 아기를 보면서 할머니는 활짝 웃었어. 할머니는 아기를 참 좋아했단다. 병 때문에 얼굴 근육이 굳어버렸지만, 할머니는 오랜만에 봄볕만큼 따뜻하게 웃었어. 잠시 후 나는 집으로 돌아가자고 일어섰다. 할머니는 혼자 일어서기가 힘들었지. 할머니가 나를 보며 무심하게 말했단다.

"나 좀 도와다고."

할머니의 표정에는 오래된 원망이 없었다. 그저 도와달라고 했어. 아들아, 나는 얼마나 그 순간을 기다렸는지 몰라. 지금껏 할머니는 아프다고, 돈이 필요하다고, 외롭다고 솔직하게 말하지 못했다. 대신 자신의 마음을 헤아려주지 못하는 아들을 원망했지. 하지만 그날 할머니는 달랐어. 어쩌면 치매라는 병이 할머니의 의지를 꺾어버린 탓일 수도 있었겠지.

할머니처럼 나도 변했단다. 할머니의 얼굴에서 못난 아들이 아니라, 도움을 구하는 한 인간을 보았어. 나는 할머니의 팔을 잡아주었다. 근육이 말라버린 앙상한 팔이었지. 내 부축을 받아 할머니는 의자에서 일어섰어. 그리고 우리는 천천히 공원을 떠났다. 하지만 할머니의 체온은 내 손에 오래 남더구나. 나는 다짐했단다. 다음에는 꼭 손을 잡아주리라. 할머니의 아픔이 나를 불렀다. 그 아픔 속으로 나는 사라졌다.

살아 있는 모든 것들아, 부디…

쪽방촌으로 가는 길은 숨어 있었다. 지하철역에서 나와 사람들이 잘 다니지 않는 뒷길로 들어섰다. 마을 입구에 수문장처럼 버티고 선 파출소와 높게 둘러친 담장이 길을 잘못 든 행인들을 막았다. 길가에는 막걸리와 과자를 앞에 놓고 담배를 피우며 봄볕을 쬐는 사람들이 있었다.

나는 이곳에 세워진 '찾아가는 코로나19 선별 진료소'에서 일하고 있었다. 천막으로 된 선별 진료소에는 벌써 긴 줄이 늘어서 있었다. 어른이 두 다리 뻗고 겨우 누울 수 있는 크기의 쪽방. 방 하나를 여럿으로 쪼개어 만든 쪽방이 몰려 있는 이곳에도 사람이 살고 있었다. 창문이 없어 환기도 안 되는 방들이 다닥다닥 붙었으니, 쪽방촌은 코로나19가 퍼질 가능성이 큰 '위험 구역'이었다. 결핵이나 에볼라처럼 코로나19 앞에서도 우리는 평등하지 않다. 일주일에 한 번꼴로 코로나19 검사를 받아서 벌써 낯이 익은 주민도 있었다.

나는 가운을 입고 두툼한 유리로 만들어진 부스 안으로 들어갔다. 그러고 나서 유리벽에 매달린 긴 고무장갑 안으로 팔을 넣었다. 이제 바깥세상으로부터 완전히 격리된 채 검사를 할 수 있게 된다. 쪽방촌 주민들이 한 사람씩 부스 앞에 선다. 그리고 마스크를 내린다. 코로나19 시대에 마스크로 가리지 않은 타인의 얼굴을 보기란 쉽지 않다. 확진 검사를 위해서는 면봉처럼 생긴 도구를 콧구멍과 목구멍 깊숙이 집어넣어서 문질러야 한다. 검사를 받는 사람들은 놀란다. 왜 그렇게 깊게 집어넣느냐며 따지기도 한다. 아마 면봉이 머릿속으로 들어오는 기분일 것이다. 무엇보다 이 검사는 아프다. 열에 아홉은 고통으로 얼굴을 찌푸린다. 나는 그렇게 하루에도 수백 번 아픔으로 찡그리는 얼굴을 본다. 인간은 누구나 고통을 싫어한다.

검사 도구를 한 중년 남성의 콧구멍에 집어넣었다. 그러자 그 남성이 갑자기 고개를 뒤로 확 빼면서 소리쳤다.

"아니, 그렇게 세게 쑤셔 넣으면 어떡해? 사람마다 콧구멍이 넓기도 하고 좁기도 한데 말이야. 이거 돌팔이 의사구먼."

나는 그가 아프길 원하지 않았다. 이번에는 아프지 않게 하겠다고 몇 번이나 약속을 한 다음에야 그 남성은 다시 부스 앞으로 다가섰다.

유독 쪽방촌 선별 진료소에서는 부스 유리벽을 사이에 두고 실랑이가 자주 벌어졌다. 이곳에는 지적장애인들이 많았다. 머리에 커다란 뇌 수술 흉터가 보이는 주민도 여럿 있었다. 어떤 주민이 쓴 마스크는 너무 오래되어서 색이 누레졌다. 그들은 제 발로 선별 진료소에 왔다. 하지만 면봉이 콧구멍으로 들어가는 순간, 오로지 고통을 피하려는 본능에 충실해졌다. 부스 밖에 선 간호사나 쪽방촌 활동가가 아무리 움직이지 말라고 해도, 움직이면 더 아프다고 해도 소용이 없었다.

그러고 보니 쪽방촌에는 장애가 있는 주민이 많았다. 한쪽 팔다리가 마비된 사람, 팔이나 다리가 절단된 사람도 있었다. 그들은 장애인으로 태어나지 않았지만, 장애인이 되었다. 그들에게도 가족이나 가까운 사람이 있었겠지. 직업을 갖고 돈을 벌기도 했을 것이다. 다치거나 병에 걸렸을 때 그들에게 필요한 것은 보살핌이었다. 그들의 사연을 어찌 내가 다 알 수 있을까. 하지만 분명한 사실이 있었다. 우리 사회는 그들에게 필요한 것을 주는 대신, 숨겨진 구역으로 내몰았다. 누구도 쪽방에서 살기를 원하지 않았다. 단지 그들에게 허락된 집이 쪽방이었을 뿐이다.

하루에도 수백 명의 목구멍을 들여다보다가 문득 깨달았다. 쪽방촌 주민 가운데 이가 없는 사람이 너무 많았다. 이가 서너 개, 대여섯

개나 없는 사람, 앞니 하나만 남고 모두 빠져버린 사람도 있었다. 나는 전국을 돌면서 환자를 본다. 21세기 대한민국에서는 이 없는 잇몸을 그대로 드러낸 환자를 만나기란 쉽지 않다. 시골에 사는 어르신들도 임플란트 시술을 받았거나 적어도 틀니를 하고 있다. 이가 빠져서 민둥민둥한 잇몸이 나에게는 쪽방촌 주민을 구별하는 낙인처럼 느껴졌다. 수북하게 자란 수염이나 엉겨 붙은 머리, 오래 빨지 못한 옷보다 더 선명한 낙인.

가난만이 그들의 문제는 아니다. 한 쪽방촌 주민은 술로 떡이 된 상태로 골목길에 며칠 동안 누워 있었다. 경찰 세 명이 부축하고서야 그는 겨우 검사를 받을 수 있었다. 한 중년 여성은 왼쪽 눈에 퍼렇게 멍이 들었다. 분명 맞아서 생긴 상처였다. 편견과 달리 쪽방 주민들도 가족을 이루고 산다. 길어야 수십 초 동안 만나는 인연인지라 나는 멍에 대해 더는 묻지 못했다. 나는 유리 부스 안에서 아픔이 짓는 표정을 바라보았다.

아르메니아, 레바논, 시에라리온 그리고 대한민국의 쪽방촌. 엄마의 몸과 내 마음. 그렇게 아픔은 어디에나 있었다. 동시에 아픔은 저마다 다른 얼굴을 하고 있었다. 이제 나는 분노도 두려움도 없이 아픔을 마주하고 깊게 들여다보아야 한다. 아픔이 나에게 길을 보여주리라.

"살아 있는 모든 것들아, 부디 행복하고 편안하여라." (『숫타니파타』)

작가의 말

완성할 수 없는 이야기가 있었습니다. 의사이면서도 제 우울증이 부끄러웠습니다. 이름도 모르던 환자를 살리기 위해서는 뛰어다녔지만, 저와 같은 병을 나누어 가진 엄마는 미워했습니다. 제 몸과 마음은 그렇게 갈라져 있었습니다. 그 분열을 어떻게 다루어야 할지 저는 알지 못했습니다. 이번에도 먼저 손 내민 쪽은 엄마였습니다. 밥 먹으라는 말로 무뚝뚝하게 화해를 청하듯, 엄마의 병이 저에게 말을 걸어왔습니다. 엄마가 평화와 함께 잠드셨기를 기원합니다.

꺼내어 이야기할 수 없는 죽음이 있었습니다. 저의 어리석음을 집요하게 비추는 그 죽음이 도무지 익숙해지지 않았습니다. 한 권의 책으로 한풀이라도 하고 싶었던 모양입니다. 이 책에서 그 죽음을 덜어내는 데 시간이 걸렸습니다.

'나는 왜 지금 이 책을 세상에 내놓는 것일까?'

오랫동안 답할 수가 없었습니다. 코로나19 대유행으로 마치 결핵, 에이즈, 말라리아 같은 병은 사라진 것처럼 보입니다. 코로나19가 불러온 셀 수 없는 비극, 안타깝고 황망한 죽음들, 세상을 갈라놓는 빈곤과 혐오를 목격하면서, 저는 책 낼 마음을 먹었습니다. 언제 어디에나 있는 죽음은 우리를 비추는 거울이기 때문입니다.

미처 고맙다고 말하지 못한 사람이 있습니다. 그녀는 말없이 저를 구호 현장으로 보내주었습니다. 몇 달 만에 만나 얼싸안는 저와 아이들 뒤로, 그녀는 한발 물러나 있었습니다. 그렇게 감사의 유통기한은 한참 지나버린 것일까요? 이 책을 핑계 삼아 용기를 내어봅니다.

"고맙습니다."

사랑하는 아내 은현에게 이 책을 바칩니다.

어느 날, 죽음이 만나자고 했다

죽기로 결심한 의사가 간절히 살리고 싶었던 순간들

초판 1쇄 발행 2021년 6월 25일
초판 4쇄 발행 2024년 1월 2일

지은이 정상훈
발행인 이재진　　　　　**단행본사업본부장** 신동해
책임편집 전해인
디자인 정은경디자인　　**교정** 고나리
마케팅 최혜진 이은미　　**홍보** 반여진 허지호 정지연 송임선
국제업무 김은정　　　　**제작** 정석훈

브랜드 웅진지식하우스　**주소** 경기도 파주시 회동길 20
문의전화 031-956-7209(편집) 02-3670-1123(마케팅)
홈페이지 www.wjbooks.co.kr
인스타그램 www.instagram.com/woongjin_readers
페이스북 www.facebook.com/woongjinreaders
블로그 blog.naver.com/wj_booking

발행처 (주)웅진씽크빅
출판신고 1980년 3월 29일 제406-2007-000046호

ISBN 978-89-01-25149-3 03810

• 웅진지식하우스는 ㈜웅진씽크빅 단행본사업본부의 브랜드입니다.
• 책값은 뒤표지에 있습니다.
• 잘못된 책은 구입하신 곳에서 바꾸어드립니다.